DER MORGENKRISTALL[5]

FINLEY MOUNTAIN

Das Buch

Waylon ist auf Uridräo geblieben; nichts zieht ihn nach Hause. In seiner Zeitebene erwartet ihn niemand. Vier Tage und Nächte verbringt er im liebgewonnenen Baumhaus. In der darauffolgenden Nacht wird er unsanft von hysterischen Schreien aus dem Schlaf gerissen. Es ist sein Vater Dako, der beunruhigende Nachricht bringt. Zuerst ist sein Pendant spurlos verschwunden, anschließend auch alle Zeitgleiter. In der Pyramide finden sie neun Stehlen vor; in jeder steckt ein Kristall – der Neunte aber fehlt. Gemeinsam mit dem Wächter Callum treten sie eine Reise ins Ungewisse an, um den Meister-Kristall wiederzufinden. Denn nur die Wiederherstellung der Kristallreihe kann den geöffneten Zeitentunnel wieder verschließen. Und die Suche führt sie auf ein ausgestorbenes Arimea.

Der Autor

FINLEY MOUNTAIN wird 1965 geboren. Seine Liebe zu Büchern findet er in alten Klassikern, unter anderen Charles Dickens, Daniel Defoe, Kurt Laßwitz und Jules Verne. Durch einen Comic kommt er zum Schreiben. Zeichnet er anfangs noch seine Charaktere, stellt er jedoch bald fest, dass ihm das Wort besser liegt. So entstehen erste, zaghafte Versuche. Unter Pseudonym veröffentlicht er im Internet Anfang 2000 zahlreiche Texte. Mit dem Morgenkristall legte er 2014 sein Debüt in der Fantasy-Literatur vor, der nun mit dem fünften Teil seine Fortsetzung findet.

FINLEY MOUNTAIN

DER MORGEN KRISTALL

THETARÓ

FANTASY

BOOKS ON DEMAND GMBH

Bibliografische Information Der Deutschen Bibliothek
Die Deutsche Bibliothek verzeichnet diese Publikation in der Deutschen Nationalbibliografie; detaillierte bibliografische Daten sind im Internet über http://dnb.ddb.de abrufbar.

Buch 1 – Mondpfade
Buch 2 – Labyrinth
Buch 3 – Visionen
Buch 4 – Intervention

Covergestaltung: Finley Mountain
Lektorat: Ingrid Schaar
Herstellung und Verlag: BoD-Books on Demand, Norderstedt
Printed in Germany

ISBN 978-3-7448-3278-6

FÜR I.

HANDLUNGEN UND PERSONEN SIND FREI ERFUNDEN.
JEDE ÄHNLICHKEIT IST REIN ZUFÄLLIG UND UNBEABSICHTIGT.

Eins

»Waylon!«

Der Schrei reißt ihn aus dem Schlaf. Es ist tiefste Nacht. Gleichmäßig rauscht das Meer. Wellen schlagen an Land. Lau spielt der Wind mit den Blättern, vertreibt die Schwüle des vergangenen Tages nur mäßig. Draußen ist es stockfinstere Nacht. Es muss ein Traum gewesen sein. Keine Menschenseele weit und breit.

»Waylon!«

Schon wieder! Lauter und – verdammt nah.

Verschlafen setzt er sich auf. Er lauscht. Waren da eben Schrittgeräusche? Blieb er bisher ruhig, erfasst ihn jetzt ein ungutes, schwer definierbares Bauchgefühl. Im Unterbewusstsein arbeitet etwas, und das macht ihm Angst.

»Waylon! WAYLON!«

Verräterische Geräusche vermeidend, schleicht er ans Fenster, dass jede Nacht geöffnet bleibt. Im Schutze der Dunkelheit beugt er sich soweit vor, bis der Platz vor dem Baumhaus einsehbar ist.

Er glaubt eine Bewegung ausgemacht zu haben. Fahl reflektieren versprengte Wolken das tagsüber gespeicherte Licht. Aus mangelndem Kontrast schaut er in einen dunklen Schlund.

»Waylon! Bist du da?«

Direkt neben dem Stamm *muss* jemand stehen. Da sicherheitshalber die Flechtleiter immer eingezogen wird, besteht keine Gefahr. Wer kann das sein? Träumt er etwa immer noch?

»Wenn du hier bist, *micinksi*, zeige dich!«

Aber … das ist … Dako! Nein, das gibt's nicht! Haben sie nicht vereinbart, dass er auf Waynúpa, Waylons Pendant in 1978, aufpasst? Es sind doch erst vier Tage her … Oder ist etwas passiert?

»Bist du es wirklich?«

»Sicher! Wer sonst? Oder hast du Besuch?«

»Nein, nein«, beeilt Waylon zu versichern. »Es ist nur so –

ich hab deine Stimme nicht erkannt. Du klingst – anders …«

»Kommst du runter, oder soll ich zu dir hochklettern?«

»Moment. Ich lass die Leiter runter.«

In der beeindruckenden Stille, die einem einsamen Ort auszeichnet, werden Klänge menschlichen Tuns laut.

» Achtung …«

Haarscharf verfehlt die Flechtleiter Dako. Auch für den Naturmenschen ist es schwierig, sich in der Finsternis zurechtzufinden. Vor allem kennt er die hiesigen Verhältnisse nicht so wie Waylon.

Sportlich erklimmt Dako den Aufstieg.

»Es muss wichtig sein, dass du Strapazen auf dich nimmst.«

»Lass uns drinnen reden.«

Waylon zieht die Leiter wieder hoch, folgt den alten Freund und setzt das Türgeflecht ein.

Licht flammt auf, entzündet die bereitstehende Kerze. Geblendet schirmt Waylon seine Augen ab.

»Es ist erstaunlich, wie wohl du dich hier fühlst«, beginnt Dako. »Kein Vergleich zu deinem alten Leben.«

»Wer braucht schon Luxus«, erwidert Waylon. »Der macht uns bloß träge. Aber jetzt sag, was dich zu mir führt.«

»Den Lebensstil von euch Weißen, werde ich nie gutheißen. Er ist verachtend. Deswegen erfreue ich mich an …«

»Dako! Komm zur Sache! Zu dieser Stunde vertrag ich keine Philosophie!«

»Entschuldige, *micinksi*.«

»Schon gut, schon gut. Fang einfach an, auf den Punkt zu kommen!«

»Nun gut, wie du willst, Waylon.«

»Mach es doch nicht spannender, als es wirklich ist, Dako. Für Konversation bin ich einfach zu müde.«

»Deswegen bin ich nicht gekommen, das versichere ich dir.«

»Weswegen dann?« Waylon wird ärgerlich.

»Wegen dir …«, sagt Dako ernst. »Beziehungsweise deinem *anderen* Ich ...«

»Was ist passiert!?«

»Nun ...«, Dako sucht nach Worten. »... er ist ... Waynúpa ist ...«

Waylons Alarmglocken schrillen. Seine Augen hängen an Dakos Lippen.

»... verschwunden ...«

* * *

Fünf Tage zuvor.

Der Gleiter landet. Ohne gesehen zu werden setzt er im Wald auf. Die Bordautomatik hat ein Gebiet ausgewählt, das relativ unzugänglich ist. Seit dem Eintritt ins Sonnensystem flogen sie im Tarnschirm-Modus. So wird ein Aufspüren durch die Überwachung des Orbits verhindert. Weder NASA, ESA, noch die Russen oder China bemerken den Eintritt.

Dako überprüft aus alter Gewohnheit die Gegend, um auch das Restrisiko zu minimieren. Erst dann öffnet er das Außenschott.

Es ist kurz vor Mittag. Nach den Tagen im Gleiter ist es eine Wohltat, ungefilterte Luft zu atmen.

»Dann wollen wir mal.«

Im Freien genießt er die wiedergewonnene Freiheit. Dako murmelt ein Gebet, der all seine Urahnen mit einbezieht, und dankt dem *Großen Geist* für die überstandenen Prüfungen.

Im nahen Unterholz steht ein äsendes Reh. Es hebt seinen Kopf, als es den Dakota bemerkt, kaut aber unbeeindruckt weiter. Keine Gefahr spürend zieht es weiter, senkt den Kopf und zupft an einem saftigen Grasbüschel.

Die Stille ist einzigartig. Wie die Natur selbst auch. Die Balance und Ausgewogenheit wirkt stärkend aufs Gemüt. Ein Grund mehr, alles zu tun, um solche Oasen zu erhalten.

Nachdem er mehrmals durchgeatmet hat, bemerkt er eine seltsame innere Unruhe. Etwas ist anders. Hintergründig versucht das Unterbewusstsein eine Tür zu öffnen, die ihn etwas zeigen möchte. Doch es misslingt. Stattdessen tritt eine Empfindung in den Vordergrund, die nichts Gutes verheißt. Ob es an Dakos ausgeprägter Intuition liegt, oder es sich *nur* um eine Art Vorahnung handelt, weiß er selbst nicht. Jedenfalls ist es mit der Ruhe schlagartig vorbei. Sein Gespür hat ihn nie getrogen, weshalb nun dieses Spiel?

Nicht fassbare Gedanken kreisen in seinem Kopf. Was ist bloß los? Gravierendes liegt unheilvoll in der Luft. Er kann es regelrecht riechen!

Blitzschnell wendet er sich um, betritt den Gleiter und schließt das Schott. Dako beschleicht immer mehr das Bedürfnis, darüber zu reden. Natürlich! Vielleicht hat Waynúpa ja eine Idee! Das ihm das nicht gleich eingefallen ist! Manchmal klärt sich vieles, wenn es angesprochen und darüber diskutiert wird. Oft hat es Dako erlebt, dass sich die Dinge dadurch leichter lösen. Vermeintliche Probleme verschwinden, schaffen Platz für angenehmere Gedanken.

»Waynúpa!«, ruft er unvermittelt aus. Im Grunde genommen kann Dako auf diese Anrede verzichten, da sich nur einer von beiden an Bord aufhält.

»Waylon!«

Schnellen Fußes begibt er sich zu dessen Kabine. ›Eigenartig‹, denkt Dako noch, ›sonst reagiert Way gleich, wenn auch nicht immer wie erwartet.‹

Ohne zu zögern betätigt Dako den Öffnungsmechanismus der Kabinentür.

»Verzeih mein Eindringen, aber ich …«

In der Kabine ist kein Waylon. Sie ist leer.

›Wo steckt *der* bloß wieder!‹

Ungestüm, wie Waynúpa ist, traut Dako diesem so einiges zu.

»Waynú … Waylon!«

Ärgerlich durchsucht Dako den Gleiter. Er lässt keinen Winkel aus, selbst in den zugänglichen Hauptluftschacht wirft er einen Blick. Doch Waylon ist und bleibt verschwunden. In seiner Not weiß er nicht weiter. Sogar ein erweiterter Umgebungsscan bleibt erfolglos.

* * *

»… brach ich auf«, endet der sichtlich aufgewühlte Dakota. »Karoline öffnete die Tür, erkannte mich aber nicht. Auf meiner Nachfrage reagierte sie ungehalten. Sie betonte, sie kenne keinen Mr Latham und der wohne hier auch nicht. Energisch servierte sie mich ab, schloss die Tür. Dann sah ich es, das Schild an der Tür. Da stand ‹Fryer›.«

Waylon ist geschockt. Karoline hat noch ihren Mädchennamen an der Tür stehen? Er hätte schwören können, dass er das Richtige montiert hatte. Dass er sich so geirrt haben soll … Oder hat sich Karoline von ihm abgewandt? Mein Gott, dass ist über vierzig Jahre her! Wer hat da schon alles noch auf den Schirm?!

»Ich habe die Befürchtung, dass dir – äh … ich meine Waynúpa – was passiert sein muss … Du kannst dir vorstellen, wie froh ich bin, dich hier gefunden zu haben …«

»Du sagtest, er war nicht im Gleiter. Kann er ausgestiegen sein, ohne dass du es bemerktest?«

»Möglich. Aber unwahrscheinlich.«

»Gab es Streit?«

»Nein, Ich war in der Zentrale. Er zog sich zurück.«

»Hm. Sich einfach so davonzustehlen hätte ich nie getan.«

»Du kannst nicht von *dir* selbst ausgehen. Und schon gar nicht, als *du* dreißig warst.«

Waylon runzelt die Stirn.

»Ich weiß nicht, was du meinst …«

»Als du 1978 lebtest, bin ich nicht aufgetaucht, oder?«

»Verstehe«, nickt Waylon. »Nein. Bist du nicht. Ich kann mich auch nicht daran … erinnern … nur, das mit dem Unfall …«

»Das beweist doch, dass Waynúpas Zeit nicht hundert prozentig mit deinem Leben zusammenhängt.«

»Wahrscheinlich. – Paradox, nicht wahr?«

»Es ist jedenfalls sehr außergewöhnlich«, sinniert Dako. »Angenommen, eure beider Leben verlaufen tatsächlich unterschiedlich – was natürlich zugegeben weit hergeholt ist –, wo ist er?«

»Da ich noch da bin, und auch eine Erinnerung habe, beweist eines, nämlich das er real ist. Dies wiederum scheint deine Schlussfolgerung zu bestätigen. Ich suche nur nach der *Unbekannten* in der Gleichung.«

Eine Weile vergeht in vollkommener Stille. Dako seufzt laut.

»Es hat mit mir zu tun«, stellt er fest. »Irgendwann ist irgendetwas eingetreten, von dem ich im Moment keinen blassen Schimmer habe …«

»Ich habe eher den *Kraken* in Verdacht. Warum taucht jemand auf, um *Nichts* zu tun und verschwindet dann wieder? Oder sind die auf Uridräo etwa gelandet?«

»Das hätten die Sensoren gemeldet«, bestätigt Dako.

»Genau. – Es sei denn … es sei denn, die *Kraken*-Technik wäre der arimeanischen überlegen …«

Der Dakota sinkt in sich zusammen.

»Wer weiß schon, ob es Arimea überhaupt noch gibt«, sagt Dako mit rauer Stimme. »Das, was wir als ›moderne Technik‹ bezeichnen ist … *uralt* …«

»Und was ist mit Aiden, Callum und den Anderen?«, wirft Waylon ein.

»Wir haben leider nie geklärt, aus welcher Zeitebene sie wirklich kommen …«

Nachdenklich sieht Waylon starr auf den Boden. »Wie alt ist die Technik eigentlich?«

Dako zuckt mit den Schultern.

»Hundert Jahre, tausend … hunderttausend?«

Der Alte stöhnt.

»Solange wir nicht wissen, wann – nach unseren Maßstäben – die Arimeaner alles erbaut haben, können wir davon ausgehen, dass es sie noch gibt. Ich denke da an den Fortschritt.«

»Oder ich habe etwas verändert …«

»Irgendwas stört mich an deiner These, Dako. Glaubst du nicht, das hätte andere, dramatischere Auswirkungen? – Nein! Ich stütze mich auf meine Erinnerungen. Sie sind da. Also hat meine Vergangenheit nichts damit zu tun. Du kannst dich auch erinnern. Ergo: Wir haben damit nichts zu tun!«

Waylon springt auf. Jetzt ist er hellwach.

»Dako, ich sage dir eins: Das Raumschiff hat damit zu tun! Daran gibt's keinen Zweifel!«

»Und wie?«

»Das gilt es herauszufinden.« Der Boden schwankt unter Waylons Hin-und-her-Gehen. »Ist nur die Frage: Wie!«

»Nehmen wir also an, dass was du sagst, trifft zu. Klingt logisch. Zuerst verschwand die Glaskabine, dann Waynúpa. Was verschwindet als Nächstes? Du? Ich? Der Gleiter? Und was dann?«

»Daran hab ich nicht gedacht«, gesteht Waylon. »Aber wir *müssen* etwas unternehmen …«

»Leicht gesagt …«

»Moment … einen Augenblick … Wir waren doch in der Pyramide, um nach den Kabinen zu sehen. Was haben wir gefunden?«

»Die Säulen!«

»Richtig, die Säulen! Und was fehlt?«

»Der letzte Stein?«

»*Yapp*. Der Neunte Kristall!«

Nun ist auch Dako von Waylons Euphorie angesteckt.

»Ein Puzzle … Es ist wie ein Puzzle …«

»Dann sollten wir anfangen, dieses Puzzle zu lösen!«

Zwei

Arimea, Inselenklave Methua, Erdzeit minus 154 Millionen Jahren.

Der aufgewühlte breiige Ozean macht die Passage unpassierbar. Spitze Klippen ragen drohend aus dem rotbraunen Meer. Seit Urzeiten ist die Insel unangetastetes Gebiet. In der isolierten Oase gedeihen Pflanzen und Bäume wie in der Frühzeit des Planeten. Durch hohe Berge umringt, ist ein einzigartiges Ökosystem entstanden. Ähnlich wie Burali mit keinem natürlichen Zugang versehen, blieb die Insel bis ins Technikzeitalter unbetretenes Land. Erst mit dem Aufkommen der Gleiter kamen verwegene Arimeaner hierher. Doch das Schicksal hatte eigene Pläne.

Quallenflügler sind die Herren der Lüfte. Am Boden jagen Sumpfläufer. Nur ein Teil im Nordosten der Insel bleibt von beiden vorherrschenden Spezies verschont. Dorthin zogen sich vier Alt-Arimeaner zurück, deren biblisches Alter die Gesellschaft beeinträchtigt hatte. Ein defektes Gen, das vor zweitausend Jahren zufällig entdeckt wurde, ist für die Langlebigkeit dieser Vier verantwortlich. Der Älteste unter ihnen ist Rhobal. Nach außen hin wirkt er wie ein Teenager. Trotzdem zählt er über vierzehnhundert Jahre.

Urio ist die Zweitälteste. Knapp eintausend Jahre verbringt sie auf Arimea. Noch immer trägt sie die Haare lang, so wie es damals Mode war. Sie hält den kleinen Trupp zusammen, kocht noch nach alten Rezepten. Dem neumodischen Zeugs traut Urio nicht. Zwar kann der Hydromator sämtliche Gerichte herstellen und sorgt somit für eine ausgewogene Ernährung, dennoch hat Urio ein Problem mit den künstlich gezüchteten Zutaten. Lieber sammelt sie *lebendige* Früchte, oder jagt auch mal einen Springschnorchler.

Dritter ist Sho-Ril, vom Inneren Ring. Lang weigerte sich seine Mutter, die Identität ihres Sohnes preiszugeben. Kurz vor ihrem Tod fehlte ihr die Kraft des ständigen Umziehens und

Reisens. Als die Behörde dahinter kam, wurde er in die Enklave gebracht. Hier lebt er sehr zurückgezogen.

Bei Sulantrea wurde mit zweiundzwanzig der Gen-Defekt diagnostiziert. Verliefen die darauffolgenden Jahre normal weiter, entfaltete sich die Veränderung in der DNA erst mit Sulantreas achtunddreißigsten Geburtstag. Die Auswirkungen waren verheerend, und sie nicht in der Lage, damit umzugehen. Suizid gefährdet wurde sie umgehen in die Enklave geflogen.

Ausgeschlossen aus der Gemeinschaft, fristen sie ihr Dasein auf zweieinhalb Quadratkilometer bewohnbare Enklave. Kein Besuch, keine Verwanden. Und dennoch hat sich das ungewöhnliche Quartett mit dem Leben arrangiert.

Üblicherweise geht Sho-Ril einmal pro Tag ins Rogalit-Gewölbe. Heute betritt er zum zweiten Male die Leuchtgrotte. Eine innere Stimme drängt ihn dazu. Sho-Ril ist vertraut mit dem Kristallgestein. Er weiß um die bedeutsame Geschichte des Rogalits, das in Legenden die Zeit überdauerte.

Seine Mutter las ihm als Kind oft aus dem Arimeanischen Almanach vor. Dort drin waren alle überlieferten Geschichten enthalten, die man sich je erzählt hatte. Das ist mittlerweile fast vierhundert Jahre her. Später durchblätterte Ril selbst das Buch.

Wehmut befällt sein Herz, wenn er daran denkt. Allein der Geruch des Lhymholzes, der Jahre später noch am Papier haftete, löst angenehme Erinnerungen aus. Mittlerweile gibt es keine Bücher mehr. Alles gespeichert in hochwertigem Rogalit. Millionen von Wälzern finden Platz in drei Quadratzentimeter! Ril hat seine gesamte Bibliothek um den Hals hängen.

Doch deswegen ist Sho-Ril nicht ins Gewölbe gegangen. Er folgt einem seltsamen *Ruf* des Gesteins. Denn er ist der ›Kristall-Flüsterer‹. Diesen Namen hat er sich nicht selbst zugelegt, sondern Urio, die Sho-Ril leidenschaftlich gern bei seinen

»meditierenden Unterredungen« zusieht. Genau beschreiben kann es Ril auch nicht, was er da tut. Er vergleicht es eher mit Telepathie. Allerdings gilt auf Arimea ein Grundsatz: Gedankenübertragung ist ausschließlich mit einem Lebewesen möglich, das mindestens ansatzweise über Bewusstsein verfügt. Demzufolge gelten, laut Urios Auslegung, Rogaliten als lebensfähige Materie. Darüber streiten und philosophieren die Zwei sehr häufig. Ril ist bisher nicht fähig, Urios Standpunkt handfest zu widerlegen. Insgeheim ist er mehr als einmal geneigt, der Leidensgenossin Glaube zu schenken.

Aber deswegen ist er, wie erwähnt, nicht hergekommen. Entschlossen folgt Sho-Ril die schmalen Stufen. Je näher er dem Gewölbe kommt, umso lauter die innere Stimme. Früher hat diese *Stimme* ihn beinahe in die Irre geführt. Mit der Zeit hat er gelernt, sie richtig zu deuten und auch zu würdigen. Die Artikulation erfolgt niemals mittels Worte oder Silben. Vielmehr werden – so vermutet Sho-Ril – über feine Stimulanzien Moleküle seiner Nerven angesprochen, die diese dann als Gefühl interpretiert weitergeben. Den Rest erledigt das Gehirn.

Der eigentliche Zugang ist ziemlich tief und er muss sich bücken. Ein vom Kristall abgegebenes Eigenleuchten taucht Sho-Ril in ein wundersames Licht. Jeder auch noch so zarte Strahl beeindruckt durch eine wundersame, sanft-zärtliche Berührung. Jedes Mal berührt ihn diese Art aufs Neue. Fast scheint es, ein guter Freund begrüße ihn.

In seinem Kopf reagieren die angeregten Zellen mit der Arbeit. Er empfindet es wie ein wisperndes Flüstern, nur unverständlich. Seitlich des Einganges bilden Rogaliten einen sitzähnlichen Platz. Hier setzt er sich und beginnt zu entspannen. Mit geschlossenen Augen nimmt er die Rogalitenenergie auf, gibt sich ihr hin. Aus dem Wispern werden begreifbare Gefühlsregungen. Gleichmäßig atmend schließt er die Augen und lauscht.

Sei willkommen, Sho-Ril, gaukelt sein Hirn ihm eine sanfte Stimme vor. Anfangs erschrak er darüber heftig. Mittlerweile akzeptiert Ril dieses Phänomen, wonach auch die Auseinandersetzung mit Urio einen wesentlichen Beitrag geleistet hat.

›Ich bin deinem Ruf gefolgt‹, formt er gedanklich.

Dafür danke ich dir.

›Ich verstehe nur nicht, was so dringend sein kann.‹

Alles ist von Wichtigkeit umgeben. Unser Sein braucht diesen Antrieb.

›Du bist eine Lebensform?‹

Es gibt unterschiedliche Formen, die bewusst ihre Umwelt wahrnehmen. Nicht alle würdest du als Leben *bezeichnen. Existenzen kennen keine Grenzen. Sie sind überall vertreten, auch wenn du sie nicht siehst oder hören kannst.*

›Weshalb wähltest du mich?‹

Die Antwort kennst du, Sho-Ril.

›Sagst du es mir dennoch?‹

In seinem Kopf beginnt ein Rauschen.

Hast du dich schon Mal gefragt, warum du mich hören kannst?

Das hat er wirklich.

›Ja.‹

Zu welcher Erkenntnis bist du gekommen?

›Keine konkrete, um ehrlich zu sein.‹

Einige Minuten der Leere entsteht. Es fühlt sich wie ein Loch an, in das Sho-Ril hinein gezogen wird.

Bald wirst du es verstehen. Deswegen bat ich dich aber nicht zu mir.

›Weswegen dann?‹

Auf dieser Welt ist das, was du Rogalit *nennst, überall vorhanden. Deinen Gedanken kann ich entnehmen, dass du darüber gut informiert bist. Sogar der Kern besteht zu dreißig Prozent aus diesem Mineral. Als euer Volk den Planeten eroberte, trieb es riesige Stollen in den Fels, um Rogalit zu fördern. Daraus erwuchs eine weltumspannende Industrie, die tiefe Narben hinterließen. Heute nutzt ihr es, seid aber immer noch unwissend.*

›Inwiefern?‹

Auch das wird sich dir bald offenbaren.

Es folgt eine Pause, in der es Sho-Ril gelingt, an nichts zu denken.

In einer eurer Provinzen gibt es einen Rogaliten, der in der Anfangszeit dieses Planeten entstand. Dieser Kristall ist nun mit mir in Kontakt getreten.

›Es muss sich um etwas sehr wichtigem handeln.‹

Ja, Sho-Ril. Und es ist mir eine Ehre, vom ersten Rogaliten eingeweiht worden zu sein. – Doch nun zu meinem Anliegen. Mein Mineralium teilte mir mit, dass es einen weiteren von euch dort gibt.

›Noch einen? Wer?‹

Es ist ein Methelem *namens Orinario.*

›Ich glaube, den Namen bereits schon einmal vernommen zu haben …‹

Dieser Methelem *hat große Gedanken. Ihr solltet miteinander in Verbindung treten.*

›Welcher Art von Gedanken?‹

Gedanken, die euch gebührend geltend machen werden.

Drei

Er musste *ihr* einfach in die Augen schauen! Musste sich selbst überzeugen, dass *sie* ihn nicht kennt! Erst jetzt kann er es glauben.

Waylon steht teilnahmslos vor dem Panoramaschirm. In seiner Zeit lebte er von Karoline getrennt. Eine zweite Chance bot sich, als das Schicksal sein vierzig Jahre jüngeres Pendant seinen Weg kreuzen ließ. Nun ist alles anders. Nicht einmal ihn selbst gibt es noch …

Eine Welt ist zusammengebrochen. Seine Welt. Haben denn all die Erinnerungen daran noch den angemessenen Stellenwert? Sind sie echt, oder doch nur Wunschträume? Lebt er überhaupt? Ein Alptraum kann nicht schlimmer sein!

Unter ihnen zieht Uridräo seine Bahn. Er ist ein Ort von kosmischer Wichtigkeit. Wie anders ist sonst zu erklären, dass alle Wege hierher führen? Haben die alten Arimeaner etwa von dessen Bedeutung gewusst und deshalb als Stützpunkt erwählt?

Irgendwo und irgendwann entglitt die Geschichte völlig. Auch Dako ist niedergeschmettert und steht vor den Trümmern. Seiner Meinung nach liegt ein Fehler darin, dass er Cloe zum *ahbleza* berief. Es ist das erste Mal, dass er dies eingesteht. Was natürlich am derzeitigen Stand der Dinge nichts ändert. Aber altes rückgängig zu machen ist nahezu unmöglich geworden. Der Glaskabine beraubt, stehen beide Männer vor den angerichteten Scherbenhaufen gescheiterter Existenzen.

Von der *Krake* ist nichts zu sehen. In ausweglosen Situationen einen klaren Kopf zu behalten ist fast unmöglich. Dako kennt solche zur Genüge, hat jedoch ebenfalls immer seine Probleme damit. War er früher immer allein, fühlt er nun gegenüber Waylon eine gewisse fürsorgliche Pflicht. Was hat den Dakota bloß geritten, den eigenen Sohn mit hineinzuziehen? Der Gedanke martert sein Gehirn. Es gab Zeiten, in denen solche Menschen dafür an den Marterpfahl kamen. Heutzutage werden sie aus der Gemeinschaft ausgeschlossen und dürfen nie zurückkehren.

Das Gesetz der Wildnis ist hart, dennoch gerecht; denn nur die Starken können überleben. Nur wenn alle an einem Strang ziehen, kann der Stamm überleben und den Feinden strotzen. Schon komisch, was die Zeit verändert …

Auch Dako hat sich verändert. Nicht gerade positiv, wie er sich eingesteht. Nach dem Aufeinandertreffen der beiden Waylons überlegte er ernsthaft, ebenfalls sein jüngeres Ich aufzusuchen. Für einen Augenblick sah Dako darin die einzige Möglichkeit, zu ändern, was angerichtet wurde. Doch dann verwarf er es wieder, stellte es *ad absurdum*. Dafür aber reicht die Kraft nicht mehr aus.

Sanft und nahezu geräuschlos setzt der Gleiter nahe des Baumhauses auf. Nicht sofort steigen die Insassen aus. Geraume Zeit vergeht, bis Dako schließlich hinaus geht, gefolgt von Waylon. Beiden ist deren Niedergeschlagenheit anzusehen; ihr Gang ist schleppend, die Gesichter müde. Ohne ein einziges Wort treten sie hinaus und schlagen unterschiedliche Richtungen ein. Nichts deutet auf gemeinsame Ziele hin.

Unweit des Gleiters lässt sich Dako in den Sand sinken. Sein leerer Blick starr aufs Meer gerichtet, versucht er die Kopfleere mit Leben zu füllen.

Waylon geht es ähnlich. Nach einigen Metern bleibt er stehen. Um Jahre gealtert, fehlt von seiner bisherigen Rüstigkeit jegliche Spur. Ihm geht der Atem aus. Erschöpft setzt auch er sich nieder. Eine bleierne Schwere bemächtigt sich seiner. Gefühlt lasten Tonnen auf Waylon, die ihn zu erdrücken drohen. Ihm wird schlecht, der Untergrund wankt. Dann kippt er seitlich weg …

Ähnlich ergeht es Dako, den eine plötzliche Müdigkeit ereilt, mit dem Unterschied, dass er im Sitzen einschläft. Übergangslos sind Vater und Sohn ins Reich der Träume abgetriftet. Was löste dies aus?

Zehn Minuten früher. In der Stützpunktzentrale herrscht

Hochbetrieb. Das Überwachungssystem löst einen gellenden Alarm aus.

»Eindringlinge«, ruft Jayden. »Sektor zwölf.«

»Wieviele?«

»Mindestens zwei, Callum.«

Die *Wächter* überprüfen nochmals den Scan.

»Airbugs?«

Callum nickt als Zeichen des Einverständnisses. Diese winzig kleinen Nano-Käfer übernehmen die Luftaufklärung. Sollten die Eindringlinge böse Absichten haben, führen die Bugs eine unangenehme Überraschung mit sich.

»Sind es Arimeaner?«

»Nein, auch wenn es sich um einen uralten Gleiter unseres Planeten handelt.«

»Bilder?«

»Noch nicht. Aber sie sind ausgestiegen.«

»Wir gehen kein Risiko ein. Schick die Bugs und setz sie außer Gefecht.«

Jayden bestätigt.

So fliegen ein halbes Dutzend der Nanoaufklärer los. Unbemerkt erreichen die kleinen Bugs den Landeplatz. Da es sich um Huminide handelt, aber nicht um Arimeaner, setzen sie sogleich zum Angriff an. Ein kurzer Stich in der Nackenpartie genügt, um ein einschläferndes Mittel zu injizieren. Die Folgen sind bekannt. Nach erfolgreicher Tat schwirren sie wieder in den Stützpunkt zurück.

Die kahlen Wände irritieren Waylon erst einmal. Mehrmalige Augenaufschläge vergehen, bis er erkennt, wo er sich befindet. Es ist die selbe Unterkunft wie damals, als Karoline, Sophie und Elionor hier waren. Wie lang ist das eigentlich her? Ein Jahr oder zehn? Waylon weiß es nicht. Durch die verwirrten Geschehnisse hat er sein normalerweise gutes Zeitgefühl verloren. Aber was macht das schon?! Zeit ist eben doch nur relativ. Für den einen vergeht sie schnell, für andere viel zu langsam.

Waylon gähnt herzhaft. Im weichen Bett hat er lang nicht mehr gelegen. Es ist wohltuend und er will gar nicht aufstehen. Müde und benommen dreht er sich auf die Seite. Nur noch fünf Minuten! Das sollte eigentlich drin sein.

Da fällt ihn ein, was Waylon am liebsten verdrängen möchte, nämlich weshalb es sie wieder nach Uridräo verschlagen hat. Hellwach springt er auf. Schnell wird klar, dass sich niemand im Raum befindet. Rasch sucht er die Nasszelle auf und macht sich fertig. Endlich wieder einmal als Mensch fühlen!

Frisch verlässt Waylon seine Unterkunft und wendet sich in Richtung Zentrale. Ihm kommt es vor, als sei es gestern gewesen, dass er hier war. So vertraut ist alles.

»Schön dich zu sehen, Waylon«, begrüßt ihn Callum wirklich herzlich.

»Ach, wirklich? Nach allem was passiert ist?«

Natürlich hat Waylon nicht vergessen, dass Callum Karoline entführte um den Kristall zu erpressen.

»Was hast du, Waylon? Habe ich dir etwas getan?«

›Ist das sein Ernst?!‹, denkt Waylon mit einem aufkeimenden Wutgefühlt. Laut fragt er: »Warst du schonmal auf der Erde?«

»Erde? Was ist das?«

Blitzartig erscheint in Waylons Geist das Bild des vermeintlichen Callum. Was sagte der damals noch? Waylon erinnert sich: »*Mistel Latham! Ich weiß nicht, was Sie fül ein Spiel spielen! Sie wollen mich kennen, und ich kann mich nicht entsinnen, mit Ihnen jemals eine Untelhaltung gefühlt zu haben. Besinnen wil uns stattdessen auf unsel heutiges Anliegen, und lassen Flüheles luhen!*«

Jetzt, da Callum direkt vor ihm steht und beides vergleicht, kommen Zweifel.

»Sorry, aber das ist alles so verwirrend …«

»Nicht der Rede wert«, beschwichtigt Callum mit einem gütigen Lächeln. »Seitdem du aufgebrochen bist haben wir uns nicht mehr gesehen.«

Waylon nickt traurig.

»Ich glaube, ich bin dir eine Erklärung schuldig.«

Und Waylon berichtet den verblüfften *Wächtern* ausführlich von seinem Scheitern. Je länger er spricht, umso mehr kommt er zu dem Schluss, wie sinnlos sein Unterfangen von Anfang an war. Er *musste* einfach scheitern!

Doch dann verstummt Waylon mitten im Satz, denn ihn kommt plötzlich ein Gedanke.

»Als ich von hier startete, wurde Uridräo vernichtet. Wie kann es sein, dass ihr …«

»Vernichtet?«, schaltet sich Jayden ein. »Du musst dich irren, Waylon!«

»Ich hab's deutlich gesehen! Ich irre mich nicht!«, ereifert sich Waylon.

»Aber es ist alles so wie immer«, ergänzt Callum. »Sonst wären wir nicht mehr hier.«

Das ist eindeutig zuviel für Waylon. Er versinkt in schwindelerregende Grübeleien, einem nicht mehr zu entfliehen könnenden Morast selbstzerfleischenden Geistes.

Ruhig und gelassen bleibt dagegen Callum, der auf den Freund beruhigend einredet.

»Als du aufbrachst, war es sehr früh am Morgen. Du musst einer optischen Täuschung erlegen sein.«

»War es schon hell?«

»Nein, dunkel«, antwortet Jayden. »Du könntest es kaum erwarten, den Gleiter …«

»Ha!«, schreit Waylon. »Es war hell und ich nahm die Glaskabi …« Er verstummt und es entsteht eine unheimlich laute Stille. Alles in ihm schreit auf! Innerlich neigt er zur Hysterie, beherrscht sich aber soweit, dass er äußerlich ruhig bleibt.

»Ich bin mit keinem Gleiter gestartet damals«, sagt er jedes Wort betonend. »Sondern mit dem Transmitter.«

»Nein, Waylon. Ganz bestimmt hast du den Gleiter genommen. Wir haben keine *Kabinen*!« Jayden klingt überzeugend.

»Das mögt ihr vielleicht denken. Aber es war alles anders.«

Callum bleibt ruhig, doch in seinem Gesicht arbeitet es. Lang und eindringlich schaut er Waylon in die Augen. Der erwidert aktiv den Blickkontakt.

Während Jayden an seiner Version festhält und Waylon überzeugen möchte, versucht jeder in den Augen des Anderen zu lesen.

»Du kennst Transmitter, nicht wahr, Callum?«

»Nicht persönlich. Aber vor Jahrtausenden hat es einen Prototypen auf Arimea gegeben.«

»Und mit so einem Ding war ich unterwegs.« Waylon spricht sehr leise, aber klar und deutlich. Jayden will aufbrausend protestieren, wird von Callum jedoch zurück gehalten.

»Er sagt die Wahrheit, Jayden. Ich seh es in seinen Augen. Fragt sich nur, woher er den Transmitter hatte – und wo er jetzt ist.«

»Das kann ich euch sagen. Aus der Pyramide. Leider ist er vor zwei Tagen spurlos verschwunden. In Luft aufgelöst – weg.«

* * *

Nach der Diskussion benötigt jeder von ihnen frische Luft. Auf dem Felsvorsprung stehend, erzählt Waylon bruchstückhaft und ohne zeitliche Reihenfolge einige der für ihn einschneidendsten Erlebnisse. Immer wieder stockt er, wenn ungläubige Blicke ihn treffen. Besonders der hitzköpfige Jayden bringt ihn aus den Konzept.

Was Waylon jedoch am meisten verstört ist Callums gelassene Art, ganz so, als wisse er mehr. Der Dakota hingegen hält sich auffallend zurück, überlässt es Waylon zu sprechen. Stattdessen schlendert er in der Gegend umher. Insgeheim hofft er, durch einen Spaziergang den Kopf wieder freizubekommen. Inzwischen liegen dreißig Schritt zwischen Dako und der kleinen Gruppe.

Am Übergang zum Dschungel angekommen, werden auch dessen Geräusche vernehmlicher. Blätter wiegen sich im lauem Wind, stimmen ihn wehmütig. Ein Gefühl der Sehnsucht nach Heimat erwacht. In all den Jahren hat er seine Wurzeln verleugnet. Als *ahbleza* wollte er Gutes tun, stattdessen hat er alles verkompliziert. Nun steht Dako vorm hinterlassenen Scherbenhaufen und die scharfen Splitter drohen noch tiefere Wunden zu hinterlassen.

Ein ruckartiges Rascheln unterbricht die schmerzhaften Überlegungen. Erschrocken schaut Dako auf. Außer der grünen Pflanzenwand kann er nichts auffälliges entdecken. Vielleicht hat sich nur eine Spannung im Geschling gelöst, die der letzte Sturm hinterlassen hat. Mit diesem Gedanken wendet Dako sich ab und schlendert wieder zurück.

Da durchbricht etwas Schweres die Ranken und Dako zieht instinktiv den Kopf ein. Für den Moment verfällt er in eine Starre, bleibt regungslos stehen und lauscht. Er steht ohne Deckung da. Was immer hinter ihm steht, hat leichtes Spiel.

War das eben ein Fauchen? Aber hier gibt es doch so gut wie keine Raubtiere! Damals ein gewichtiger Grund, als Rebecca Uridräo auswählte.

Da – wieder!

Sich zur inneren Ruhe zwingend, dreht Dako ein wenig den Kopf. Im Augenwinkel kann er nichts sehen. Erleichtert wendet er den Kopf noch ein Stück weiter. War es nur Einbildung? Und dann trifft sein Blick den des Mohrenmakis.

Das Weibchen hat dich auf die Hinterpfoten gestellt und mit den Vorderpfoten vollführt es winkähnliche Bewegungen.

»Wihakayda! Du bist es!«

Erst jetzt erklingt das überschwängliche *Flippern* der Kleinen. Scheinbar hat ihr Dakos ungewöhnliches Verhalten sosehr irritiert, dass sich das Maki-Weibchen ebenso ruhig und abwartend verhielt. Nun aber gibt es kein Halten mehr und die Freude durchbricht alle vorherigen vermeintlichen Schranken. Und seine Stimmung verbessert sich schlagartig.

Neuen Mutes gehen Dako und Wihakayda zu den anderen zurück. Gerade beendet Waylon seine Geschichte.

»Es steckt viel Wahrheit in deinen Worten. Auch wenn ich nicht alles nachvollziehen kann. Dennoch glaube ich dir.«

»Danke, Callum.«

»Aber du glaubst ihn doch nicht wirklich?!«

»Vieles von dem, was Waylon erzählt hat, erinnert mich an die alten Legenden. Besonders das er von Dingen berichtet, die es nicht geben dürfte.«

»Aber es sind doch nur Legenden! Niemand kann sie bestätigen.«

»Aber doch gibt es sie, Jayden. Wenn Sie sich über all die Jahrtausende halten konnten, steckt mehr dahinter.«

»Für mich sind das allenfalls Märchen.«

»Die einen Ursprung haben. Und wir bewahren Sie, Jayden.«

»Was gedenkst du zu tun?«

»Unserem Kodex folgen. Waylon und Dako sind der Schlüssel dazu.«

»Schlüssel zu was?«

»Die Zeitirritation!«, murmelt Dako.

»Der normale Zeitstrahl wurde gestört. Und eine dunkle Ahnung in mir weist uns den Weg.«

Verblüfftes Schweigen begleitet fragende, auf Callum gerichtete Blicke.

»Waylon, Dako und ich werden heute noch aufbrechen.«

»Und wohin?«

»Zum Ursprung der Legenden, Waylon.«

Gänsehaut lässt Waylon frösteln.

»Und wohin genau?«

»Nach Arimea.«

Sie kommen aus den Staunen nicht mehr heraus.

»Mit einem Raumschiff?«

»Nein, Dako. Ein Schiff brauchen wir nicht. Wir nehmen

Vier

Arimea, Provinz Arkonim, Erdzeit minus 154 Millionen Jahren.
Tuteno geht noch einmal den Plan durch. Alle bisherigen Experimente versprechen endlich den lang ersehnten Durchbruch. Die Crew der »Sternengral« hat gute Arbeit geleistet. Milas Einsatz hat sich gelohnt, besonders ihr Mut, arimeanisches Erbgut zu verwenden. In absehbarer Zeit wird Lokar mit dem ›RZG‹ starten. Dann wird man sehen, welche Fortschritte das Leben des Randplaneten gemacht hat.

Alte Träume könnten bald wahr werden. Wenn alles gut geht, würden bald in einem fernen Universum arimeanischähnliche Wesen die Geschicke des Randplaneten lenken. Somit entstünde ein zweites Arimea, ganz im Sinne der Ahnen. Doch Tuteno denkt noch weiter. Er würde alles daran setzen, weitere Planeten zu finden und dort ebenfalls eigenes Leben einhauchen. Damit soll ein Siegeszug seiner Rasse das gesamte Universum durchziehen und ein Imperium entstehen, das unbesiegbar sein wird.

Bisher hat Tuteno noch mit keinem Vertrauten darüber gesprochen. Zuerst muss die Allianz weiter gestärkt und der Randplanet besiedelt werden. Dafür müssen neue, ungewöhnliche Wege gegangen werden. Dass sich bereits Individuen entwickelt haben, stört ihn nicht. Nichts deutet auf Intelligenz an. Selbst wenn, wird der eingeschlagene Weg unbeirrt weiter verfolgt. Daran besteht kein Zweifel. Solange wird er gegenüber der Öffentlichkeit schweigen.

Der Plan ist gut, befindet Tuteno selbstzufrieden. Und in der Crew hat er wichtige Verbündete gefunden. Lokar ist hochmotiviert und ein treuer Vasall. Solch aufstrebende loyale

Männer braucht die Sache! Und Tuteno wird alles daran setzen, die Paladine weiter zu ermutigen.

Auch Orinario gedenkt er, auf seine Seite ziehen zu können. Wenn Tuteno nur dahinter käme, was der Älteste in seinen Gemächern treibt! Hierbei muss es sich um etwas gewaltig wichtiges handeln. Anders ist nicht erklärbar, weshalb Orinario manchmal über Tage seine Wohnwaben nicht verlässt. Dass den *Wächter*-Ältesten ein Geheimnis umgibt, ist offensichtlich. Nur welches?

Wenn er mehr herausfinden will, muss Tuteno bedacht vorgehen. Mit einem unerfahrenen Lokar gibt es keine Probleme. Bei Orinario, dem einiges nachgesagt wird, verhält es sich anders. Ein Umstand, der schwierig händelbar sein wird.

Tuteno atmet aus. ›Der Reihe nach‹, ruft er sich zur Ordnung. ›Schicken wir erstmal Lokar los.‹

Der Kommunikator an Lokars Arm summt. Auf kürzestem Wege geht er in seine Kabine, schließt die Luke. Dann erst nimmt er das Gespräch an.

Das Gesicht des Vorsitzenden des *Wächter*-Magistrats erscheint lebensgroß. Kurz und bündig fordert Tuteno ihn auf, sofort eine weitere Erkundungsreise zu unternehmen.

»Zu niemand ein Wort«, beschwört ihn Tuteno. »Ich habe die Befürchtung, dass die *Blender* sehr aktiv sind. Trau also niemandem!«

Lokar liegt eine Frage auf der Zunge, kommt allerdings nicht dazu. Die Verbindung ist längst unterbrochen.

Weitestgehend hat er freie Hand, was die Mission zum Erfolg führt. Neben Tuteno wurde er umfangreich von Orinario instruiert. Demzufolge überrascht es ihn nicht, dass die *Blender* die Ziele des Magistrats durchkreuzen wollen. Somit findet er die Geheimhaltung gerechtfertigt und legitim.

Natürlich entgehen Teasar die Vorbereitungen nicht.

»Gehts wieder los?«

Sichtlich erschrickt Lokar.

»Sieht so aus«, antwortet er kühl.

»Steht viel auf dem Spiel, nicht wahr?«

»Sieht so aus …«

»Richtig gesprächig bist du nicht. Schade.«

»Hab's einfach eilig.«

»Ich will dich auch nicht aufhalten, Lokar. Wollte dir einfach nur Glück wünschen …«

»Danke.«

»Und soll dich lieb grüßen von Amerona …«

Jetzt schaut Lokar ein wenig irritiert seinen Freund an.

»… oh … Sie spricht noch mit dir?«

»Warum denn nicht?«, lacht Teasar auf. »Sie freut sich für mich.«

»Das … das ist schön …«

»Finde ich auch. Frage mich nur die ganze Zeit, weshalb sie des Kommandos enthoben wurde …«

Lokar wird es unbehaglich zumute.

»Ach, wurde sie das?« Es sollte überrascht klingen, was Lokar nicht gelang.

»Es kam von höchster Ebene. Kann mir nur nicht vorstellen, dass der Patriarch sich selbst darum kümmert.«

»Patriarch Dharidma?«, nun ist Lokar tatsächlich verwundert.

»Allerdings glaube ich es auch nicht. Vielmehr habe ich den *Kreis* im Verdacht …«

»Wer soll denn etwas gegen Amerona haben? Sie ist stets loyal und zuverlässig gewesen.«

»Seh ich auch so. Aber vielleicht liegt es auch nur daran, dass ihr ehemaliger Gefährte zu den *Blendern* übergetreten ist.«

»Davon weiß ich nichts, Teasar.«

»Vielleicht … ich dachte … ich habe gedacht, weil du doch jetzt zum … Kreis gehörst … vielleicht könntest du dich mal umhören …«

Lokar nickt nachdenklich.

»Ich halte die Augen offen.«

»Also dann … viel Glück …«

Ohne Umschweife startet Lokar den ›Raum-Zeit-Gleiter‹.

In der Vogelperspektive gibt es den besten Überblick. Es müssen Millionen Jahre für den Planeten vergangen sein. Lokar erblickt eine unendliche Fülle pflanzlichen Wachstums. Scheinbar jedes Fleckchen Land haben fremdartige grüne Gewächse erobert. Zum Teil sind sie gigantisch hoch. Doch nirgendwo eine Spur von Leben …

Lokar geht tiefer. Die *Insel*, wie die Arimeaner die gewaltige Landmasse nennen, zerbricht immer mehr. Tiefe Spalten sind mit Wasser gefüllt. An der Stelle, an der die »Sternengral« landete, hat sich alles verändert. Rotflüssiges Erdgestein ist ausgetreten, hüllt die Gegend mit dichtem giftigen Dampf ein. Wenig später erkennt Lokar, dass es kein Dampf, sondern vielmehr Asche ist. Der Planet erfährt tiefgreifende Veränderungen, die es dem Leben schwermachen!

Im ›RZG‹ spürt Lokar nichts von den feindlichen Einflüssen draußen. Von Neugierde getrieben, korrigiert er den Kurs. Sein Interesse gilt dem mächtigen Ozean. Am Ufer ragen zerklüftete Klippen empor. An einer Landung ist nicht zu denken, was Lokar sowieso nicht vorhat. Der Überflug ist wichtig für den Scan, damit seine Leute an die Auswertung gehen können.

Inmitten all des Wassers, das sich von Horizont zu Horizont erstreckt, melden die Sensoren Unterwasserleben. Seltsame Kreaturen gleiten durch Strömungen, sind auf Jagd oder werden gefressen. Auch die Vielfalt der dortigen Pflanzen ist enorm und farbenprächtig.

Stundenlang überfliegt Lokar den Ozean in Echtzeit. Beobachtet dicke, aus dem Wasser aufsteigende Qualm- und

Aschewolken, versetzt mit Schwefel und anderen Gasen. Erkundet einen gewaltigen Sturm, der hunderte von Metern das Wasser aufwirbelt. Kehrt anschließend zurück zur *Insel*. Hinter einem Farngürtel erblickt er dutzende der vierbeinigen Riesenkreaturen grasen. Plötzlich recken alle die Köpfe in die Höhe, halten inne. Lokar glaubt zuerst, dass sie ihn bemerkt haben, wird aber sofort eines besseren belehrt. Ein kleiner Riese steht bedrohlich und angriffslustig in unmittelbarer Nähe. Eine Welle hastig eingeleiteter schwerfällig wirkender Bewegungsabläufe geht durch die friedlichen Pflanzenfresser. Der Neuankömmling reißt sein mit unzähligen spitzen Zähnen bestücktes Maul auf.

»Der wird doch nicht …«

Und ob er will. Trotz der gewaltigen Größe setzt der Koloss sich behände in Bewegung. Gebannt schaut Lokar zu, wie einer der Pflanzenfresser zurückbleibt, strauchelt und dadurch der Jäger rasant aufholt. Wenige Sprünge später hat der Verfolger das zurückgebliebene Tier erreicht, das ein Biss in die Kehle außer Gefecht setzt. Blut spritzt auf.

Angewidert wendet sich Lokar ab. Sein Gemüt verkraftet solch einen barbarischen Akt nicht. Kurzentschlossen wählt er einen neuen Zeitpunkt in der Zukunft. Angeekelt kann er den Blick nicht abwenden. Bis die Entmaterialisierung das Bild in Nebel auflöst, muss er doch genau hinsehen.

Laut Anzeige sind über fünfzig Millionen Jahre seit dem Start vergangen, ein für Arimeaner unermesslich langer Zeitraum. Von der *Insel* ist nichts übrig geblieben. Breite, mit Wasser gefüllte Gräben teilen die einstige Landmasse in mehrere Kontinente. Ein Unterwasservulkan speit glühende Magma mehrere hundert Meter empor, begleitet von heftigen Eruptionen und einer monströse Aschewolke.

Automatisch wird die Oberfläche gescannt und als Computermodell visualisiert. Zusätzliche Außenaufnahmen runden das Bild ab. Was Lokar nur am Rande wahrnimmt sind vereinzelt fliegende Schatten, denen er allerdings keinerlei Bedeutung zumisst.

Es ist müßig die Mission auf diese Weise zu erfüllen. Schnell hat Lokar seinen Enthusiasmus verloren. Leider fehlt ihm nötiges Wissen, welches die Prozesse erklärt. Nur als Beobachter durch die Zeit zu reisen, wird auf die Dauer langweilig.

Durch seinen Kopf schießen die wildesten Fantasien. Ob etwas gegen eine Landung spricht? Die atmosphärischen Werte zeigen einen erhöhten Sauerstoffgehalt, der allerdings ungefährlich ist. Für einige Momente kein Problem. Lokar hätte eine Maske mitnehmen sollen; doch daran hat er mit keiner Silbe gedacht.

›Vielleicht sollte ich darauf verzichten.‹

Ihm kommt der Aufprall wieder in den Sinn, der ihn beinahe zum Verhängnis geworden wäre. Zwar führt die Kapsel ein transportables IATRA mit. Doch reicht es auch für schwerwiegendere Notfälle?

Ein Gefühl von Furcht bemächtigt sich Lokar. Abenteuer hin oder her. Noch ein Sprung nimmt er sich vor, dann reicht es für heute!

Bereits die Materialisierung bringt Lokar zum Staunen. Er ist nicht allein! Mehrere fliegende Wesen, deren Spannweite auf über einen Meter zu schätzen sind, haben die Lüfte erobert. Besonders eine Kreatur erweckt Lokars Aufmerksamkeit. Es hat einen recht hohen, dreiecksgeformten Kamm auf dem Kopf und abstehende Auswüchse, die wohl Ohren sind. Mehr als siebzig Millionen Jahre in der Zukunft werden Wissenschaftler diese Flugsaurierart *Caiuajara dobruskii* nennen.

Davon ahnt Lokar jedoch nichts. Ihm geht es darum, die Mission zu beenden, und zwar erfolgreich im Sinne des *Wächter*-Magistrats. Er entdeckt noch zwei weitere Saurier, weniger auffällig aber ausgezeichnete Flugkünstler. Einhundertzwanzig Meter Entfernung misst der Abstandssensor. Lokar bekommt Gänsehaut.

»Das ist doch nicht wahr ...«

Eigentlich wirken alle diese Flugwesen gleich groß. Doch nun bekommt Lokar es mit der Angst zu tun. Das Riesending kommt direkt auf ihn zu! Und mit jedem zurückgelegten Meter wird das Ausmaß seiner Größe gewaltiger. Lokars Unterkiefer klappt herunter. Staunend ist er unfähig, rechtzeitig zu reagieren. Die Kreatur wird größer und größer. Das Warnmeldesystem gibt die Wahrscheinlichkeit eines Zusammenpralls bei Beibehaltung des jetzigen Kurses von 99 Prozent an. Zusätzlich ertönt ein schneidender Ton. Schwitzend betätigt Lokar den virtuellen Knopf des Autopiloten. Gerade rechtzeitig! Die Automatik korrigiert den Kurs nach unten, und zwar im Freiflug. Stabilisatoren verhindern ein Abtrudeln.

Der Reisende hat nur Augen für den Flugkoloss. Zehn Meter und mehr misst die Flügelspannweite des Himmelsgiganten. Majestätisch gleitet er über den Gleiter hinweg, verschwindet aus Lokars Blickfeld.

Erst jetzt, der Katastrophe knapp entkommen, begreift er. Atemnot setzt ein. Hysterisch verschafft er sich Luft, droht zu hyperventilieren. Seine Werte sinken und er droht bewusstlos zu werden. Sofort beginnt das IATRA mit der Arbeit. Da Lokar nicht in der Lage ist zu handeln, leitet das System selbstständig die Rückkehr ein. Fünf Sekunden nach der Entmaterialisierung kehrt sich der Vorgang um, Teasar will gerade gehen, als der ›RZG‹ wieder erscheint.

»Das ging aber schnell«, sagt Teasar leichthin. Dann sieht er, in welcher Verfassung sich Lokar befindet ...

Fünf

Unterirdisch erreichen sie, von Callum geführt, den Raum unter der Glocke. Alles ist noch so, wie Waylon in Erinnerung hat. Sogar die vier Mumien verharren in ihrer erstarrten Haltung. Ähnlich wie damals fröstelt ihn. Callum scheint sich nicht daran zu stören, und wenn doch, dann überspielt er es hervorragend.

Schräg rechts befindet sich die rostige Wendeltreppe, die Waylon damals benutzte. Und die Linien und Zeichen fluoreszieren ihn schummrig entgegen.

»Hat das irgendeine Bedeutung?«

Callum sieht ihn musternd an.

»Ich dachte nur …«, stammelt Waylon eingeschüchtert.

»Alles hat eine Bedeutung, Waylon. Und jetzt bleibt stehen und rührt euch nicht, bis ich es sage!«

Tonfall und die unterstreichende, entschieden angespannte Körperhaltung lassen keinen Widerspruch zu. Angewurzelt verharren Dako und Waylon. Sogar der Maki, der sich auf des Dakotas Schulter anschmiegt, scheint zu spüren, wie ernst es dem *Wächter* ist. Vater und Sohn wechseln einen vielsagenden, stummen Blick.

Callum konzentriert sich. Unvermittelt dringt ein Brummen aus den Tiefen des Berges. Aus dem schummrigen Licht an der Wand wird ein klar Leuchtendes. Das Geräusch schwillt an, verändert seine Dynamik und Tonart. Leicht zittert der Fels unter ihren Füßen.

»Was geschieht hier?«, fragt flüsternd Waylon.

»Ich weiß es nicht«, wispert Dako zurück, der den *Wächter* nicht aus den Augen lässt.

Die Felswände beginnen wellenförmig zu atmen. Der anschwellende Ton erreicht die Ultraschallfrequenz. Gelb-blaue Blitze züngeln um den kleinen Trupp, ohne diese zu berühren. Danach entsteht am Boden ein türkises fluoreszierendes Feld, in dem verschiedene Zeichen entstehen. Nacheinander wechseln sie. Die Zeichenfolge stellt den Countdown dar, wie Waylon zu erkennen glaubt. An den Rändern des Lichtfeldes entsteht ein Kraftfeld, welches sich kuppelförmig um sie schließt. Hierauf wechselt die Farbe zu marineblau.

Waylon spürt es im ganzen Körper kribbeln. Es ist ein fremdartiges Gefühl, jedoch nicht unangenehm. Er bemerkt, wie die Beine von einem nicht identifizierbaren Material gehalten werden, das zudem noch durchsichtig ist.

Ein kurzer prägnanter Ruck folgt, begleitet von grellen Lichtblitzen. Dann wird es schlagartig dunkel.

* * *

Blau-funkelndes Licht erhellt die Umgebung. Es herrscht ein angenehmes warmes Klima, mit einem tropischen Touch. Fremdartige Würze liegt in der Luft. Es riecht nach einem Gemisch exotischster Kräuter, ohne dass die Bestandteile einzeln bestimmt werden können. In den Ohren knackt es. Der Boden ist mit einer Moosart überzogen, die aus dem Umgebungslicht die Blauanteile herauszieht und ebenso bläulich schimmert. Darauf geht es sich besonders leicht, wie die beiden Erdbewohner sogleich feststellen.

»Willkommen in Aquoras«, spricht Callum besonders feierlich. »Ich begrüße die ersten Menschen auf Arimea herzlich!« Befremdlich sonderbar klingt seine Stimme. Als erahne er Waylons und Dakos Überlegungen, erklärt er: »Meine Stimme mag für euch sehr ungewöhnlich klingen. Dies liegt am Gehalt eines zugesetzten Gases, welches die Luft sauber hält und Bakterien abtötet. Außerdem befinden wir uns in einer Unterwasserstadt, dreitausend Meter tief.«

Waylon zieht augenblicklich den Kopf ein.

»Keine Sorge«, beruhigt Callum. »Es ist die älteste Stadt auf Arimea.«

»Der Druck … der muss doch unermesslich sein …«

»Turbinen erzeugen einen Gegendruck, damit die Kuppel

nicht bricht. Übrigens besteht die Kuppel aus mehreren Schichten.«

Damit ist die offizielle Begrüßungszeremonie beendet. Aufrechten Ganges geht Callum zu einem schwebenden Podest.

»Eine Führung gefällig?«

Zögernd treten sie näher, stellen sich neben ihren Gastgeber.

Sanft nimmt das Podest an Fahrt auf. In schwindelerregender Höhe stoppt er an einer Haltebucht.

»Welch ein fantastischer Ausblick«, schwärmt Waylon. Jetzt fällt ihm auf, dass er nur schwer die gegenüberliegende Wand sehen kann. Was für eine architektonische Leistung!

»Das dort hinten ist nur eine von insgesamt neun Zwischenwänden. Die Architekten mussten die Kuppel in Segmente unterteilen, damit sie hält.«

»Alle sind so … so … riesig wie die hier?«

»Die Wohnraumsegmente sind noch größer.«

Sie folgen Callum über eine Empore, die ringsherum führt. In regelmäßigen Abständen erreichen sie einen Tunnelschlauch, der die Segmente miteinander verbindet. Durch alle Wände kann man hindurch auf den Meeresboden sehen. Dieser hat kaum Ähnlichkeit mit dem irdischen. Kaum Wasserpflanzen, sondern nur Schlick und auffällige Deformationen. Waylon drängen sich Gedanken wie steril und leblos auf.

»Hier befinden wir uns im Zentrum von Aquoras. Von hier aus sind alle Bereiche direkt erreichbar.«

Weiter führt sie Callum durch das Labyrinth von Tunnel, Gängen und Plätzen. Von der blau glitzernden Außenwand abgesehen, vergisst man ganz schnell, dass man sich unter Wasser befindet. Konzeption und Ausführung sind vertraut, wobei die Art und Anordnung eindeutig nicht menschlicher Köpfe entstammen. Als Leitsystem dienen leuchtende Zeichen auf dem Boden. Waylon vergleicht es mit Venedig, dessen bekanntes Grätenmuster immer zum Zentrum zeigt.

»Wo sind eigentlich die Bewohner?«, fragt Waylon ganz

nebenbei. »Sieht aus, wie verlassen.«

Er kann nicht ahnen, was die Frage in Callum auslöst. Der ist eh schon seit einigen Minuten ziemlich still. Statt zu antworten beschleunigt der *Wächter*. Anhand seines Alters hätte Waylon ihm diese Fitness nicht zugetraut. Er jedenfalls hat Mühe hinterherzukommen.

Eine geschlagene viertel Stunde laufen sie Callum treu und brav hinterher, wie ein Hund seinem Herrchen. Diese planlose, irrsinnige Lauferei geht Waylon gegen den Strich. Er bleibt einfach stehen.

»Es reicht«, ruft er. »Was ist hier los?«

Auf der Stelle bleibt auch Callum stehen. Beinahe läuft Dako gegen ihn, kann aber noch rechtzeitig ausweichen. Etwas pikiert rümpft er die Nase.

»Callum, ich warte!« Waylon verschärft den Ton absichtlich.

»Worauf wartest du!«, erklingt die tiefe Stimme Callums feindlich.

»Auf eine Antwort!«

Langsam dreht sich daraufhin der *Wächter* um. Die Stirn durchfurchen tiefe Falten. Ob aus Sorge oder vor Wut sei dahingestellt.

»Welche Antwort?!«

Waylon atmet tief. Er muss sich zügeln, um nicht auf der Stelle zu platzen. So ruhig wie möglich fragt er zum zweiten Mal.

»Wo sind deine Leute?«

»Du willst das wissen?« Callums Augen sprühen. Wie ein wildes Tier auf der Flucht schaut er sich hektisch um. »Siehst du sie denn nicht?«

Vom *Wächter* angesteckt sieht sich Waylon ebenfalls gehetzt um.

»Was ist denn los? Callum, bitte!«

Fahrig geht Callum ein Stück vor, wieder zurück. Wechselt die Richtung, wiederholt das Ganze. Der Arimeaner ist sichtlich nervös. Unbesonnen wandert er umher, bleibt stehen, geht weiter.

»Verdammt«, schreit er. »Verdammt!«

Vorsichtshalber schweigt Waylon, um nicht Öl ins Feuer zu gießen. Dako ist nicht anzusehen, was er gerade denkt oder vorhat. Der Mohrenmaki, Wihakayda, verhält sich ebenfalls mucksmäuschenstill. In der Luft liegt unverhohlene Feindseligkeit.

»Nun sag du doch auch mal was, Dako«, fordert Waylon.

Der Dakota verzieht keine Miene. »Unser Freund weiß, was er tut, auch wenn er nicht versteht.«

»Was?«

»Geben wir ihn die Zeit die er braucht, *micinksi*. Zeigen wir ihm, dass wir seine Freunde sind.«

Inzwischen steht Callum merkwürdig in sich versunken da. Die Hände in die Seiten gestemmt, arbeitet es in ihm. Der *Wächter* kann sich nicht mehr erinnern, wann er zuletzt auf dem Planeten war. In der Unterwasserstadt war er gewesen, da war er noch ein Kind. Er ließ sich vom hiesigen Ambiente verzaubern, träumte davon, einmal selbst hier zu leben. Aquoras sprühte nur so vor Leben. Kinder spielten vergnügt und ausgelassen. Die Erwachsenen gingen Verpflichtungen nach oder freizeitlichen Vergnügungen. Täglich dockte das Unterwassershuttle an, brachte unzählige Besucher und Umsiedler. Das neue Lebensgefühl war berauschend. Glücklich und zufrieden pulsierte die Stadt.

Jetzt ist alles anders. Aquoras musste evakuiert werden. Callum hörte nur davon, dachte noch, dies wäre vorübergehend. Offensichtlich war dem nicht so. Seit die Wanderung beschlossen wurde, konnte die Sicherheit nicht mehr für Aquoras gewährleistet werden. Enorme Kräfte lasten auf der Kuppel, die beherrscht werden wollen.

Alle Systeme arbeiten wider Erwarten einwandfrei. Der Druck hat sich, wenn überhaupt dann nur minimal geändert. Warum also ist niemand hier? Nicht einmal das Wartungspersonal scheint zugegen zu sein.

»Kommt mit«, fordert Callum forsch. »Wir müssen etwas nachsehen …«

Unter der Kuppel verlaufen unzählige Wartungsröhren, die die Stadt mit allem versorgen. Ein natürlich entstandener Graben darunter wurde umbaut und dient als Steuerungsraum. Wartungsfreie Turbinen erzeugen den erforderlichen Strom. Luftfilter und Wasseraufbereitung werden von hier aus gesteuert. Die Schnittstelle besitzt einen Andockbereich für Versorgungsboote. Lifte sorgen für den Transport in die dafür vorgesehenen Verteilbereiche. Dies alles geschieht automatisch.

»Was hoffen wir hier zu finden?«, fragt Waylon vorsichtig.

»Einen Wartungstrupp«, kommt prompt als Antwort. »Jede Technik benötigt Überwachung und, falls notwendig, ein sofortiges Eingreifen. Tausende Arimeaner sind davon abhängig.«

»Gab es denn schon einmal einen Notfall?«

»Nein.«

Staunend pfeift Waylon leise.

»Ist das bei euch anders?« Callum ist stehengeblieben.

»Was Technik betrifft, nein.«

»Eure Unterwasserstädte arbeiten anders?«

Waylon macht große Augen, schaut hilfesuchend zu Dako.

»Wir … wir haben … sowas nicht …«

Die Augen zu einem schmalen geschlossen, traut Callum nicht, was er soeben gehört hat. *Sind es wirklich nur Primitive, diese Menschen?*

»Ihr habt keine?!«

Dako und Waylon schütteln mit dem Kopf.

»Euer Planet muss riesig sein, wenn ihr alle Platz habt.«

»Na ja«, hüstelt Waylon verlegen. »Wir haben Ballungsräume mit über zwanzig Millionen Einwohner und mehr …«

»Hört sich gut an«, lässt Callum verlauten.

»Wo arbeiten denn die Wartungsleute?«, lenkt Dako das Gespräch wieder zum Kern.

»Am Ende des Tunnels sind Werkstätten und Unterkünfte.«

»Dann los.«

Der *Wächter* übernimmt wieder die Führung. Es geht vorbei an geschlossene Schotts, zwei Bullaugen, gut sortierte Kabelstränge. Auffällig ist die allgemeine Sauberkeit. Alles ist hell und gepflegt. Fast klinisch!

»Hinter dieser Tür«, Callum deutet darauf, »ist immer jemand. Dies ist das Herzstück.«

»Dann sollten wir nachsehen«, sagt Waylon und geht einen Schritt vor.

»Halt. Wenn Sie einen Nicht-Arimeaner sehen, glauben sie möglicherweise an einen Überfall. Ich gehe.«

»Gab es sowas öfters?«

Callum denkt nach.

»Nein«, entgegnet er. Zittert da etwa seine Stimme? »Ich gehe vor. Haltet euch dicht bei mir.«

Sobald sich Callum dem Schott nähert, gleitet es zur Seite. Mit erhöhtem Herzschlag tritt er ein. Doch was er vorfindet, raubt ihm um ein Haar den Verstand.

Sechs

Randplanet, 154 Millionen Jahren in der Vergangenheit.

»Ich fasse also noch einmal zusammen«, sagt Mila müde. »All unsere Bemühungen habe keinerlei Auswirkungen. Dann bin ich überfragt.«

Gemurmel wird laut. Sowas wie »Kann doch nicht sein«, »Ich hab's doch gleich gesagt« oder »Kehren wir heim« machen die Runde. Nur Teasar und Lokar verhalten sich abwartend ruhig. Ersterer, um eine Entscheidung zu finden und letzterer aus Versagensvorwürfen. Der Kommandant sieht keinen Sinn in der Fortführung der Mission. Was würde Amerona an seiner Stelle tun? Sie ist stark, hat mehr als einmal klaren Kopf bewiesen. Wie würde sie jetzt reagieren? Rücksprache halten? Doch wer ist der richtige Ansprechpartner? Das Sternenministerium, das für die Unternehmung verantwortlich ist oder den Magistrat, der die Fäden im Hintergrund zieht?

»Unsere bescheidenen Mittel reichen nicht aus«, ergänzt resigniert Mila. »Wir können nur warten.«

»Es ist auch nicht so ungefährlich, was Lokar macht«, meldet sich Teasar nun doch zu Wort. »Wenn ihm etwas passiert, ist er hilflos.«

Alle sehen gleichermaßen mitleidig auf den Verunglückten. Im Mittelpunkt zu stehen ist Lokar peinlich. Dafür ist er nicht geschaffen. Verlegene Röte schießt ihn ins Gesicht. Er hört Milas Gekichere, die es vermutlich süß findet, ihn so zu sehen. Könnte er nur in den Boden versinken!

»Wie dem auch sei«, fährt Treasar fort. »So kann es nicht weitergehen. – Mila? Welche Tests müssen noch durchgeführt werden?«

Die Angesprochene denkt nach.

»Es sind etwa noch ein Dutzend. Drei Tage …«

»Gut. Du hast einen Tag!«

»Und zwei Versuche sind noch notwendig; die benötigen mindestens ebenfalls drei Tage, Kommandant.«

»Maximal zwei sind drin, Biologin Mila.«

»Aye …«

Gütig sieht Teasar über Milas Gebaren hinweg.

»Die anderen beenden ihre Tätigkeiten und helfen Mila. Und du, Lokar, ruhst dich aus.«

»Mir geht es gut, Teas …«

»Dies ist ein Befehl!«

Völlig ausgelaugt begibt sich Lokar in seine Kabine. Bleierne Müdigkeit überfällt ihn. Insgeheim ist er froh, freigestellt worden zu sein. ›Mila wird es schon packen‹, geistert es durch seinen Kopf. Wenn die taffe Frau etwas im Griff hatte, dann ihre Arbeit und die Helfer. Unter Milas Anleitung gelingt das Unmögliche. *Sie schafft das schon …*

Pochender Kopfschmerz hämmert in Lokar. Träge realisiert er zeitverzögert den eigenartigen Zustand. Ihm ist schwindlig. Ein unbändiges Rauschen erfüllt ihn zunehmend. Irgendwas stammelt er, dass jedoch kein Gehör findet. Fahrig unkontrolliert gleiten seine Hände hilflos übers Gesicht. Es ist so dunkel. Schwer die Lider, die nicht gehorchen wollen. Er seufzt gequält auf. Alles ist still; zu still. Kein Laut dringt an seine Ohren.

Nicht mehr Herr eigener Sinne und des Körpers, wälzt er sich umständlich vom Rücken auf die Seite. Dabei stößt er gegen eine harte Fläche. Sekunden später drängt mit voller Wucht der Schmerz in sein Bewusstsein. Er will schreien. Langsam dämmert es Lokar, dass dies kein Traum ist. Das Zeitempfinden völlig verloren, greift panische Angst nach ihn.

Blind ertastet Lokar die erreichbare Fläche. Die ist angenehm kühl und glatt. Woher kennt er nur, was er gerade ertastet? Diese Oberfläche kommt ihn vertraut vor.

›Streng dich an!‹, fordert Lokar sich selbst auf.

Alle Anstrengung ist momentan vergebliche Liebesmüh. Seine Welt ist nicht konform mit der realen Welt! Dieser Einsicht folgend gibt Lokar auf. Fehlende Kraft und unzureichend ausgeprägter Wille lassen den Geschundenen resignieren. Demütig ergibt sich Lokar dem Schicksal …

Ruckartige, unrhythmische Bewegungen erschüttern das Schiff. Sofort springt Lokar hoch. Leichte Vibrationen des Bodens zeugen von einer gewaltigen Energie. Verschlafen schaut er sich um. Etwas ist anders! Zischend geht die Tür auf und wieder zu. Niemand betätigt den Sensor, weder von außen noch von drinnen. Unbegreiflich! Wiederholt erbebt die »Sternengral«, diesmal heftiger und erschreckend oberflächennah.

Endgültig reißt es Lokar aus dessen lethargischer Gleichgültigkeit. Mit einem Satz ist er auf den Beinen. Er wundert sich noch darüber, nimmt es aber schnell als gegeben hin. Erst später fällt ihm auf, dass er nicht in der Schlafröhre gelegen hat. Dies erklärt auch das ständige Auf und Zu der Kabinentür, da er im Abtastbereich des Sensors lag.

Wieder und wieder erzittert der Raumkreuzer unter vehementen Stößen. Kaum ist es Lokar möglich, auf den Beinen zu bleiben. Alle Kraft aufbietend rennt er hinaus in den Korridor. Dann weiter in die leere Zentrale.

»Hallo?«

Aufgeregt sprintet er hinaus durch das geöffnete Außenschott.

»Wo seid ihr?!«

Sein Ruf verklingt unbeantwortet unter einem sehr starken Erdstoß. Taumelnd bekommt Lokar gerade noch den Griff seitlich zu fassen. Aus einem Erdspalt dringt ätzender Rauch heraus. Tief unter der Oberfläche rumort es immerfort.

»Teasar! Mila! – Hallo!«

Lokar bleibt im Schiff. Kleine Spalten reißen unter extremen Getöse auf. Sollte die Crew noch draußen sein, hat sie keine Chance. Gebannt starrt er auf den Fels, der immer mehr zerbricht.

Ohne weiter nachzudenken schließt er das Schott. Die Zeit drängt. Eine gewisse Schieflage der »Sternengral« ist nicht mehr zu übersehen. Will er das Schiff retten, muss schnell gehandelt werden.

Für Notfälle gibt es den Auto-Start, der bei Gefahr alle notwendigen Maßnahmen einleitet. Warum dies noch nicht geschehen ist, bleibt ein Rätsel. Zur Grundausbildung gehört für jedes Mitglied ein Kurs, der solch ein Szenario simuliert. So gelingt Lokar, der sich aufgetanen Hölle, zu entkommen.

Stundenlang umkreist das Schiff im Orbit den Randplaneten. Feuerzungen erhellen auf der Nachtseite gespensterhaft die Ausbruchstellen. Der alte Landeplatz ist umringt von speiender Magma. Ein faszinierender und tödlicher Anblick. Derartige geologische Prozesse gibt es auf Arimea nicht. Im Gegensatz zu dem feurigen Jungplaneten, dessen Veränderungen mit lauten Getöse einhergeht, hat Lokars Heimatplanet diese Phase längst überwunden. Wenn, dann geschehen diese Veränderungen unbemerkt tief im Inneren.

Aufgrund der stattfindenden Tragödie, erinnert das wandelnde Antlitz an eine vor Äonen entstandene Legende. Die brennenden Spalten ähneln der züngelnden Zunge des viergehörnten Basilisken. Der Vergleich drängt sich regelrecht in sein Bewusstsein. Und so verwundert es wohl kaum, dass Lokar fortan den Planeten Aremodon nennt; der Heimat von Rogal.

Jede Minute die Lokar opfern kann, streift er durchs Schiff. Keiner seiner Crew ist auffindbar! Immer wieder sagt er sich, dass sie noch auf Aremodon sein *müssen*! Eine andere Erklärung will ihm nicht in den Kopf. Leider war die Zeit zu knapp. Und den Kreuzer brauchen sie. Trotzdem bereut er irgendwie die Entscheidung. Zwar hat er keine Konsequenzen zu fürchten, dennoch ist Lokar etwas flau in der Magengegend.

Nachdem es einwandfrei feststeht, dass er *wirklich* allein an Bord der »Sternengral« ist, versucht er unermüdlich Funkkontakt herzustellen. Zermürbend, wenn keine Antwort kommt. Allmählich droht die Hoffnung zu sterben, die Freunde zu finden.

Es ist zu früh, um über eine Landung nachzudenken. Der Planet ist in Aufruhr, das eingerichtete Camp mit hoher Wahrscheinlichkeit von heißem Lavastrom verschlungen. Die Pause nutzt Lokar, um darüber nachzusinnen.

Versunken in Gedanken und einer nicht beschreibbaren Unruhe, geht er zum x-ten Mal von Kabine zu Kabine. Er will einfach nicht akzeptieren. Und er muss etwas tun. Ohne es geplant zu haben, befindet er sich wider Erwarten im Frachtraum. Stirnrunzelnd betrachtet er die übergebliebenen Sachen. Sein Blick überfliegt halbleere Kisten, Gegenstände, die nicht gebraucht wurden, diverse Artikel. Alles andere befindet sich draußen im Camp.

Das Camp! Der Gedanke bereitet Lokar Bauchschmerzen. Ob sie sich haben in Sicherheit bringen können? Wenn ja, wo? Krampfhaft versucht Lokar sich in Erinnerung zu rufen, was er sah. Ziemlich viel Rauchwolken und die aufberstende Erde. Dies hat ihn völlig aus der Bahn geworfen. Wären da nicht irgendwelche Schatten? Warum kam aber keine Antwort? Das Zischen aus den Felsspalten! Ja, es war extrem laut! Lokar hat nicht den Erfahrungsschatz, dass er sich in eine ähnliche hinein versetzen kann. *Verdammt!*

Um das Gebiet des Camps brodelt es, wie ein prüfender Blick bestätigt. Für die »Sternengral« zu gefährlich. Die Parameter zeigen, dass das Gebiet unbegehbar geworden ist.

Mit einem kleineren Gefährt, wie etwa ein Gleiter, wäre Lokar wendiger und bei Bedarf in der Lage, Überlebende aufzunehmen. Ein Problem, welches ihn einen Stein in den Weg legt: Es ist kein Gleiter verfügbar!

›Der *RZG*!‹

Das er nicht sofort daran gedacht hat! Eilig kehrt der von Unruhe geplagte Arimeaner zum Frachtraum zurück. Dort fährt ihn der Schreck in die Glieder. Der Platz, an dem der ›Raum-Zeit-Gleiter‹ abgestellt wurde, ist leer …

◎

Zwei Jahre später. Arimea, Innere Insel.

Im Regierungspalast herrscht Aufregung. Alle gewählten Vertreter sind versammelt, um ein neues Gesetz auf den Weg zu bringen. Gegner und Befürworter treffen aufeinander, verschaffen sich lautstark Gehör und werben für ihre Ansicht. Worte fliegen nur so umher, der den Tumult mit einem verbalen Teppich unterlegt.

Im Palast ist reger Durchgangsverkehr. Das Patriarchenpaar wird erwartet, um die Gesetzgebung zu leiten. Politisch betrachtet steht es an der Spitze des Apparates, muss sich der Mehrheit allerdings beugen. Wird gegen das bestehende Recht verstoßen, hat der Patriarch die Pflicht einzuschreiten. Alleingänge der Herrscherfamilie werden grundlegend geächtet und mit einer horrenden Strafe geahndet.

Patriarch Dharidma ist überall beliebt und gilt als gerechter, gütiger Monarch. Wo er sich aufhält herrscht eine ausgelassene Stimmung. Unter den Wartenden ist auch Orinario. Er ist Zeuge.

Doch der Patriarch lädt nie kurzfristig ohne Grund ein. Als letzte Instanz überwacht er neben die Geschicke des Planeten auch die Entwicklung der Gesellschaft. Gütig heißt nicht gleich nachlässig! Und oft hat Dharidma Fehlentscheidungen verhindert oder sogar rückgängig gemacht.

Diesmal haben seine Getreuen ihn aufmerksam gemacht, dass im inneren Zirkel des Kreises ungeheuerliches vorgehe. Genaueres sei nicht bekannt, habe wahrscheinlich mit einer ominösen Erfindung zu tun, die nicht gemeldet wurde. Ein Fauxpas! Und Majestätsbeleidigung, die es in dieser hinterhältigen Form nie gegeben hat.

Hinterhältig deswegen, weil es ein ungeschriebenes Gesetz gibt, das besagt, alle Neuerungen mit möglichem gesellschaftlichen Potential müssen gemeldet werden. Damit behält sich das Patriarchenpaar vor, über eine offizielle Freigabe für den allgemeinen Nutzung nachzudenken und den Rat einzuberufen. Denn alle Arimeaner haben ein Anrecht auf sämtliche, jemals entwickelte Geräte bis zur Größe eines Viersitz-Gleiters.

Orinario glaubt zu wissen, dass die *Blender* das Gerücht in die Welt setzten, welches sich schließlich verselbstständigte. In den letzten vier Zyklen des vergangenen Jahres verschärfte sich die Auseinandersetzung und die öffentliche Meinung begann, zu Ungunsten der *Wächter*, zu kippen. Plötzlich stehen *sie* am Pranger! Der Älteste sieht eine Gefahr am geistigen Horizont, die unwiederbringlich *ihr* Image auf lange Zeitperioden hinaus zerstört.

Es gilt zu handeln. Die Zeit hierfür ist knapp. Orinario gelang es, dem Patriarchen milde zu stimmen. Hochangesehen setzt er viel aufs Spiel. Noch ist unklar, *wer* dafür verantwortlich ist. Bald wird er es wissen …

Sieben

Ein abgestandener, süßlicher Verwesungsgeruch raubt Callum den Atem. Sofort setzt der Würgereiz ein. Trotz, oder gerade wegen des Anblicks ist er außerstande, sich abzuwenden. Überall im Raum liegen und sitzen stark verunstaltete Leichen. Es muss alle von der Wartungsmannschaft getroffen haben. Einige sind mehr oder weniger gut erhalten. Größtenteils sind die Überreste einfach nur widerlich verunstaltet.

Länger hält es Callum nicht aus und übergibt sich auf der Stelle.

Einmal freigesetzt dringt der Gestank ungehindert aus dem Raum. Ganz offenbar funktioniert das Filtersystem nicht richtig. Wurde es etwa absichtlich abgestellt? Waylon bekommt eine volle Ladung ab und rümpft die Nase. Das Maki-Weibchen indes springt, Dakos Ruf missachtend, ohne Berührungsängste in den Raum. Dort verschwindet es aus dem Blickfeld.

»Mein Gott«, raunt Waylon fassungslos. Die Gesichter der am Boden liegenden Leichen sind absonderlich verzerrt. »Was mag passiert sein?«

Stoisch, wie es Waylon vorkommt, geht Dako auf eine sitzende Leiche zu. Es ist ein Mann mit einem befremdlichen Gewand, das sich von den anderen deutlich unterscheidet. Aufgestickte Ornamente deuten auf einen Würdenträger hin. Hals und Handgelenke ziert ein bronzefarbener Schmuck. Am Gürtel hängt ein kleiner Beutel.

Etwas murmelnd beugt sich Dako vor. Skeptisch beäugt Waylon die Szene. Was kommt jetzt? Mit angehaltenem Atem gewahrt er, wie der Dakota den kleinen Gegenstand dem Verblichenem abnimmt.

»Was tust du«, raunt Waylon schockiert.

»Es sieht nach einem Medizinbeutel aus«, erwidert Dako ebenso leise.

»Medizin?«

»Ein Schamane trägt darin heilige Gegenstände mit.«

Callums Magen geht es besser, doch im Gesicht steht dem *Wächter* der Schock noch geschrieben. Blitzschnell lässt Dako den Beutel in einer seiner Taschen verschwinden. Er weiß nicht, wie Callum reagiert, wenn der es bemerkt. An einem Streit liegt dem Dakota nichts.

»Was könnte nur passiert sein«, spricht Callum gequält seinen Gedanken aus.

»Ein Unglück?«

So wie die Toten angeordnet sind, sieht es nach einem Unfall aus. Es hat sie unvorbereitet erwischt.

»Ein Abadon«, wispert Callum nachdenklich und lässt dabei seinen Blick nachdenklich schweifen. Er scheint diese Möglichkeit ernsthaft in Erwägung zu ziehen. Seine Augen dagegen sprechen eine andere Sprache.

»Wozu dient dieser Raum genau?«

»Es ist Mannschafts- und Unterkunftsraum zugleich. Man will vermeiden, dass es zu Ausfällen kommt.«

Waylon nickt. Nachvollziehbar, wenn die Mannschaft in Nähe von den zu überwachenden Anlagen untergebracht sind. Ein Fehler in der Sauerstoffproduktion zum Beispiel hätte fatale Folgen.

»Kennst du jemanden?«

Nach einer Weile verneint Callum, dem es schwerfällt, in die Gesichter zu schauen. Außerdem ist es lange her, dass er sich auf Arimea aufhielt.

»Was ist mit den übrigen Bewohnern?«

»Evakuiert.«

»Ich weiß, du hast es erzählt. Aber wenn alle evakuiert wurden, weshalb gibt es dann so eine hohe Anzahl von Wartungsleuten?!«

»Kann ich nicht sagen, Waylon. Seit der Wanderung hat sich vieles geändert.«

»*Wanderung*? Was bedeutet das?«

Callum runzelt die Stirn. Für den *Wächter* ist es selbstverständlich, davon zu sprechen, da er die Geschichte kennt. Seine Gäste wissen damit nichts anzufangen. Andersherum wäre es genauso, wenn Waylon von den alten Ägyptern oder der Römer berichten würde.

»Vor Äonen gab es einen Zwischenfall, den wir den Ersten Urigorischen Krieg nennen. Ihr müsst wissen, dass wir auf Arimea bis dahin nichts von Gewalt und Gegengewalt wussten. Unser Planet ist friedliebend. Über die Jahrtausende hinweg griffen die Urigoren uns immer wieder an. Arimea besaß damals keinerlei Abwehr. Auch von der Kriegsführung hatten wir keinen blassen Schimmer. So siegten die Urigoren und begannen uns zu unterjochen. Nach einem Zyklus gelang es uns, das kriegerische Volk zu verjagen. Tausende tapfere Arimeaner starben. Mit einem Gegenschlag unsererseits hatten sie nicht gerechnet. In Hast und Eile flohen die Urigoren, hinterließen aber einige Kriegsschiffe. Zum Glück kehrten sie nicht wieder, jedenfalls nicht sofort, sonst hätten sie Arimea besiegt.

So blieb Zeit, den Krieg zu studieren. Ganze Horden von Beobachtern wurden ausgesandt, um zu beobachten und zu lernen. An Expeditionen nahmen immer mehr Militäranhänger teil, bald darauf überwog deren Zahl. Die Suche nach einer Spezies, die genauso primitiv wie die Urigoren sind, war dringendes Gebot. Kurz: Wir suchten dringend nach Verbündeten. Doch es lief alles anders.

Die entdeckten Planeten trugen kein huminides Leben. Kaum einer war in seiner Entwicklung soweit, dass dort etwas entstehen konnte. Wissenschaftler stritten miteinander, wo die Ursachen liegen konnten. Der Prozess verlief schleichend und keiner konnte erahnen, dass sich plötzlich zwei Lager bildeten. Die Einen begannen zu forschen, die Anderen behinderten die Ersten. Daraus entstanden im Grunde genommen die *Wächter*, und die Widersacher wurden als *Blender* bekannt.

Zu dieser Zeit des Wandels begann der Zweite Krieg mit den Urigoren. Aus dem Hinterhalt griffen sie an. Jetzt rächte sich, dass Arimea noch keine Raumschiffe besaß! Nur einen Zufall ist es zu verdanken, dass die nicht siegten. In unser System eindringende Asteroiden schlugen die Urigoren in die Flucht. Wir waren also noch einmal davongekommen!

Dann kam ein neuer Patriarch. Er war jung, abenteuerlustig. Ein Industriezweig entstand. Wir produzierten endlich Waffen und Raumkreuzer. Somit konnten wir wenigstens die Angriffe halbwegs erfolgreich abwehren. Die Technik wurde vorangetrieben. Und ab dem sechsten Krieg verlief die Abwehr vollautomatisch.

Angriff folgte auf Angriff. Auch unsere Feinde entwickelten sich weiter. Keines unserer Expeditionsschiffe war mehr sicher. Sie waren stets zur gleichen Zeit am selben Ort. Arimea war sicher, dafür aber starben andere Planeten.

Wir waren ratlos. Unterließen weitere Expeditionen. Stattdessen trieben wir die Forschungen voran. Bis in die Gegenwart.«

»Wieviele Kriege gab es eigentlich?«, nutzt Waylon die Erzählpause des *Wächters*.

»Tausende. Alle fünfhundert arimeanische Jahre mindestens einen!«

»Und was hat es nun mit dieser *Wanderung* zu tun?«

»Aus den genannten Gründen, Waylon. Wir hatten den Urigoren nichts entgegenzusetzen, außer unser weit vorangeschrittenes technisches Wissen! Aber unsere Waffen konnten nichts ausrichten! Hierzu gehört ein beständiger Wille zur Zerstörung. Ein Ausweg musste also gefunden werden. Es entwickelte sich aus einer spontanen Idee. *Methelem* Orinario ist es zuzuschreiben, dass aus dieser einfachen Idee ein Plan wurde. Und ausführbar dazu.

Zeit seines Lebens widmete sich Orinario der Umsetzung. Vieles lief im geheimen ab. Denn ein Grundsatz durfte nie gebrochen werden: Die Technologie muss jedem Arimeaner zugänglich sein! Kein leichtes Unterfangen. Aber es gelang. Mithilfe der Rogaliten, einem sehr festen Mineral auf Arimea, dessen Vorkommen schier unergiebig ist, war es vor etwa viertausend Jahren soweit. Arimea verließ die Heimatgalaxie.«

Waylon fühlt einen imaginären Hammer auf den Kopf sausen, der ihn nach Luft Ringen lässt. Hat er sich verhört? Das muss er wohl!

Indes spricht Callum weiter: »Seitdem sind zwei künstliche Sonne unsere ständigen Begleiter. Die Urigoren können uns nicht mehr finden. Längst hat Arimea deren Einflussbereich verlassen.«

Das Kinn klappt Waylon unkontrolliert herab. Wie vom Donner gerührt, sieht er sich außerstande einer Entgegnung, geschweige seinem Unglauben kundzutun. Zu fantastisch klingen Callums Aussagen. Dem Menschen eröffnet sich eine völlig andere, fremdartige Welt! Bekannte Naturgesetze, einst mühselig erlernt, werden auf den Kopf gestellt. Durch Callums Kurzfassung arimeanischer Historie bekommt Waylon Einblicke, die sein Gehirn nicht annähernd verarbeiten kann, wie es ihnen gebührt. Fehlendes naturwissenschaftliches Wissen verhindert geistiges Eindringen in die Materie. So muss es sich angefühlt haben, als aus der Erdscheibe eine Kugel wurde. Ketzerei im wahrsten Sinne des Wortes.

Ein Quantum Intelligenz allerdings nimmt Waylon für sich in Anspruch, auch wenn sie an diesem Punkt momentan scheitert. Er stammt schließlich aus einer Zeit, die Aufklärung betreibt. Und zwar in sämtlichen Bereichen. Jeden Tag werden Dinge entdeckt, korrigiert, fallengelassen, die in seiner Schulzeit noch als unumstößlich galten. Aus ›fürs Leben lernen‹ ist ein ›mit dem Leben lernen‹ geworden. Dabei machte die Industrie im letzten Jahrhundert einen Quantensprung. Im nun beginnenden einundzwanzigsten Jahrhundert moderner menschlicher Zeitrechnung, scheint es einfach alles zu geben.

Und nun wird Waylon eine gewisse Rückständigkeit suggeriert.

»Das ... das ...«, stammelt Waylon schweißgebadet, »widerspricht ... allem ... ist nicht logisch ...«

»Logik? Sei beruhigt, ist reine mathematische Physik.«

»Für die Menschen ist es nur schwer nachvollziehbar«, mischt sich Dako ein, »wie deine Spezies dies alles bewerkstelligt hat. Was wir über die Astronomie wissen, mag noch in den Kinderschuhen stecken und euch rückständig vorkommen. Doch deine Geschichte hebelt Grundsätzliches aus.«

Nun ist es an Callum, Unverständnis zu zeigen.

»Ja, genau«, greift Waylon den Gedanken auf. »Ein Planet dreht sich um die eigene Achse und um die Sonne. Dadurch entsteht die Schwerkraft, die alles festhält.«

»Wo liegt das Problem?«, fragt der *Wächter*.

Waylon nimmt all sein astronomisches Wissen zusammen.

»Durch die Eigenrotation bleibt alles an Ort und Stelle … Auch die Atmosphäre …«

»Ich stimme euch zu«, antwortet Callum fast gönnerhaft. »Daran hat sich nichts geändert.«

Acht

Arimea, Vergangenheit.

Im ›Saal des Wortes‹, wie der Volksmund die herrschaftliche Halle nennt, kehrt langsam Ruhe ein. Auf der Inselempore über dem Eingang thront das Patriarchenpaar. Darüber prangt fluoreszierend das Familien-Wappen. Ähnelt der Bau augenscheinlich einem pompösen Gebäude, wie im alten römischen Reich die Cäsaren ihre Macht zur Schau stellten.

Neun aufwändig gestaltete, mit Ornamenten verzierte, schwere Pfeiler stützen das durchsichtige Rogalit-Kuppeldach. Der Übergang zum Gemäuer bildet der schwungvoll, detailreich gestaltete Basiliskenkörper. Links neben der Patriarchen-Empore mündet die schlangengleiche Form in den viergehörnten Kopf des Legenden-Wesens, rechter Hand dessen mit einem Stachel besetzten Schwanzes. Das geöffnete Maul wirkt lebensecht, aber nicht bedrohlich. Laut Legende war der Basilisk des Sprechens mittels Geistes mächtig, sodass er mit jedem Wesen sprachlichen Kontakt aufnehmen konnte. Diese Darstellung soll den ersten Kontakt mit den Arimeanern zeigen, denen er wohl gesonnen in allen Lagen beistand.

Gegenüber des Einganges, steht in urarimeanischen, aus Kristall geformten Lettern der Name des in Stein Geehrten: Rogal. Fällt zu einem bestimmten Zeitpunkt des Jahres das Licht der Sonne in den Raum, erstrahlt dessen Name auf wundersamer Weise. Das ist der Tag der Geburt Rogals. Dann sind in der Kuppel auch Nuyems zarte Konturen in der Struktur erkennbar; eine architektonische Meisterleistung.

Das Gemurmel verstummt. Alle Augen richten sich auf den Patriarchen, der, wie immer, eine Rede halten wird. Nur Orinario sucht in der Menge nach Anhaltspunkten, um endlich einen Hinweis darauf zu erhalten, wer gegen den *Kreis* aussagen wird. Dicht gedrängt stehen die Zuschauer im Halbkreis, die auch die Empore bildet. Direkt darunter bleibt der Platz frei.

Dort wird es zum Schlagabtausch kommen. Damit jeder in der Halle die Vorgeladenen sehen kann, werden später überall schwebende Bilder die Live-Übertragung übertragen.

Bei Beginn der Anhörung wird auf der freigehaltenen Stelle eine Bühne aus dem Boden ausgefahren. Die Plattform ist zweigeteilt; für jeder Partei eine Seite. Den Disput wird der Patriarch heute selbst leiten. Eine Aufgabe, die bisher stets Orinario vorbehalten war. Deshalb weiß der Älteste auch nichts näheres; ein Grundsatz dieser Konstitution, um frei von Vorurteil in die Auseinandersetzung gehen zu können.

Patriarch Dharidma erhebt das Wort. Sofort enden die letzten noch stattfindenden Gespräche.

»Arimeaner! Die heute anberaumte Audienz dient der Klärung. Es stehen Vorwürfe im Raum, die dringend ausgeräumt werden müssen, um unsere Gesellschaft nicht weiter zu destabilisieren. Ich dulde keine hier vorgetragenen Anfeindungen! Was zählt sind Fakten und die reine Wahrheit!«

Stumme Gesichter sehen gebannt zum Patriarchen empor. Der nutzt die Pause, damit seine Worte wirken können.

»Nun denn: Es mag beginnen!«

Vor dem Halbkreis beginnt eine energetische Wand zu flimmern. Dahinter funkelt ein weiteres, andersfarbiges Energiefeld. Gleichzeitig entstofflicht auf der Empore der Patriarch und taucht auf der Audienzbühne wieder auf.

»Aus Gründen der Vorsicht habe ich beschlossen, den Zeugen über Hologramm zuzuschalten«, erklärt Dharidma. »Wenn ihr ihn seht, begreift ihr auch, warum.«

Fragendes Geraune erstickt der Patriarch mit seiner ihm eigenen majestätischen Handbewegung, die keinen Widerspruch erlaubt.

Orinario schaut wie die Anderen gebannt auf das nun entstehende Hologramm. Die Zuschauer beginnen zu tuscheln, rätseln, wer dieser Mann ist. Sie kommen zu keinem Ergebnis. Dem Ältesten der *Wächter* ergeht es ebenso.

»Darf ich vorstellen: *Methelem* Sho-Ril.«

Ein *Methelem*? Was hat so einer damit zu tun? Der einsetzende Unmut scheint ihm Recht zugeben. Vielen ist der Ausdruck nicht einmal ein Begriff. Durch die jahrhundertelange Geheimhaltung kein Wunder. Es bestanden zwar immer Gerüchte, aber ohne jeglichen Beweis. Und die Enklave selbst kann keine Privatperson erreichen; sie erscheint auch auf keiner einzigen Karte.

Wir zuvor hebt Dharidma die Hand.

»Beruhigt euch«, fährt er fort. »Ich wählte diesen Schritt, um ein unvoreingenommenes Ergebnis zu erzielen. Einige unter euch werden nichts von der Existenz der *Methelems* wissen.«

Zustimmendes Nicken bestätigt Dharidmas Worte. Gebannt lauschen die Umstehenden der kurzen Erklärung. Des Patriarchen Mentoren befürchteten im Vorfeld einen Eklat, der Arimea erschüttern würde. Wider Erwarten nehmen die Anwesenden ihm seinen Vorstoß nicht übel.

»*Methelems* verfügen über ungeahnte Eigenschaften. Sho-Ril kann zum Beispiel mit den Rogaliten Kontakt über den Geist aufnehmen. Dies ist der Grund seiner holographischen Anwesenheit.«

Allgemeines Staunen folgt. Fragende Blicke mustern Sho-Ril neugierig. Seine Erscheinung gleicht der eines Arimeaners, nichts ungewöhnliches also. In einer Menge fiele er keineswegs auf. Dennoch versprüht seine Aura eine Art energetisches Empathiefeld. Wenn sein Abbild bereits derartiges hervorruft, was passiert dann bei einer körperlichen Präsenz?

»Danke, Eure Hoheit«, ertönt Sho-Rils Stimme. »Wie Patriarch Dharidma erwähnte, habe ich euch einiges vorzutragen. Es fällt mir nicht leicht, dies zu tun. Aber es ist unvermeidbar. Wie ich sehe, ist ebenfalls der *Wächter*-Älteste anwesend. Ich bitte ihn vorzutreten.«

Orinario wird es heiß. Nicht, weil jetzt sämtliche Augenpaare auf ihm richten; das ist er gewohnt und genießt es. Nein. Er hätte lieber erst einmal die Ausführungen des *Methelems* gehört. So wird er der Vorbereitung beraubt, die Orinario sich erhoffte.

Äußerlich gelassen, dafür innerlich von Beben erschüttert, schreitet er langsam zur Audienzbühne. Ehrfurchtsvoll verbeugt er sich vor dem Patriarchen, dann nimmt er aufrechten Hauptes Platz.

»Nun denn, Ältester, höre meine Worte!« Sho-Rils Stimme nimmt an Schärfe zu. »Wir beide sind uns nie begegnet. Trifft dies zu?«

»So ist es, *Methelem*.«

»Wie ist dein Name?«

»Ich bin weithin als Orinario bekannt …«

»Gut, Orinario. Als Ältester genießt du sicherlich einiges an Ansehen unter den deinen.«

»Nicht nur da, Sho-Ril.«

»Dagegen ist nichts einzuwenden, jedenfalls nicht bis heute.«

Orinario hört auf. Was kommt jetzt? Er fühlt sich mittlerweile nicht mehr als Zeuge, sondern eher wie ein Angeklagter. Soll er vorgeführt werden?

»Da du dich nicht äußerst, fahre ich nunmehr fort. Dich umgibt ein großes Geheimnis, Orinario. Ich denke, dass es niemand kennt.«

Selbstgefällig ringt Orinario sich ein Lächeln ab.

»Was soll das, Sho-Ril! Hat nicht ein Jeder irgend etwas, wovon keiner weiß?«

»Ihr Arimeaner vielleicht. Ein *Methelem* nicht …«

»Du bezeichnest dich also nicht als Arimeaner?« Orinario nutzt diese Aussage, um so vielleicht das Blatt zu wenden.

»Nein.«

Laute Rufe der Zuschauer schwellen an. Bevor Dharidma für Ruhe sorgen kann, entgegnet Orinario: »So, so. Du bist kein Arimeaner! Was dann?«

»Ein *Methelem*.«

»Das sagtest du bereits. Aber wenn ich nicht irre, ist dies

nur eine Bezeichnung deines mutierten Genom. Geboren wurdest du auf Arimea.«

»Ja.«

»Weshalb bestehst du dann darauf, dich als Nichtarimeanisch zu bezeichnen?«

»Weil es die logische Erkenntnis dessen ist, was der Defekt bewirkt. Er hindert mich auch, was du Lüge nennst, auszusprechen.«

Der *Wächter* ist platt. Einer Lüge bezichtigt zu werden ist infam und frech obendrein! Vor allem ihm, dessen Weitsicht überall gilt.

»Ich benötige dein Einverständnis, Orinario. Ohne deine Zustimmung, dein gehütetes Geheimnis preiszugeben, kann ich nicht fortfahren.«

Daher also weht der Wind! Man will ihn fertig machen! Innerhalb von Sekunden wägt er ab. Stimmt Orinario nicht zu, wäre diese Farce beendet. Doch ein großes ›Aber‹ bliebe bestehen. Man würde ihm nicht länger trauen. Zeit seines Lebens plädiert er immer für eine offene Umgangsform; besonders, als die *Blender* mitmischten.

Was passiert, wenn alle wissen, was er unter seiner Wohnwabe verbirgt? Würde dies nicht ebenfalls sein Image zerstören, oder wenigstens ankratzen?

»Weshalb ist es dir so wichtig?«, fragt der Patriarch Sho-Ril. Offenbar spürt Dharidma die Zerrissenheit des *Wächters*.

»Wie ich bereits sagte, ist es für die Aufklärung wichtig, Eure Hoheit.«

»Es sei. Antworte, Orinario.«

In die Enge getrieben stimmt der Älteste nickend zu.

»Du beweist Mut, das gefällt mir.«

›Fang endlich an‹, denkt Orinario genervt.

Der *Methelem* beschreibt ausführlich Orinarios Wohnwabe und die verborgene Kuppel-Grotte. Er erwähnt den lebenswichtigen Apparat und dessen Wirksamkeit auf den zu Behandelnden.

»Orinario kann ohne Zellerneuerung nicht überleben«, schließt der *Methelem* diesen Teil seiner Aussage ab.

Es herrscht gespannte Ruhe. Orinario fühlt, wie sein Blutdruck steigt, lässt sich aber immer noch nichts anmerken. Seine Gesichtszüge sind weich und von einem Lächeln durchzogen. Der erwartete Krawall bleibt aus.

»Der Rogalit der Kuppel-Grotte nahm mit mir Verbindung auf. Er gewährte mir Einblick, als sei ich selbst vor Ort.«

Die Anwesenden warten auf eine patriarchische Stellungnahme, aber Dharidma schweigt vornehm.

»Der Rogalit weiß um eine Erfindung des *Kreises*, dessen Prototyp über Perioden hinweg im Einsatz war. Besonders auf dem neu erkundeten Planeten Aremodon. Hierbei handelt es sich um einen Flugkörper, der durch Zeit und Raum reist.«

Blieb es bis jetzt ruhig in der Halle, bricht es nun heraus. Tumultartig redet und ruft die Menge durcheinander. Zu diesem Zeitpunkt betritt Lokar den ›Saal des Wortes‹. Lang hat er damit gerungen, ob er an der Audienz teilnehmen soll. Da die Zusammenkunft öffentlich stattfindet, entschied er dann doch kurzfristig hinzugehen. Das Shuttle war überfüllt, und große Massen meidet Lokar. Also nahm er das Nächste. Zähneknirschend nahm er die Verspätung in Kauf.

Interessiert schaut Lokar in die Runde. Bekannte entdeckt er nicht, jedenfalls unter den Zuschauern, die aufgeregt Meinungen kundtun und währenddessen hemmungslos gestikulieren. Als er den viergehörnten Basiliskenkopf sieht, geht ein Schauer über seinen Rücken. Eiskalt und Gefahr verheißend!

Noch die aufgerichteten Haare im Nacken, erkennt Lokar, durch eine schmale, sich gerade bildende Gasse hindurch, Orinario. Überrascht bahnt Lokar sich einen Weg, verharrt in der dritten Reihe.

»Was hast du dazu zu sagen, Ältester?« Des Patriarchen Stimme übertönt den Intonationslärm um ein Vielfaches. Dementsprechend verstummen meinungsäußernde Stimmen.

»Ich frage mich, wie kommt der *Methelem* dazu, uns derartiges zu unterstellen! Zugegeben: Es gab solche Pläne. Dies kann und will ich nicht leugnen. Aber zur Ausführung kam es nie! Weil nämlich ein Problem unlösbar ist. Deshalb haben wir auch den sogenannten Prototypen verloren.«

»Von welchem Problem sprichst du?«

»Vom Problem der Rückkehr. Richtig ist, dass das Gerät verschwand, sich in Nichts auflöste. Das war's auch schon.«

Gespannte Ruhe setzt ein. Einer unter den Anwesenden weiß um die verdrehte Wahrheit. Lokar duckt sich schuldbewusst. Als er aufschaut treffen seine Augen auf Orinarios stechend prüfenden Blick.

Neun

Das ungleiche Trio sitzt erschöpft in der ‹Lounge›; einen Bereich, der zum Verweilen einlädt und kein Raum im eigentlichen Sinne ist. Seltsame Pflanzen teilen einen Abschnitt mit Sitzgelegenheiten und kleinen Tischen ab. Es riecht angenehm frisch und würzig. Über ein ausgeklügeltes System, fürs Auge unsichtbar, werden die Gewächse mit Wasser versorgt. Gleichzeitig lockern diese Oasen das futuristisch-sterile Bild auf.

Weit und breit gibt es keine Arimeaner. Kaum vorstellbar, dass hier das Leben einmal pulsierte. Und doch funktioniert das künstliche Ökosystem weiterhin tadellos.

Nach dem Waylon den Schock halbwegs verdaut hat, haben sich einige Bilder fest ins Gehirn gebrannt. Dementsprechend niedergeschlagen und gedankenvoll vergehen Stunden eines alles verschlingen wollenden Schweigens.

Einzig Wihakayda erfreut sich des Lebens, indem sie im rankenden Pflanzenwuchs klettert und voll in ihrem Element ist; ein Lichtblick für die Seele. Bewundernd beobachtet Waylon das Äffchen. In schwindelerregender Höhe turnt es flink und sicher umher, balanciert gekonnt über einen dünnen, unter seinem Gewicht stark schwankenden Trieb, und erreicht oben angelangt junge, knospenhafte Keimlinge, an denen es alsbald nagt.

Schlagartig bekommt Waylon Hunger. Wie lange sind sie bereits hier? Ein Blick auf die Uhr bringt Waylon nicht weiter, denn der analoge Zeitmesser am Handgelenk ist dummerweise stehengeblieben. Entweder ist die Batterie leer, was natürlich immer zum unpassendsten Moment geschieht, oder die Kuppel trägt dafür Verantwortung. Wobei, wenn er länger darüber nachsinnt, auch eine Art Strahlung *Schuld* sein kann, die es in der Unterwasserstadt vielleicht gibt.

Leise dringen Fressgeräusche an Waylons Ohr. Wieder meldet sich der Hunger und der Magen knurrt fordernd.

»Gibt es irgendwo was zu Essen?«, durchbricht er die Stille.

»Wie?«, reagiert Callum einen Tick später, als erwartet.

»Ich bin hungrig. Hab auch nichts dabei …«, antwortet entschuldigend Waylon.

»Sicher … Eine gute Gelegenheit, auf andere Gedanken zu kommen … Folgt mir.«

Das hellblaue Licht taucht die Umgebung in einen schattenlosen, tänzelnden Teppich, den das Material des Kuppelbaus zig-fach reflektiert. Obwohl ein unermesslicher Druck am Meeresboden herrschen muss, fühlt sich Waylon ziemlich sicher.

Callum führt seine Besucher über einen breit angelegten, leicht nach oben gewölbten Steg, der einen wasserführenden Kanal quert. Anschließend geht es durch ein Schott in den Wohnbereich. Der unterscheidet sich in der Vielzahl exakt ineinander passenden, gestapelter Waben mit Gleittüren vom Rest der Stadt. Die Etagen des Konstrukts sind über Schwebelifte erreichbar. Zudem gehört zu jedem dritten Stockwerk ein reich bepflanztes Terrain.

Soweit Waylon schauen kann gibt es diese Waben.

»Das müssen Abertausende sein«, formuliert er überwältigt.

Unbeeindruckt steuert Callum einen der Liftplateaus an. »In der Stadt haben Millionen Platz«, brummt der *Wächter* beifällig.

»Millionen?« Der Vergleich mit einem Ameisenhaufen drängt sich auf.

»Wie bringt ihr Menschen denn all die Leute unter?«

Waylon zuckt zusammen. In Riesenstädten wie Tokio, Mexiko-Stadt, Lagos, Istanbul, São Paulo leben die Menschen ebenfalls dicht gedrängt.

Sanft gleitet das Plateau in die Höhe. Ab etwa zwanzig Metern sichert ein ausgefahrenes Geländer den Lift gegen Absturz. Es geht stetig nach oben und ein Ende der Fahrt ist nicht absehbar. Die Wabenfront vor Augen hat es Waylon längst aufgegeben, die Etagen zu zählen. Schätzungsweise sind es mehr als dreihundert …

»Schonmal jemand abgestürzt?«, fragt Waylon die Angst unterdrückend. Diese Höhe ist ihm eindeutig suspekt.

»Nicht das ich wüsste. Deshalb gibt es ja den Schirm.«

»Schirm?«

Callum grinst. »Das, woran du dich gerade festhältst …«

Wenn er es hätte können, hätte Waylon sofort losgelassen. Wie sich herausstellt, ist das vermeintliche Geländer nur ein eingefärbtes Kraftfeld, dessen Oberkante sich verstofflicht. Endlich angekommen, ist Waylon der Erste, der den Schweber verlässt. Glücklich, auf festen Boden zu stehen, hält er ordentlich Abstand zum Geländer.

»Hier oben ist alles aus fester Materie, Waylon. Man wollte kein unnötiges Risiko eingehen. Nur der Schwebelift bedarf einer gewissen Mobilität.«

Hörbar atmet er erleichtert auf. Nach einigen Metern verschwindet Waylons Höhenangst und weicht gesunden Respekts.

Inzwischen sind sie in einer frei zugänglichen Wabe eingetreten. Wie draußen, erhellt das Innere ebenso hellblaues Licht wie überall in Aquoras. In der Wand eingelassene Würfel stellen wahrscheinlich hiesige Schränke dar. Nirgends kann Waylon Speisen entdecken. Er will nicht vorwitzig sein, so bleibt er ruhig und beobachtet Callums Tun. Der schickt sich nämlich an, einpaar Tasten in einer bestimmten Reihenfolge zu drücken. Beim genaueren Hinsehen stellt er fest, dass es sich wirklich um Knöpfe handelt und nicht um virtuellen Schnickschnack.

›Endlich mal was handfestes! – Aber eine kleine Einführung wäre wirklich nett gewesen.‹

Callum denkt nicht daran. Ganz selbstverständlich bedient er irgend so ein Gerät, dem man nicht ansieht, welchen Zweck es dient.

Nach dem letzten Tastendruck wird einer der vielen Würfel

mit einer wabernden Wand verdunkelt, die wie eine Folie aussieht. Kurz leuchtet es darin auf und die *Folie* verschwindet wieder. Jetzt befindet sich im Würfel, auf einem dünnen, länglichen Teller, ein duftender Brei.

»Ähm … was ist das?«

»Toumu«, erwidert Callum sich setzend.

»Na ja. Toumu … Aber kann ich das auch essen? Ehrlich hab ich Appetit auf was … herzhaftes …«

Sichtlich genervt schaut Callum ihn an. Schon wähnt er angeschnauzt zu werden, oder sowas in der Art. Doch dem *Wächter* scheint langsam seine Nachlässigkeit zu dämmern, denn der Gesichtsausdruck entspannt sich.

»Verzeiht mein Versäumnis. Ihr müsst mich ja für einen Idioten halten. Hab vergessen …«

»Schon gut, Callum«, beschwichtigt Dako. »Mir ginge es genauso.«

»Die Apparatur ist ganz simpel. Es gibt neun Tasten. Eine für Fisch, die Nächste für pflanzliches, die Dritte für synthetisches. Tasten vier bis neun stehen für Getränke.«

»Kein Fleisch?«, blufft Waylon.

»Nicht in Aquoras. Dafür ist nicht genug Platz.«

»Und was ist das für ein Fisch?«

»Der schmeckt sehr gut. Lebt in der Tiefsee, ganz in der Nähe.«

»Wie siehts mit Beilagen aus?«

»Beilagen?«

»Ja! Kartoffeln, Pommes oder Reis, Püree? … Gemüse?«

»Sämtliche Speisen decken alles ab, was wir brauchen«, erklärt Callum zwischen zwei Bissen.

Die Wangen aufpustend tritt Waylon an den Apparat und drückt ‹Fisch› sowie die Taste acht. Er denkt noch, dass bei den Getränken wenig falsch gemacht werden kann. Dann wiederholt sich die Prozedur und ein wabbelndes Etwas dampft auf einer Platte und in einem schmalen Becher perlt es quirlig.

Dako entscheidet sich für ein pflanzliches Gericht, verzichtet vorerst aufs Getränk.

Widerstrebend nimmt Waylon den dabei liegenden Stab zur Hand und stochert im Fisch herum. So sehr er sich anstrengt, es bleibt nichts am Stab hängen.

Callum kommt ihn zu Hilfe. Er deutet auf den Stab auf drei angedeutete Punkte und drückt den Ersten. Wie von Geisterhand erscheinen vier Zinken am vorderen Teil. Eine Gabel! Sobald Callum allerdings den Stab loslässt, verschwinden die Zinken.

»Universalbesteck«, lacht Waylon. »Praktisch.«

Nach dem Geschmackstest befindet er den Fisch als sehr schmackhaft. Trotz großem Hunger und Appetits schafft Waylon nicht alles. Die trübe Flüssigkeit des Bechers dagegen schmeckt abgestanden und liegt schwer im Bauch.

»Was machen wir jetzt?«, greift Waylon den eigentlichen Grund ihrer Anwesenheit auf.

»Wir müssen an die Oberfläche«, antwortet Callum.

»Und wie?«

»Mit einem Wassershuttle. Ich schlage vor, wir übernachten hier. Morgen früh geht es los.«

Waylon sieht auf. »Übernachten? Aber es ist doch noch hell?«

»Bald setzt die Dämmerung ein. Bis dahin will ich ein Wasserfahrzeug finden, mit dem wir in den Inneren Ring kommen.«

»Und wo schlafen wir?«

»Gleich da drüben grenzt ein Hoteltrakt an die Waben. Ich glaube, dass noch ein Bett für uns zu haben sein wird.«

Dank Callums Ortskenntnisse kann das Shuttle schnell gefunden werden. Durch ein Schott gelangen sie zu gleich vier Fahrzeugen, die sicherlich von der Wartungsmannschaft benutzt worden waren. Eine Überprüfung der Funktionalität ist schnell abgeschlossen, und ein Boot für tauglich befunden. Um Nahrungsmittelvorräte braucht sich niemand zu kümmern, da es an Bord genauso eine Essenszubereitungsanlage gibt, die sie soeben benutzt haben. Nur eben kleiner und mobiler.

Sorgsam verschließt der *Wächter* das Unterwasserschiff. Er begründet diese Vorsicht, da man ja nicht sicher sein kann, ob vielleicht doch noch jemand in Aquoras lebt. Anschließend gehen sie zu den erwähnten Hoteltrakt. Waylon kann es kaum fassen, wie sehr sich doch Arimeaner und Menschen einander ähneln. Da es so etwas wie ein Hotel gibt, reist die Bevölkerung gern. Auch ein Zeichen einer entwickelten sozialen Gemeinschaft.

Jedoch sucht Waylon vergeblich nach einer Rezeption mit Schlüsselausgabe. Anstatt Tresen und Aufsteller werden die Drei von schwebenden Bildern begrüßt, die nach Eintreten aufleuchten. Ein gewisses Urlaubsfeeling kommt auf. Im Hintergrund läuft fremdartige, für menschliche Ohren missstimmige Musik, die nach einer Weile als wohlwollend empfunden wird. Unvergleichbare Klänge mit unbekannten Instrumenten – und doch hat sie etwas beruhigend anmutendes.

Die Zimmer – Callum wählt einen mittleren Stock aus –, empfangen die Gäste im freundlichen Flair. Ist von außen die Wabenkonstruktion klar zu erkennen, fällt sie innen kaum auf. Harmonisch passt sich die spartanische Inneneinrichtung den Wänden an oder nutzt diese platzsparend aus. Was Waylon verwundert, ist eine paradoxe Röhre, deren Sinn sich ihm nicht erschließen will. Seine Nachfrage löst das Problem lapidar: Es ist eine Schlafröhre, die im geöffneten oder geschlossenem Zustand benutzt werden kann. Callum empfiehlt seinem Gast sie geschlossen zu nutzen.

Dort, wo auf der Erde ein Fenster dem Blick nach draußen gewährt, schwebt, die gesamte Breite ausnutzend, ein Bildausschnitt einer ländlichen Landschaft. Gerade will Waylon die Nasszelle aufsuchen, als Dako durch die offene Tür eintritt.

»Ist Wihakayda bei dir?«

»Nein. Ich dachte bei dir!«

Besorgt verneint der Dakota. Beide beschließen, den Maki gemeinsam zu suchen. Weit kann das Tier nicht sein. Zuletzt kletterte es vergnügt in der Pflanzenoase. Leichter gesagt, als getan. Zu ihrem Leidwesen verlaufen sich Dako und Waylon auch noch im Gewirr der endlosen Weite und fehlenden Anhaltspunkten. Darüber hinaus gibt es an jeder Ecke die grünen Oasen. Ziellos umherirrend geht Ihnen bald die Puste aus.

»Gehen wir in diese Richtung«, schnauft Waylon, dem die *Kleine* ebenso ans Herz gewachsen ist wie Dako. Er könnte sich in den Hintern beißen, so wütend ist Waylon auf sich. In der Fremde darf man keinen Gefährten verlieren! Ein Affront ohne gleichen! Zunehmend verspürt Waylon eine innere Unruhe, die er vergeblich versucht, beiseite zu schieben. Ihm ist die Leere der Stadt selbst unheimlich.

»Was, wenn wir die *Kleine* nicht finden?«

Dako schweigt. Sein siebter Sinn alarmiert ihn. Wovor kann er jedoch nicht deuten. An der x-ten Oase angekommen, ruft der Dakota nach dem Maki. Ein Rascheln verrät Bewegung im oberen Bereich der ominösen Rankenpflanze. Dicke Blätter, in der Größe eines Kinderkopfes, Wanken verräterisch. Immer wieder lockt Dako mit diakonischen Ausdrücken, die für Waylon unverständlich sind. Ein kleiner Kopf mit dem bekannten Glubschaugenblick taucht alsbald zwischen den Blättern auf. Nun besteht kein Zweifel mehr, dass es Wihakayda ist, denn freudig erklingt ihr frohes *Flippern*.

»Da bist du ja, meine *Kleine*«, ruft Waylon mit feuchten Augen. Zur Begrüßung springt der Maki gekonnt auf seine Schulter und hält dich zärtlich am Hals fest. Waylon glaubt ein leichtes Zittern zu spüren, schenkt dem aber weiter keine Beachtung.

»Machen wir uns auf den Rückweg«, sagt Dako bewegt. »Es soll bald dunkeln und wir wissen nicht, wie lange wir brauchen.«

Die freudige Stimmung hält nur bis zum nächsten Abzweig, den sie in der Hoffnung einschlagen, dass dies der richtige Weg ist. Beide bleibt das ausgelassene Lachen im Halse stecken. Denn mitten auf dem Weg steht völlig unerwartet eine

Zehn

Arimea, Vergangenheit, Audienzhalle.

Lokar hält den Atem an. War er doch Zeuge einer Lüge geworden! Wie Schuppen fällt es dem jungen *Wächter*-Paladin von den Augen. Deswegen war Orinario im Vorfeld nicht zu sprechen! Ein abgekartetes Spiel! Weshalb sagt Orinario nicht die Wahrheit? Was ist daran verwerflich, wenn er einfach zugibt, dass es den ›RZG‹ tatsächlich gibt und erfolgreiche Einsätze flog? Er, Lokar, ist doch Beweis genug, dass der Zeitgleiter keine Gefahr darstellt.

Sein Wissen über die wirklichen Hintergründe sind begrenzt, eigentlich gleich Null. Obliegt ihm dann ein gerechtfertigtes Eingreifen? Darf er den Sachverhalt richtigstellen, und den Ältesten öffentlich brüskieren? Käme einem Hochverrat gleich, das spürt Lokar. Trotzdem hadert er, angesichts der geschaffenen Fakten.

»Der Rogalit sprach aber anders«, erwidert Sho-Ril ruhig.

»Dann hat er nicht die volle Wahrheit gesprochen, *Methelem*. Oder du hast es falsch verstanden.«

»Du irrst, Orinario. Rogaliten lügen nicht. Rogaliten nehmen wahr und speichern.«

»Und wenn der Rogalit nur den Beginn gespeichert hat und nicht die ganze Geschichte?«

»Unmöglich, Ältester!«

»Ich erinnere bloß an einige Speicherrogaliten, die fehlerhafte Daten speicherten. Vielleicht ist es hier genauso geschehen.«

Sho-Rils Hologramm schweigt.

»Was hast du uns noch mitzuteilen, *Methelem*?«, fragt Dharidma.

»Mir ist zu Ohren gekommen, dass der Vorsitzende des *Wächters*-Magistrats Tuteno einen Plan entwickelt, um einen Planeten mit Leben zu injizieren.«

»Das ist mir allbekannt«, sagt der Patriarch. »Eine gängige Praxis.«

»Dann sind Euch sämtliche Details ebenfalls bekannt, Hoheit?«

Dharidmas Zögern beweist das Gegenteil.

»Majestät, mit Verlaub. Seid wann werden Experimente mit arimeanischen Erbgut durchgeführt?«

»Das ist pure Verleumdung«, hört sich Lokar rufen, der daraufhin alle Blicke auf sich spürt.

»Wer bist du, dass du dir erlaubst, dass Wort zu ergreifen?«

»Dass, Majestät, ist Palladin Lokar«, übernimmt Sho-Ril die Antwort. »Treuer Vasall von Orinario und dessen Vertrauter!«

Unter den Zuschauern werden erstaunte Ausrufe laut.

»Sprich, Lokar, wenn es die Wahrheit ist!«

»Majestät«, Lokar deutet eine Verbeugung an. »Die *Wächter* haben dem Kodex Treue geschworen, der der Wahrheit dient. *Wächter* beschützen die Errungenschaften und dienen allein den Arimeanern. Uns liegt es fern, weder Euch, Majestät, noch den Bewohnern Unrecht angedeihen zu lassen oder gar Schlimmeres. Unser Ziel ist es, dass Leben, wie wir es kennen, zu bewahren. Es ist kostbar und einzigartig! Seid unserer vollen Integrität und Loyalität versichert.«

»Sage uns, Lokar, was geschah.«

Umständlich räuspert er.

»Herr, ich kann nur Orinarios Worte bestätigen.«

Der Patriarch schaut ihm stechenden Blicks in die Augen.

»Du sagst die Wahrheit, Lokar. Nur der, der reinen Gewissens ist, tritt so forsch auf wie du.«

Ein siegessicheres Lächeln umspielt die Mundwinkel des Ältesten. Sho-Ril verzieht keine Miene.

»Hört meinen Entschluss! Hiermit erkläre ich, dass die vorgebrachten Vorwürfe widerlegt und haltlos sind. Diese sind zukünftig zu unterlassen. Die Audienz ist beendet.«

Aufbrausender Beifall bestätigt allgemeine Zustimmung. Dharidma entmaterialisiert und erscheint auf der Empore. Gemeinsam mit seiner Frau erhebt er sich und sie verlassen gemeinsam den Thron.

Kurz bevor die Verbindung nach Methua unterbrochen wird, besteht eifriger Blickkontakt zwischen Lokar und Sho-Ril. Letzter formt stumm mit den Lippen: ›Bewahre dich‹, dann erlischt das Hologramm.

Provinz Arkonim.

In allen Landesteile wurde Patriarch Dharidmas Audienz übertragen. So erfuhr auch Tuteno, Vorsitzender des *Wächter*-Magistrats, vom Verlauf. Nach Orinarios und Lukars Rückkehr begeben sich beide umgehend zu Tuteno.

»Was hältst du davon«, kommt Tuteno ohne Umschweife zum Kern.

»Schwer zu sagen. Dieser *Methelem* ist klug.«

»Wir müssen vorsichtiger sein. Dies gilt besonders für dich, Lokar!«

»Für mich? Ich habe doch nichts weiter getan!«

»Außer dich eingemischt …«

»… und das sehr gut«, ergänzt Orinario.

»Das war nur Glück!« Tuteno braust ungehalten auf. »Was haben diese *Methelems* vor?«

»*Blender*?«

»Wird sich zeigen. Bleiben wir wachsam.«

In der darauffolgenden Nacht schleicht eine eingehüllte Gestalt leisen Schritts herum. Darauf bedacht, nicht gesehen zu werden, durchstreift sie die Katakomben. Kleinste Geräusche verstärkt das Gewölbe. Dadurch kommt die verhüllte Gestalt sehr langsam vorwärts. Jede Gelegenheit ausnutzend und Schutz suchend, dauert es, bis sie den Schweber erreicht. Ausgerechnet jetzt kommt eine weitere Person um die Ecke, die die Gestalt nur schemenhaft sehen kann und bleibt vor dem Lift wartend stehen.

Die zwei Nachtwandler trennen nur wenige Meter. Jeder verhält sich ruhig. Endlos lang zieht sich die Zeit hin, in der beide lautlos harrend durch die Dunkelheit starren. Nur einer weiß vom Anderen. Kostbare Minuten verrinnen. Plötzlich nähern sich wieder Schritte. Ein weiterer Schatten erscheint im Blickfeld der Gestalt. Der zweite Schatten tritt an den bereits Wartenden heran, wechseln miteinander flüsternd einpaar Worte. Dann gehen beide zusammen weg.

Die Gestalt atmet schwer auf. Wartet einige Zeit, bis auch sie sich in Bewegung setzt. Am Schweber angelangt, lauscht sie angestrengt, ehe sie sein Podest betritt und aufwärts rauscht.

Leise geht die Gestalt zur angepeilten Tür. Sich noch einmal überzeugend, allein zu sein, klopft sie das vereinbarte Zeichen. Daraufhin wird die Wabentür geöffnet und sie huscht geheimnisvoll hinein.

»Hat dich jemand gesehen?«

»Nein, Orinario. Aber es sind noch zwei unterwegs.«

»Könntest du sehen, wer?«

»Zu dunkel.«

Der Älteste grübelt.

»Ich habe schon lange den Verdacht, dass sie uns unterwandern. Höchste Zeit, etwas dagegen zu tun.«

»Und du glaubst, es funktioniert?«

»Ja, mein Freund. Das wird es. Bist du bereit?«

Der späte Gast nickt.

»Gehen wir hinab in die Grotte.«

Niemals zuvor, in seinem jungen Leben, sah er solch prachtvolle Strukturen. Glänzend begrüßen tausende Rogaliten Lokar, ummanteln mit ihrem uralten Schein den jungen Arimeaner. Eine ungebändigte Energie strömt auf ihn ein, der alles Bisherige vergessen macht.

»Halte dich an unseren Plan«, verlautbart Orinario, dem Lokars Staunen nicht entgeht. »Du bist die letzte Hoffnung.«

»Fantastisch ...«

»Hörst du zu?«

»Welch eine Schönheit ...«

»Lokar! Die Pflicht ruft!«

Herausgerissen aus dem tragenden Moment fühlbaren Seins, vergisst Lokar allen Anstand. Ihn hat ein tranceähnlicher Zustand gepackt, der Erinnerungen und die Gegenwart seltsam verschmelzen lässt. Wortlos folgt er dem Ältesten, bis sie vor dem Zeitgleiter stehen.

»Also los, Lokar. Du weißt, was zu tun ist.«

Eigenartig berührt kann der *Wächter*-Jüngerer nur nicken. Wie in Watte gepackt nimmt Lokar nur am Rande wahr, wie er einsteigt und das Gefährt bedient. Sein letzter Blick gilt dem wahren Wunder Arimeas – dem Rogalit-Kristall.

◎

Arimea, abgeschirmte Inselenklave Methua, zur gleichen Zeit.

Ein verlorener Kampf ist nicht gleichbedeutend auch die Schlacht verloren zu haben. Wunden heilen, davon kann Sho-Ril viele Geschichten erzählen. Es kommt darauf an, Niederlagen zu nutzen, um den nächsten Schlag zu planen. Die *Wächter des Kreises* sind gewarnt! Damit kann er leben. Was er sich wahrscheinlich nie verzeihen wird: Er hat den Rogaliten enttäuscht! Dadurch wird er das Vertrauen zu ihm empfindlich gestört haben.

Zufrieden stimmt ihn, dass nun wenigstens einer der Hintermänner bekannt ist. Nicht nur namentlich, sondern visuell. Es ist wichtig, den Gegner zu kennen, einmal gesehen zu haben. Dadurch bekommt das Bild eine ganz neue Dimension. Dieser Lokar ist ziemlich jung, um dem *Kreis* beizutreten.

Was qualifiziert jemanden zum *Wächter*? Welche Eigenschaften muss der Kandidat mitbringen, außer Gefolgschaft?

Martere nicht dein Hirn, Sho-Ril, erklingt eine angenehme Stimme. *Dich trägt keine Schuld. Ich habe es nicht anders erwartet.*

›Es fällt schwer, dies zu glauben.‹

Die Zeit wird für uns sein, Methelem.

›Haben wir sie?‹

In Sho-Rils Kopf bleibt es still.

Richtig zu sich kommt Lokar erst viel später. Unsichtbar durchreist der ›RZG‹ in die Vergangenheit. Allen Naturgesetzmäßigkeiten zum Trotz, eilt das Gefährt durch Zeit und Raum. Lokar geht der Kristall nicht mehr aus dem Sinn. Magisch angezogen von einer unbekannten Macht, drehen sich die Gedanken nur um den Rogaliten. Wann hat man schon das Glück, den legendären Tränenfall des Basilisken hautnah erleben zu dürfen? Ein wagemutiger Entschluss keimt.

›Wenn es doch eine Möglichkeit gäbe‹, drängt sich Lokar der Gedanke auf. ›Hätte ich mehr Zeit zur Verfügung, dann …‹

Was war das gerade? *Zeit?!* Das, wovon er genügend hat!

Beseelt von der Erleuchtung trifft er einen folgenschweren Entschluss. In diesem Moment ist Lokar nicht mehr er selbst. Wie ferngesteuert ändert er die Zieldaten. Gleich wird er wieder bei ihm sein … beim sagenumwobenen Kristall!

Elf

Wie angewurzelt starren Waylon und Dako den verloren geglaubten Zeittransmitter an. Fassungslos seines Erscheinens wegen, glauben sie nicht, was da direkt vor ihnen steht. Zaghaft berührt Waylon die Kabine. Das gleiche Material, die selbe Form – eindeutig ist es das, für was er es hält.

»Wie kommt sie hierher?«

»Also haben wir keine Halluzinationen gehabt.«

»Nein, *micinksi*. Mit Sicherheit nicht.«

»Callum! Er sollte es erfahren.«

»Ja. Aber nicht sofort.«

»Was meinst du?«

»Fühlst du das auch?«

Waylon überlegt.

»Nein …«

»Es ist kälter als eben … Jemand ist hier …«

Anstatt zu entgegnen: *Du spinnst!*, bemerkt Waylon es ebenfalls. Doch ob es wirklich kühler ist, bezweifelt er. Viel eher spürt er ein Kribbeln auf der Haut. Zeichen einer Veränderung des direkten Umfeldes oder Einbildung? Dass etwas nicht stimmt, begreift Waylon in Nanosekunden.

»Die Glaskabine ist ungesichert …«, flüstert Dako.

»Dann werd ich das übernehmen … Hilfst du mir?«

Gemeinsam ziehen sie das Gefährt in eine Einbuchtung der Fassade. Mit geübten Handgriffen hinterlegt Waylon sein eigenes Muster, das den Zugang für Fremdbenutzung abschirmt. Als nächstes verblasst die Glaskabine und wird nur auf Waylon oder einem verwundeten Arimeaner zugänglich sein.

Fehlende Merkmale in der Wandstruktur bringen Waylon auf eine Idee. Er kehrt zur Oase zurück, knickt einfach mehrere Pflanzentriebe ab. Jetzt sollte jederzeit die Stelle wieder gefunden werden!

»Können wir?«, fragt Waylon den verdatterten Dako im Vorbeigehen. Einmal den richtigen Abzweig genommen, finden sie rasch das Hotel. Vor Callums Zimmer hält ihn Dako zurück.

»Was, wenn er dahintersteckt?«

»Callum? Glaub ich nicht.«

»Denk doch mal nach!«, wispert der Dakota eindringlich. »Er kennt sich hier verdammt gut aus. Und doch will er als Kind das letzte Mal hier gewesen sein?«

»Vielleicht haben die Arimeaner nur ein sehr gutes Gedächtnis.«

»Und wenn nicht?«

Waylon denkt nach. Ganz ausgeschlossen sind Dakos Befürchtungen nicht. Dagegen spricht Callums Verhalten. Bedenkt er es besser, dann ist gerade dieses Verhalten doch merkwürdig. Könnte aber mit dem Wartungsraum zusammenhängen …

»Warte hier«, flüstert Waylon. »Ich will wissen, wie er reagiert.«

»Gut. Doch sieh dich vor, *micinksi*!«

Nach einem kurzen Klopfen gleitet die Tür auf. Drinnen empfängt Waylon fahles Licht. Keine Spur von Callum. So leise wie möglich sieht er sich um. Ähnlich eingerichtet wie sein Zimmer, deutet nichts auf die Anwesenheit eines Arimeaners hin. Wiederum meldet die innere Stimme Alarm.

Vorsichtig öffnet er die Nasszelle. Leer, wie alles andere auch. Bleibt nur noch die komische Röhre. Laut schlägt sein Herz, dass er befürchten muss, es höre auch der potentielle Eindringling. Flach atmend versucht Waylon sich zu beruhigen. Es gelingt nur oberflächlich.

An der Röhre angekommen, checkt er nochmals ausgiebig die Lage. Das Ding ist verschlossen, stellt er entnervt fest. Wie soll er da nachschauen? Da erblickt er ein halbes Spiralzeichen, dessen zweite Hälfte unbeleuchtet nur erahnt werden kann. Einer Eingebung folgend legt Waylon den Daumen darauf.

Unmerklich vibriert die Röhre. Andere Zeichen erscheinen, die er vom Zeittransmitter her kennt. Hierauf klacken unsichtbare Magneten und der obere Teil gibt die Sicht frei. Zum Vorschein kommt ein blasses Gesicht.

»Callum«, stößt Waylon heraus. »Was ist mit dir?«

Schon die Farbe der Haut lässt nichts Gutes erahnen. Erleichtert fühlt er den Puls.

›Gottseidank, er lebt!‹

Der *Wächter* ist bewusstlos. Dako denkt, dass er am nächsten Tag wieder zu sich kommen wird. Sie verschließen die Röhre wieder und bleiben die Nacht über im Zimmer. An Schlaf ist sowieso nicht zu denken. Viel zu sehr beschäftigt die Glaskabine die Gemüter. Es ist schon lang dunkel, als Waylon einnickt.

Für Menschen verlängert sich ein Tag auf Arimea um mehrere Stunden. Längerer Tag bedeutet auch eine längere Nacht. Es ist noch finster. Relativ ausgeschlafen schlägt Waylon die Augen auf. Gewohnt sieht er auf die Armbanduhr, doch die ist ja stehengeblieben.

Bis er vollkommen wach wird, vergeht eine Weile. Verschlafen reibt er sich über die Augen. Langsam erkennt Waylon Einzelheiten im Zimmer. Die Gewöhnung hält an, da verspürt er ein dringendes menschliches Bedürfnis. Anhalten hilft nichts. Wohl oder über muss er aufstehen.

Natürlich stößt er mit dem Schienbein gegen etwas hartes! Den Schmerz fluchend unterdrückend, humpelt Waylon in die Nasszelle. Vergeblich tastet seine Hand nach dem Lichtschalter. Inzwischen drückt seine Blase bedrohlich, was durch dem Schmerz am Bein verstärkt wird.

»Wo ist nur der verdammte Schalter!«, murmelt Waylon grimmig.

An der anderen Wand vielleicht? Tastend schlurft er in die gewähnte Richtung. Von den genauen Maßen absolut keine Vorstellung, bleibt der nächste Rempler nicht aus.

»Verdammt, verdammt!«, entfährt es ihn. »Wo ist denn der bescheuerte *Licht*schalter!«

Auf Stichwort erglimmt eine Wand im zarten Türkis. Natürlich! Es muss nur daran gedacht werden! An diese Bedienung wird er sich wohl niemals gewöhnen. In der Mitte der Nasszelle ist eine Kugel halb im Boden eingelassen, etwa so groß wie ein Wasserball. Am gegenüberliegenden Ende des Badezimmers ist der anpassbare Schalensitz angebracht.

Der Urinstrahl macht das typische Geräusch, wenn Wasser auf Wasser trifft. Erleichtert tappt er zurück zu seinem Nachtlager. Ganz in der Nähe schnarcht Dako leise. Auf dessen Schoß schläft der Maki. Seit langem verbringen sie eine Nacht in zivilisierten Gefilden. Ein Grund mehr auszuschlafen. Entspannt schließt Waylon die Augen.

Hartes Poltern, ein wütender, halbunterdrückter Schrei und ein *flippernder* Maki wecken Waylon. Wasser tröpfelt. Aus dem Bad fällt ein schwacher Lichtstrahl, der die ansonsten alles verschluckende Dunkelheit wie ein Feuerschwert zerteilt. Benommen erhebt er sich. Er muss noch einmal tief eingeschlafen sein. Was doch Ruhe und eine gepflegte Unterkunft ausmachen!

Der Dakota murmelt etwas, das in Waylons Ohren nach einem Fluch klingt, da erlischt das Licht.

»Mach doch das Licht an«, raunt Waylon »Sonst brichst du dir noch was.«

»Du bist wach?«

»Bei dem Lärm, den eine Bisonherde verursacht?«

»Verzeih.«

»Schon gut. Vielleicht sollten wir sowieso aufstehen ...«

»Diese langen Nächte machen mich krank.«

»Werden uns dran gewöhnen müssen. Die Tage werden auch nicht kürzer sein.«

»Lass uns noch ein wenig ruhen. Wer weiß, was uns erwartet.«

Sanftes, gleichmäßiges Atmen verrät, dass Dako eingeschlummert ist. Waylon liegt mit offenen Augen da und denkt nach. Überraschenderweise fühlt er eine tiefgründige Entspannung. Wo sonst Bilder auftauchen, die während seines Grübelns immer wieder vom Unterbewusstsein hervorgekramt werden, herrscht jetzt totale Leere. Müde flackern seine Augenlieder.

Traum kann man es nicht nennen. Meist kommt einem das Geträumte bekannt vor, da das Gehirn Erlebtes mit Vorstellungen zu einer neuen Geschichte vermischt. Experten reden von Aufarbeitung. Gewiss werden auch nebensächliche, unwichtige Dinge aussortiert. In Waylons Kopf geschehen nun Prozesse, die ihm den Weg ebnen werden. Den künftigen Weg.

Er fällt in einen tiefen komatösen Schlaf.

Nach und nach wird es heller. Der tiefe innere Friede ist geblieben. Gut behütet fühlt er sich frei von allen Zwängen.

Sei gegrüßt, Waylon. Ich habe dich bereits erwartet.

Etwas sagt ihm, er müsse sich nicht fürchten. Und er ängstigt sich keineswegs. Ihm geht es sehr gut und die Ansprache erweckt positive Gefühle.

Du hast mich lang warten lassen.

So, als sei es das Selbstverständlichste von der Welt, denkt er seine Antwort.

›Ich habe nicht geahnt, dass du mich erwartest.‹

Zeit ist bedeutungslos.

›Für dich vielleicht, aber nicht für mich.‹

Denke nicht in deiner Sphäre!

›Wie dann?‹

In der Unsrigen.

›Das kann ich nicht.‹

Befreie dich! Lass deine Ebene los!

›Du sprichst in Rätseln.‹

Wenn du loslässt, wirst du verstehen.

Darauf weiß Waylon nichts zu entgegnen.

Du hast noch einen weiten Weg vor dir. Beschreite ihn mit Bedacht.

›Was ist mit Callum geschehen?‹

Finde es heraus.

›Und all die Toten?‹

Vieles entspricht nicht dem, wie es der Anschein vermittelt.

›Ich brauche Antworten …‹

… die du bald erhalten wirst.

›Weshalb bin ich dann hier, wenn du mir nicht hilfst?‹

Das habe ich bereits, Waylon.

Zwölf

Arimea in tiefer Vergangenheit, Provinz Arkonim.

Im Aural-Modus materialisiert der ›Raum-Zeit-Gleiter‹ an dem Platz, an dem er kurz vorher startete. Außer einer leicht fluoreszierenden Aura bleibt er unsichtbar. Abgelenkte Lichtwellen täuschen biologische Augen insoweit, dass nur eine minimale Luftverwirbelung übrig bleibt.

Wie erwartet hat Orinario das Rogalit-Gewölbe wieder verlassen. Nach kurzem Zögern deaktiviert Lokar den Schutzmodus und entsteigt dem Gefährt.

Die Kristalle üben eine magische Anziehung auf ihn aus. Langsam tritt er mit ausgestreckten Arm vor. Entzückt vom mystischem Glanz erreicht er einen, in seinen Augen, schönsten, vollkommensten Kristall, den das Universum jemals gesehen hat. Mit jeder weiteren Annäherung beginnt der Rogalit heller zu leuchten. Längst ist aus dem anfänglichen Glimmen ein grelles Licht geworden, und es wird intensiver.

Lokar empfindet ein wohltuendes, unbeschreibliches Gefühl von nie enden wollender Geborgenheit. Er will mehr! Vergessen ist das, was war, was gerade ist oder sein wird. Zeit schmilzt dahin, als sei sie nicht existent. Gemurmel von undefinierbaren Stimmen erfüllt ihn. Sie sprechen zu Lokar, der jedoch nichts versteht, denn alle reden gleichzeitig. Getragen eines übermächtigen Hochgefühls erfasst seine Hand den auserkornen Kristall.

Sämtliche im Rogalit gespeicherte Energien fließen in den Körper des jungen Arimeaners. Muskeln bäumen sich auf, drohen zu zerreißen. Das Blut erhitzt die Adern. Hautporen dehnen sich aus. Die Extremitäten verkrampfen unter der gewaltigen Energieexplosion. Die Lungen blähen auf. Nur der Geist bleibt hellwach und nimmt eine fremde Realität wahr, die mit seinem Zustand nicht vereinbar ist. Nach Lokars Berührung ist die Grotte voll gleißendem Lichts erfüllt. Kontrastlos und ohne Schatten. Das Licht gleißt so stark, dass es sogar Lokars Körper verschlingt. Während der Körper unarimeanische Torturen erfährt, gleitet seine Seele durch kristallene Sphären. Auf dem Höhepunkt implodiert das Licht. Und alles ist wie vorher – fast …

◎

Ein unbändiger Drang, sofort hinunter in die Grotte zu gehen, erfasst Orinario. Dabei ist er eben erst dort gewesen. Er hat plötzlich das Gefühl, als hätte er etwas vergessen …

Von Unruhe gepackt, macht er sich auf den Weg. Auf den Schwebelift stehend, kann er es kaum erwarten, in die Kuppelgrotte zu kommen. In seinem Körper sind Turbulenzen am Werk, die Orinario völlig aus den Takt bringen. Den Boden wieder unter den Füßen, bleibt er erst einmal stehen und verschafft sich einen Überblick. Alles ist an seinem Platz. Der Zellstrahler ist bereit für die nächste Sitzung. Gegenüber steht der Zeitgleiter. Bei allem, was Recht ist – aber etwas stört …

Orinario nimmt einen feinen eigentümlichen Geruch wahr, der eindeutig *nicht* hierher gehört. Es riecht nach verbranntes Gestein. Als Jugendlicher hat auch Orinario gern mit Steinen gespielt, wenn eine Naturexkursion dies zuließ. Mit der Zeit hat er so eine ansprechende Sammlung zusammengetragen. Eine Gesteinsart, die aus der Entstehung des Planeten stammt, hinterließ einen ähnlichen Geruch, wenn man sie aneinander rieb oder schlug.

Gedankenvoll betrachtet er die auffälligsten Kristalle. Einer, der Orinario bis jetzt nicht aufgefallen war, zeigt eine deutlich dunklere Färbung, als die Übrigen. Sein Eigenleuchten wirkt eine Nuance matter.

»Was soll das?!«

Ist ihm in all den Jahren etwa diese nicht unwesentliche Tatsache entgangen? Kaum vorstellbar! Besonders seine ureigene Detailliebe!

»Was ist hier passiert!«, grummelt er vor sich hin.

Abermals läßt er den Blick schweifen. Orinario kann es regelrecht spüren, das etwas anders ist. Nur was?! Das Aroma in der Luft hält sich standhaft. Es ist zum Verrücktwerden! Wird er etwa sklerotisch? Jedenfalls fühlt er sich gerade alt und geistig umnachtet.

Ratlos und selbstzweifelnd nimmt Orinario auf der Schalenwanne Platz. Monologe sind eigentlich nicht sein Ding. Aber in der jetzigen Extremsituation ein notwendiges Ventil. Eigengespräche können oftmals auch bewirken, dass ein bestehendes Chaos im Kopf strukturiert geordnet wird. Somit bekommt man eine andere Sicht auf die eingefahrene Situation. Punkte können abgearbeitet werden, die wie Felsen schwer auf den schmalen Weg der Erkenntnis liegen. Sie werden zertrümmert, bis der Schutt zu Staub zerfällt. Und genau das tritt ein.

»Wo kommt der Gleiter her«, fragt Orinario laut und wundert sich. Unvermittelt bekommt alles irgendwie einen Sinn – wenn auch nicht ganz. Wieso wollte ihm nicht gleich Lokars wichtige Mission einfallen? Hat der sich etwa umentschieden?

Mit einem kräftigen Satz ist Orinario wieder auf den Beinen. Fast rennend überbrückt er die kurze Entfernung. Heftig atmend und einem Wutausbruch nahe, überzeugt sich der Älteste davon, dass es sich wirklich um den Gleiter handelt, den Lokar benutzen sollte. Er ist es!

»Was hast du getan?!«, schreit Orinario aus Leibeskräften. »Du Versager! Wo bist du!? – Elender Verräter!«

Echauffiert geht er, hart auftretend, hin und her. Er könnte explodieren!

»So ein Nichtskönner! Verfluchter Niemand! Niederträchtiger Heuchler!«

Andere Ausdrücke kommen Orinario in den Sinn, die er bisher nicht einmal gekannt hat, sie aber – seiner Stellung unwürdig – runter schluckte. Eines Ältesten unwürdig, wagt er sie nicht auszusprechen.

Gedemütigt fühlt er einen heftigen Schmerz. Keinen organisch bedingten, sondern einen, der die Seele traktiert. Die darauf folgende Traurigkeit reißt ihn in ein emotionales Chaos. Höhen und Tiefen gleichzeitig erfahrend, lässt er sich erschöpft und geschlagen auf den Gleitersitz nieder. Alles ist verloren! Aus und vorbei! Ein für alle Mal kann der hinterlassene Schaden nie mehr aus der Welt geschafft werden. Und Orinario erahnt, dass viel mehr, als nur eine Narbe zurückbleibt.

All seine Weisheit und überall geschätzte Intelligenz versagen maßlos. Was wiegt schwerer, als festzustellen, enttäuscht und hintergangen worden zu sein? Selbstgeißelung wäre eine Option, um die erfahrene Schmach zu sühnen. Denn er fühlt eine Mitschuld auf sich lasten. *Er* machte Lokar zu seinem engen Vertrauten! *Ihm* oblag dessen Führung! *Seine* Arimeanerkenntnis hat schlichtweg versagt!

Wie kann man nur so mit Blindheit geschlagen sein …

Man wird mit den Fingern auf ihn zeigen. Wird hinter seinem Rücken flüstern, was er doch in Wirklichkeit für ein Dummkopf ist! Er wird in Ungnade fallen und irgendwo den Rest seines Daseins fristen. Allein. Ausgestoßen. Ausgelacht. Einsam … Was für eine Pein.

Orinario ist elend zumute. Was für eine Wendung. Entkräftet sinkt er weiter in sich zusammen. Wie konnte es bloß sowcit kommen …

Wie hat Sho-Ril Lokar genannt? Paladin? Wenn es Orinario bedenkt, war Lokar wie ein Sohn für ihn. Leistete gute Arbeit, brachte sie ein gutes Stück nach vorn. Das hat er wahrlich nicht verdient.

Langsam kehren die Lebensgeister des *Wächter*-Ältesten zurück. Geistig dem Jetzt entrückt, überkommt ihm die Anwandlung eines flüchtigen Eindrucks, etwas übersehen zu haben. Und dies hat etwas mit seinem Sicherheitsbedürfnis zu tun.

»Der Überwachungs-Rogalit!«

Wenn hier etwas unvorhergesehenes vonstatten ging, dann

sollte es Aufzeichnungen geben. Nachsehen kostet nichts und der Aufwand ist nicht der Rede wert.

Augenblicke darauf wird Orinario Zeuge des ungeheuren Vorfalls …

◎

Er hat alles gut durchdacht. Orinario gibt die Zeitkoordinaten von Lokars Ankunft ein. Die Rogalit-Aufzeichnung speicherte präzise die notwendigen Daten. Somit gibt es eine reele Chance, Lokar zu retten, und mit ihm die Mission.

Die nächsten Stunden macht sich Orinario mit dem Gefährt vertraut. So bleibt ihm nicht der Tarnmodus verborgen, der es ermöglichen sollte, solang unbemerkt zu bleiben, bis Lokar verstofflicht und aussteigt. Dann kann das dringend notwendige Gespräch stattfinden, und Orinario hofft inständig, dass sein ›Paladin‹ einsichtig sein und begreifen wird.

Um eine mögliche Kollision auszuschließen – Start- und Landeplatz sind immerhin identisch –, nimmt Orinario vorsorglich einen Platzwechsel vor. Dann beginnt seine erste eigene Reise ins Gestern.

Im Bruchteil eines vollendeten Lidschlages wird Lokars ›RZG‹ sichtbar. Es gibt einen riesigen Unterschied, wenn man etwas aus der Konserve betrachtet, dass – so naturgetreu es auch dargestellt wird – doch leblos wirkt, und der reellen Betrachtung. Auf diese Weise gelingt es Orinario viel besser, die Beweggründe zu verstehen.

Als Lokar einen der Kristalle auserkoren hat, der ihn besonders anzuziehen scheint, bekommt die Szene eine völlig neue Wendung. Dieses Licht, was der Rogalit ausstrahlt, hat Orinario noch niemals gesehen! Atemberaubend bezaubernd und fulminant! Eine facettenreiche Helligkeit, voller Wärme und Hoffnung. Erhaben bekommt das Leben plötzlich einen anderen, viel tieferen Sinn.

Erschrocken über seine Erstarrung, gewährt Orinario, dass

Lokars Hand gleich den Rogaliten berührt. Was dann geschieht, hat der alte *Wächter* immer und immer wieder angesehen.

Orinario schaltet den Aral-Modus aus und springt aus dem Zeitgleiter.

»Nicht!«, ruft er mit gedämpfter Stimme. »Halte ein!«

Lokar fährt zusammenzuckend herum und taumelt. In seinen Augen steht blankes Entsetzen.

»Woher …«

»Ruhig. Es ist alles gut.«

Als sei Orinario ein Geist, weicht der Jüngerer wankend weiter zurück.

»Du … du bist … hier …«, stammelt Lokar und bestätigt den Eindruck.

»Ja, ich bin hier. Und das ist gut so.«

Irritiert starrt Lokar seinen Mentor an. Allmählich bekommt er die Fassung zurück.

»Hör mir zu, Lokar. Ich weiß, was du vorhast. Ich sah es. Du rennst ins Verderb!«

»Du … du weißt …«

Orinario nickt wissend; über das *Wie* schweigt er jedoch. Dies zeigt Wirkung. Verlegen, und voller Schuldbewusstsein, senkt Lokar sein Haupt.

»Es war eine törichte Idee.«

»Ja, das ist sie wirklich und nicht entschuldbar. Dennoch möchte ich dir eine zweite Chance geben.«

»Die habe ich nicht … nicht verdient …«

»Jeder verdient eine, mein Paladin.«

»Mein Geist war geblendet …«

»Das verstehe ich nur zu gut. So erging es auch mir, als ich diese Grotte entdeckte. Ich war auf der Suche nach einem stillen Ort, nachdem ich damals den Zellerneuerer brauchte. Zufällig fand ich ein Loch im Fels, der an meiner Wabe anschließt. Du kannst dir sicherlich vorstellen, was ich empfand.«

»Ich wünschte mir immer, die Tränen von Rogal zu sehen.

Mutter erzählte darüber die wundersamsten Geschichten.«

»Es war mein Fehler, Lokar. Ich hätte dich nicht herbringen dürfen. Aber ich vertraue dir. Und du hast eine Mission.«

»Ich werde mich deines Vertrauens als würdig erweisen.«

Lang treffen sich ihre Blicke.

»Vom Erfolg hängt alles ab, ob die *Methelems* gewinnen oder wir. Vergiss nicht deine Bestimmung, Paladin.«

»Werde ich nicht«, bekräftigt Lokar selbstbewusst und steigt ein.

Dreizehn

Leise klackend öffnet sich die Röhre. Callum entsteigt ihr und ist nicht wenig überrascht, in die schlafenden Gesichter der Gefährten zu blicken. Hierfür will ihm kein plausibler Grund einfallen.

›Wird schon seine Bewandtnis haben‹, denkt er noch.

Wie immer belebt ihn die Berieselung mit Sauerstoff versetzten Wassers. Ritualisiert verbringt er damit Morgens immer eine beachtliche Zeit. Danach ist er wie neugeboren und für anstehende Aufgaben ausreichend gerüstet.

Im Anschluß legt Callum beide Handflächen auf die im Boden befindliche Kugel.

Als er den Raum wieder betritt, sind auch Waylon und Dako wach.

»Für einen Nicht-Arimeaner habt ihr einen gesunden Schlaf«, begrüßt Callum beide.

»Nicht wirklich«, gähnt Waylon. »War oft wach. – Was ist das überhaupt für ein *Ding* da?«

»Dieses *Ding*, wie du es bezeichnest, stellt meine Erholungsphase sicher.«

»Ah«, entfleucht Waylon Kehle.

»Wie schlaft ihr denn? Ich meine, daheim ...«

»In kuschlig warmen und weichen Betten.«

»Ach ja. Diese vorsintflutlichen Gestelle hab ich ganz vergessen.«

»Aber ... Warte mal ... Im Stützpunkt von Uridräo habt ihr sie doch auch ...«

»Das sind Überbleibsel einer längst überwundenen epochalen Ära.«

»Sag mal, macht es etwa dich an, auf unsere Gefühle herumzutrampeln?«

»Mich ›anmachen‹? Wie meinst du das?«

Waylon winkt ab.

»Vergiss es einfach ...«

»Ich will euch nicht ärgern, sondern die Augen öffnen. Wisst ihr, was das für unhygienische Möbel sind?«

»Ja, ja. Jetzt kommt die Mitleidstour!«

»Du irrst dich, Waylon.«

»Wenn diese wunderschönen warmen Betten so eine Bakterienschleuder ist, dann sag mir einen Grund, warum sie noch auf Uridräo stehen. Funktionstüchtig, versteht sich!«

»Die Räume werden von uns nicht mehr genutzt, Waylon. Für die Sauberkeit gibt es die Roboter.«

»Leute, es gibt Wichtigeres, als sich über kulturelle Unterschiede zu streiten«, unterbricht Dako beschwichtigend. »Denken wir stattdessen mal an gestern Abend.«

Die Einlassung gilt eindeutig Waylon.

»Was war da!« Callums Interesse ist geweckt und er lauscht aufmerksam dem Bericht. Kaum zu glauben, was seinen Ohren offenbart wird.

Einen Moment später stehen sie an der Stelle, an der Waylon den Transmitter verbracht und gesichert hat. Gleichwohl weiß Callum nicht, weshalb er Waylon glaubt. Liegt es an dessen leidenschaftliche Inbrunst, mit der er erzählt?

»Und jetzt aufgepasst!«

Nervös entsperrt Waylon die Sicherung und der vermeintlich nicht existente Gleiter erscheint vor einem verblüfften Callum.

Ohne weiter Zeit zu verlieren brechen sie auf. Dako wird Callum im U-Boot begleiten, während Waylon mit der *Kleinen* den Transmitter benutzt. Der *Wächter* teilt ihm noch die Zielkoordinaten mit, dann trennen sie sich. Kaum verabschiedet verschwindet die Glaskabine. Der plötzliche Aufbruch ist notwendig geworden, da sie kein Risiko eines erneuten Verlustes des Zeitgefährtes hinnehmen wollen. Besonders Waylon verspricht sich neue Impulse und Erleichterung der noch vor ihnen liegenden Aufgabe. Entstand der Transmitter doch einer weit entrückten Ära Arimeas.

Das könnte sich von Nutzen erweisen. Da es sich um den Prototypen handeln muss, denn sämtliche bekannten Kabinen sind eindeutig verschwunden, beherbergt sie vielleicht einen Hinweis auf den Neunten Kristall.

Bis das Boot ankommen wird, dauert es noch. Selbst mit einem Hyperantrieb muss es der Physik des Planeten folgen. Alles andere wäre leichtsinnig.

Was Waylon sofort auffällt, verschlägt ihn auch die Sprache. Laut Callum wandert Arimea ohne Heimatgestirn durch den Raum. Gerade deshalb dürfte es nicht geben, was sich seinen Augen darbietet. Ein funktionsfähiges Biotop mit strahlendem Sonnenschein! Entweder er träumt oder Callum hat gelogen. Niemals kann eine künstliche Sonne derartiges Licht ausstrahlen, die das Leben aufrecht erhält. Obwohl – die Arimeaner haben ihre technische Überlegenheit mehrfach bewiesen. Doch ein Planet ist kein austauschbarer Spielball! Hierzu gehört mehr – viel mehr …

Das bordeigene Warnsystem meldet ein arimeanisches Tauchboot der Wartungsklasse. Ankunft in zehn Minuten Ortszeit. Diese Zeitspanne nutzt Waylon ausgiebig zum umschauen.

Eine unendlich Weite empfängt den ersten Menschen an

Land. Ist auf der Erde eine leichte Krümmungen am Horizont erkennbar, sucht Waylon hier vergebens danach. Ergo muss Arimea größer, mächtiger sein! Wie kommt es aber, dass er – vom leicht aromatisch-würzigen Geruch abgesehen – die gleiche Luft atmet wie zuhause? Auch die Schwerkraft unterscheidet sich nur geringfügig. Es gibt Wasser, das zwar einen violett-samtenen Schimmer aufweist und Pflanzen, mit blassorangenem Stängeln sowie dunkelbrauner Blüten. Aber sonst fühlt es sich alles andere als *fremd* an.

Andere Planeten stellte er sich früher immer extrem anders vor. Mit den schlimmsten Kreaturen, die zähnefletschend Jagd auf alles sich bewegende machen. Seine Lieblingstiere waren – wie könnte es anders sein – Dinosaurier. Nicht ein besonderer, wobei die Raptoren schon etwas animalisches haben. Vielleicht liegt's ja daran. Und jetzt ist alles was ihn umgibt nur eine anders gefärbte Welt!

»Hallo Waylon!«

In seinen Gedanken unterbrochen bemerkt er Dako näher kommen.

»Wo ist Callum?«

»Sichert das U-Boot.«

Freudig erregt macht Wihakayda auf sich aufmerksam. So kurz die Trennung auch währt, die *Kleine* freut sich stets über ein Wiedersehen.

»Das Gleiche solltest du auch mit der Glaskabine tun.«

»Schau dir diese Endlichkeit an! Ist sie nicht himmlisch?«

»Imposant trifft es eher.«

»Ja, dass trifft es eher«, flüstert Waylon verträumt.

»Da kommt er ja schon, unser ›Reiseführer‹!«

Der als Witz gedachte Kommentar verpufft.

»Hast du schon mal daran gedacht, dich niederzulassen?«

Dako ist baff.

»Mit dem Gedanken hab ich schonmal gespielt …«

»Dies wäre ein passender Ort dafür.«

»Way, du wirst doch nicht etwa sentimental?!«

»Vielleicht, Dako. Aber ich werde müde.«

Unterdessen hat Callum die Wartenden erreicht.

»Gibt's was Neues?«

»Waylon hat gerade seine fünf Minuten. Sonst ist alles klar.«

Mit dieser Begründung kann Callum gar nichts anfangen.

»Dann weiter. Es wird ein langer Marsch.«

In der Unterwasserstadt Aquoras irrt schwer gezeichnet Lokar umher. Getrieben von Neugier verließ er nach der Ankunft entdeckungslustig und planlos den ›RZG‹. Jugendlicher Euphorie folgend, unterließ er es, sich markante Punkte einzuprägen. Merkwürdig auch, dass er in Arimea der Zukunft ankam.

Aller Vorsicht zum Trotz, lief er los. Bald fiel ihm auf, dass es keine Einwohner gab. Von da an erfüllte Lokar Angst. In jedem Winkel schaute er nach, in der Hoffnung, nicht ganz allein zu sein.

Die Architektur brachte Lokar dazu, genauer nachzudenken. Manches Konstrukt dürfte es nicht geben. Weder Proportionen noch Statik entsprechen den Bauten seiner Zeit. Und dann bröckelte die ihn abschirmende Blindheit. Die Frage durfte nicht heißen: Wo bin ich? Eindeutig Arimea! Lokar formulierte sie laut: »Wann bin ich!«

Diese Erkenntnis lähmte ihn. Bis es dämmerte verbrachte er in einem wahren Gedankenchaos. Als die Dunkelheit ihn umhüllt, war es zu spät, zum Gleiter zurückzukehren.

Gleich am Morgen setzte Lokar die Suche fort. Das Terrain bot soviel Neues, dass er sich haltlos verlief. Abgelenkt verlor er die Richtung, und nicht nur einmal verfehlte er den Gleiter nur knapp.

Irgendwann gelangte Lokar in den Wohntrackt. Immer noch hoffte er jemanden zu finden. Müde und ausgelaugt betrat er einen Schweber. Lokar musste den Ruck unterschätzt haben, der unwillkürlich einsetzt, wenn der Lift sich in Bewegung setzt, oder es war einfach nur plötzlich einsetzende Ermüdung.

Aus knapp drei Metern Höhe konnten ihn seine Beine nicht mehr halten. Seitlich kippte er um und griff ins Leere.

◎

In der Provinz Arkonim kennt sich Callum leidlich aus. Gern spricht er über die Zeit seiner Ausbildung. Offensichtlich verbindet er diese Zeit mit schönen Erinnerungen. Dennoch schwebt über ihnen eine dunkle Wolke getrübter Stimmung. Der Grund ist simpler Natur: Leere Straßen, leere Wohneinheiten. Callums Sorge wird immer größer, je näher sie dem Zentrum der *Wächter*-Hochburg kommen.

»Ungewöhnlich«, lässt er verlautbaren. »Hier ist immer etwas los.«

Weit und breit kein lebendes Wesen. Alles ist wie ausgekehrt.

»Sieht verlassen aus«, stellt Waylon fest und spricht aus, was im Grunde jeder denkt. Arimea und verlassen? Ein Ding der Unmöglichkeit!

»Es gibt einen ganz einfachen Grund dafür. Ganz bestimmt.«

Die zwei Erdenmenschen schauen sich verstohlen an. Wie würden sie reagieren, wenn sie Callums Situation eins zu eins erleben müssten? Zusammenbrechen? Unermüdlich nach Menschen suchen?

Waylon betritt eine kleine Wohnwabe, deren Tür offen steht. Ein abgestandener Geruch schlägt ihm entgegen. Auf dem staubigen Boden sind einwandfreie Fußabdrücke zu erkennen. Erwartungsvoll folgt Waylon der Spur.

Die Wabe hat ein einziges Zimmer. Mit wahrscheinlicher Sicherheit ist es keine herkömmliche Wohnwabe, wie Waylon anfangs vermutete. Allerdings fehlt die Inneneinrichtung, um weitere Schlüsse anzustellen. Steht er etwa in einer Baustelle?

Mitten im Raum verschwinden Abdrücke und Staub. Eine exakte gerade Linie teilt den Boden in sauber und verdreckt.

»Was gefunden?«, hört Waylon Callum hinter sich eintreten.

»Spuren, Dreck und das da ... Verstehst du das?«

»Ein Kraftfeld«, antwortet Callum mit einem seltsamen Unterton, der Waylon kalte Schauer bereitet.

Vierzehn

Arimea in dunkler Vergangenheit.

Der ›Raum-Zeit-Gleiter‹ bringt Lokar direkt und ohne eigenmächtige Abstecher in die von Orinario aufgetragene Zeit. Die Mission ist eindeutig. Es kommt nicht auf Schnelligkeit, sondern auf den Erfolg an. Ausschlaggebend sind die zunehmenden Verunglimpfungen seitens der *Blender* und der Auftritt des *Methelem* Sho-Ril in der Audienz. Die öffentliche Meinung droht zu kippen. Bisher gelang es ohne viel Aufheben, das Ansehen des *Wächter*-Kreises zu steigern oder wenigstens konstant zu halten. Durch Orinarios Aussage gerät das Magistrat unter gewaltigen Beschuss. Der Vorwurf allein, im Besitz einer revolutionären Technologie zu sein, ist schon ein Frevel. Der Bogen wird aber noch durch deren Einsatz maßlos überspannt. Von Verrat wird hinter vorgehaltener Hand gemunkelt.

Als einzigen Ausweg sieht der *Wächter*-Magistrat nur den Radikalschnitt: Die Vernichtung des ›RZG‹-Prototypen! Damit soll verhindert werden, dass diese Technologie weiterentwickelt oder gar in Serie produziert wird. Schweren Herzens stimmte auch Orinario in der geheimen Sitzung zu. Was hätte man nicht alles damit erreichen können?

Hätte man erstmal den Prototypen verhieße dies einen Zeitgewinn. In Ruhe können dann die Experimente auf dem Randplaneten Aremodon abgeschlossen werden. Spätere Generationen würden die Bemühungen schon postum zu schätzen wissen.

Lokar schaltet auf Aural-Modus. Sondiert aufmerksam die Lage, prägt sich Einzelheiten ein. Er befindet sich in einem endlos langen Tunnel mit recht vager Beleuchtung. Eigentlich kann von einer Beleuchtung nicht gesprochen werden; es brennen nur vier Leuchtkörper.

Nach Orinarios Meinung kommt es äußerst selten vor, dass Mitarbeiter sich hier aufhalten. Der Tunnel liegt in der untersten Ebene der Anlage und dient wohl hauptsächlich als Lager für ausrangierte Gerätschaften. Und dementsprechend sieht es auch aus!

Hinter einem Wandbehang, soll eine verborgene Tür sein. Dahinter führt eine schmale Leiter zwei Etagen höher. Dort befindet sich ein geheimer Einstieg ins Labor. Soweit Lokar es überblicken kann, gibt es aber keinen Wandbehang!

›Soviel zum Erinnerungsvermögen …‹

«Vergiss nicht die Pläne», hallen Orinarios beschwörende Worte in seinem Schädel. «Ohne die Pläne ist der Gleiter nicht viel wert.»

Genauer erinnert sich der Älteste leider nicht mehr daran. Seine Reminiszenz ist getrübt. Dadurch wird die Hauptaufgabe Lokar zuteil.

«Besinne ich mich recht», ruft er weitere Details des Ältesten ins Gedächtnis, «gab es ein Labor, in dem das Kernstück produziert wurde. Aber es wird nicht leicht zu finden. Halte die Augen offen. Der verantwortliche Ingenieur heißt Cheror. Nimm dich vor dem in Acht. Er ist ein Raubein gewesen, kennt keine Manieren. Soweit ich informiert bin, macht Cheror kaum Pause, schläft quasi neben seinem Schreibtisch.»

Das Kernstück! Das kann alles sein! Wie soll er es finden? Aber vielleicht braucht er es garnicht finden, auch wenn ohne dies Teil keinen Zeitgleiter geben wird. Wenn er eine Chance hat, dann braucht er nur die Gleiter auszutauschen. Und dann weg! Ach ja, die Pläne …

Wohl oder übel muss er seine Deckung verlassen. Erschwerend kommt dazu, dass er keine genaueren Kenntnisse über Tagesabläufe und Arbeitsweisen besitzt.

Lokar atmet tief ein. Die ihm auferlegte Mission überfordert Lokar bereits jetzt. Ein Schweißausbruch jagt den nächsten. Ist er dem gewachsen? Er zweifelt. In seiner Hilflosigkeit vergräbt er resigniert das Gesicht.

Manchmal hält das Leben überraschende Fügungen parat. Sie kommen unverhofft und sind leicht zu übersehen. Nicht so diese, die Lokar sich soeben bietet. Eine Seitentür wird geöffnet. Zwei ältere Männer kommen in angeregter Unterhaltung herein.

»Der Alte spinnt«, sagt der etwas Kräftigere echauffiert. »Brummt uns Arbeit ohne Ende auf!«

»Er ist der Boss.«

»Der behandelt uns doch wie Dreck!«

»Du änderst aber nichts!«

»Das wollen wir erst mal sehen!«

»Komm mal runter, Vyn! Wenn der Alte dahinter kommt, fliegst du!«

Vyn hat einen hochroten Kopf vor Erregung. Sein Kollege dagegen ist die Ruhe in persona.

»Na und! Ich hab's satt. Bin nicht sein Diener.«

»Cheror meint das sicherlich nicht so, wie es sich's gerade anhörte. Er braucht uns. Dich! Ja.«

»Meinst du?«

»Das ist so. Glaub's mir. Wirst sehen. Morgen hat er sich beruhigt.«

Vyn atmet durch.

»Und wenn wir heute noch losschlagen?«, fragt Vyn seinen Kollegen deutlich gedämpfter.

»Wir dürfen nichts übereilen. In der anderen Abteilung sind sie noch nicht soweit.«

»Verstecken wir schnell die Pläne, dann gehen wir zurück.«

Vyn kommt direkt in Lokars Richtung.

›Verdammt. Muss das sein!‹

Wie durch ein Wunder geht Vyn einen knappen Meter an den unsichtbaren Gleiter vorbei, seinen Kollegen im Schlepp.

›Das war knapp …‹

Noch im Umdrehen begriffen, sieht Lokar besagten Wandbehang im Augenwinkel. Seiner Nachlässigkeit sich scheltend, beobachtet er die Zwei, wie sie hinter dem Vorhang verschwinden. Stünde die Tür nicht halb offen, würde Lokar glauben, geträumt zu haben.

Die Wartezeit ausnutzend, bewegt er den ›RZG‹ um einige Meter, damit nicht doch noch einer dagegen rennt. Keine Sekunde zu früh. Ohne ersichtlichen Anlass wird der Behang bewegt. Einige Finger einer Hand kommen zum Vorschein, dann ein Stück Kopf mit einem Auge. Vyn und der Kollege kommen zurück, überzeugen sich davon, ob die Luft rein ist.

»Komm schon. Wir müssen wieder hoch!«, zischt der Kollege Vyn zu. Mit schnellen Schritten überwinden sie etwa dreihundert Meter bis zum anderen Ende des Tunnels. Leise fällt die Tür ins Schloss und wird verriegelt.

Lokar wartet, ehe er aussteigt. Innerlich aufgeregt fühlt er sich absolut unwohl. Er fühlt sich nicht nur als Eindringling n er ist einer! Intensiv lauscht Lokar den abflauenden Geräuschen hinterher.

Ohne lange zu überlegen geht er zum Wandbehang, schiebt ihn beiseite und erkennt im Halbdunkel eine ausgefranste Aussparung im Mauerwerk. Flink huscht er hinein und verharrt regungslos.

Trügt ihm sein Gehör, oder war da tatsächlich ein Laut gerade gewesen? Lokar hält verkrampft die Luft an. Beruhigt stellt er nach einer gefühlten Ewigkeit fest, dass er sich verhört hat. Oder doch nicht? Die nachfolgende Ewigkeit fällt bedeutend kürzer aus. Was er vernimmt ist der eigene, auf Hochtouren arbeitende, Herzschlag.

Er lacht kurz auf. Wie die Erkenntnis lindert das Lachen die Anspannung.

Nicht gerade vertrauenswürdig wirkt die Strickleiter, die hoch führt. Am oberen Ende erhellt ein Schein als kleiner Punkt die Ausstiegsstelle. Sich überwindend setzt Lokar einen Fuß auf eine der untersten Sprossen. Schwankend verliert das Konstrukt weiter an Vertrauen.

»Ich hoffe, ich weiß was ich tue«, flüstert Lokar Mut erheischend zu.

Ruckartig und wellenschlagend hält das überalterte Material den Aufstieg aus. Gewöhnungsbedürftig, da stets in Bewegung, aber Lokar kommt voran. Hat man den Dreh einmal heraus, besser gesagt den Takt, überwindet man ziemlich sicher die vorgegebene Höhe.

Ein eingelassener Griff erleichtert den Übersteig in einen niedrigen Gang. Gebückt und breitbeinig gehend erreicht er ein engmaschiges Gitter. Mühelos kann es Lokar aufstoßen. Sich durchzwängend gelangt Lokar in eine quadratischen Kammer.

In einer Wand ist eine rundliche Abdeckung angebracht, die beweglich ist und eine Aussparung freigibt. Lokar zögert, wirft dann aber doch einen Blick hindurch. Undeutlich sind Bewegungen auszumachen. Da ist also jemand. Jedes auch noch so kleinste Geräusch vermeidend, verschließt Lokar das Loch wieder.

Kein Laut dringt von der anderen Seite herüber. Schallschutz! Das Labor ist gedämmt! Lokar denkt nach. Wie lang brauchte Vyn und der Andere bis sie wieder auftauchten? Wenn im Labor gearbeitet wird – und danach sieht es aus –, kann das Versteck nicht weit sein. Lokar benötigte zum Aufstieg einige Minuten. Er kennt sich nicht aus und musste erstmal alles checken. Kennt man sich aus, braucht man höchstens die Hälfte an Zeit. Irgendwo zwischen dem Behang bis zur jetzigen Stelle sollte das Versteck zu finden sein.

Ermutigt sucht Lokar jeden Zentimeter tastend ab. Die Kammer stellt eine Art Verbindung zum Gang dar, offenbar erst viel später errichtet. Es gibt keinen Anhaltspunkt, etwas zu finden, was nicht hierher gehört.

Im niedrigen Gang sieht es ähnlich aus. Der wurde grob aus dem Fels geschlagen. Bleibt der Strickleiter-Schacht. Es kostet schon einiges an Überwindung überzusteigen. Kaum Halt versprechend schlägt die Sprossenstiege rhythmische, unter Lokars Tritten verstärkende Wellen. Die ersten Meter bringen keine neuen Aufschlüsse. Der Schacht wurde an einigen Stellen provisorisch erweitert, ansonsten sind seine Wände glatt. Könnte ursprünglich eine Felsspalte gewesen sein, die für diesen Zweck hervorragend geeignet ist.

An einer Position bemerkt Lokar rücklings eine Gesteinsnische. Sie liegt im Dunklen, lässt jedoch gut den natürlichen Ursprung erkennen. In seiner derzeitigen Haltung und ohne Licht kommt er nicht ausreichend heran. Entweder hatte Vyn eine mobile Leuchtquelle parat, was nicht auszuschließen ist, oder aber es bedarf keiner visuellen Hilfe.

Lokar strekt einen Arm aus. Eigentlich bezweifelt er sein Tun, will dennoch nichts unversucht lassen. Viel zulange schon verbringt er mit der Suche. Was, wenn Vyn wiederkommt? Zwangsläufig würden sie aufeinander treffen. Was dann geschähe, will er sich nicht vorstellen.

Da berühren seine Fingerspitzen etwas blechernes. Euphorisch wähnt er zumindest auf den richtigen Weg zu sein. Unbedacht stemmt er sich weiter ab. Lokar verliert die Kontrolle und rutscht ab.

Fünfzehn

Arimea, Gegenwart.

»Nicht anfassen!«

Der *Wächter* packt Waylon schmerzhaft am Arm.

»Die Berührung ist tödlich!«

Gebannt starrt Waylon auf den Boden.

»Woher willst du wissen, dass es ein Kraftfeld ist?«

»Du glaubst mir nicht! Dann pass mal auf!«

Auf einer Ablage ergreift Callum einen undefinierbaren Gegenstand und wirft ihn auf die vermutete Energiewand. Vier Augenpaare folgen dem Flug, denn Dako ist, den Maki auf der Schulter, inzwischen auch hereingekommen. Kaum berührt der Gegenstand die imaginäre Wand, pulverisiert er. Nur eine unscheinbare Wolke bleibt.

»Das … das …«

»Dieses Kraftfeld dient nicht nur zum Schutz. Es vernichtet auch.«

Unwillkürlich hält Dako seine Wihakayda fest. Wenn das Äffchen sich aus irgendeinem Grund erschreckt und das Feld berührt, gibt es keine Rettung mehr.

»Gibt's das öfters hier?«

»Nicht in den Privatwaben«, erklärt Callum.

»Sondern?«

Der Gesichtsausdruck des Arimeaners verdüstert sich.

»Militärwaben«, stößt er zischend hervor.

»Was!?«

Callum legt seinem menschlichen Freund vertraut die Hand auf die Schulter.

»Wir müssen gehen«, flüstert er eindringlich, kein Widerwort duldend. »Sie wissen, dass wir da sind.«

Perplex über die Wendung verlassen Dako und Waylon die Wabe. Callum lässt auf sich warten. Als er erscheint und neben den Wartenden steht, geht die Tür zu.

»Was geht hier vor?«, hält Waylon es nicht länger aus.

»Nicht jetzt, mein Freund. Kommt, wir reden später.«

Schweigend folgt der kleine Trupp einem samtweichen Weg, dessen Beschaffenheit ein Rätsel ist. Sieht aus wie anthrazitfarbenes Moos, scheint aber nicht organisch. Für Kunststoff besitzt es eine zu komplexe Struktur. Eine Probe würde Aufschluss darüber geben, doch deswegen sind sie nicht da.

Am Wegesrand bedeckt ein Geflecht den Boden, das Waylon bekannt erscheint. Dünne einzelne Fasern bilden regelmäßige Knoten, die wiederum teilen sich mehrfach auf. Dadurch entsteht ein geflochtener Effekt mit einem zarten Schuppenmuster. Es erinnert weitläufig an Waylons *Appartement* auf Uridräo.

Er bleibt stehen. Dies bedeute ja, Rebecca war ebenfalls auf Arimea! Und zwar *bevor* das Baumhaus entstand! Seiner Überlegung folgt ein rhythmisches Lachen, indem der Maki *flippernd* einsteigt.

Callum bleibt stehen.

»Was belustigt dich?«, fragt er strengen Blicks.

Abwinkend lacht Waylon weiter. Dieses Zeichen für »alles okay!« stößt bei dem *Wächter* auf Misstrauen. Dako entgeht der Mentalitätsunterschied nicht. Ruhig fordert er Waylon auf, sie doch teilhaben zu lassen.

»Hab nur gerade mit einem Stück Vergangenheit Frieden geschlossen«, beruhigt Waylon die Gefährten. »Und meine kleine Freundin hier ist Teil davon.«

»Verstehe«, brummt Callum. »Hoffentlich kannst du das auch gegenwärtig.«

»Klar!«

Sich damit zufrieden gebend, marschiert Callum weiter.

»Worüber hast du gelacht«, fragt wispernd Dako.

»Jetzt ergibt vieles einen Sinn.«

»Was gibt Sinn? Sprich nicht in Rätseln, *micinksi*!«

»Sieh dich doch mal um, dann erkennst du es.«

Sprach's und folgt den Vorausgehenden. Damit ist fürs Erste alles notwendige gesagt. Mehr will Waylon noch nicht preisgeben. Wehr weiß schon, was noch kommt.

Unmerklich steigt das Gelände an. Auf der Hügelkuppe wechselt die Landschaft. Vor ihnen liegt ein breiter Wasserarm, der einen flachen Berg sanft umspült. Rechtsseitig versperren baumähnliche Pflanzen den Blick. Oberhalb am Horizont erstreckt dich ein gewaltiges Bergmassiv.

»Dies, meine Freunde, ist die Provinz Arkonim«, sagt Callum stolz. »Dort sind wir sicher.«

»Und wie kommen wir rüber?«

»Wartet's ab …«

Dreihundert Meter weiter erreichen sie eine silberglänzende, schwimmende Plattform mit einem angedeuteten Schachbrettmuster. Leicht plätschern sanfte Wellen dagegen. Der Stahlkoloss liegt ruhig im Wasser. Callum betritt über einen breiten Steg die Plattform.

»Schippern wir etwa mit dieser ›Fähre‹ hinüber?«

»Ich gebe zu, dass mir deine sarkastische Art missfällt, Waylon«, antwortet Callum mit erhobener Stimme. Eine gewisse Spannung liegt knisternd in der Luft.

»Warum zögerst du? Kein Vertrauen?«

Ohne Waylon weiter zu beachten, betritt der Arimeaner die stählerne Platte. Zufällig beobachtet Waylon, wie Callums Schuhe schmutzige Spuren auf der ansonsten tadellos sauberen Fläche hinterlassen. Nicht ein einziger Rostansatz, keine Nahtstellen. Sicher, es sind nur ein paar Krümel, die der Wind bald davongetragen haben wird. Aber es nicht das, was ihn gebannt hinsehen lässt. Die Flecken beginnen sich aufzulösen.

Bevor der *Wächter* ein bestimmtes Quadrad erreicht hat, wendet er sich um und bemerkt Waylons fragenden Blick.

»Organische Oberfläche«, erwähnt er beifällig. »Sie zersetzt Bakterien und jederart von Verunreinigung, teilt sie in einzelne Atome auf.«

»Das … das ist … perfekt …«

Callum schmunzelt selbstgefällig.

»Das ist arimeanische Kultur!«

»Ich hab ja verstanden, Callum«, erwidert Waylon seinen Fehler einsehend. Sie werden miteinander wohl reden müssen, um all die Missverständnisse auszuräumen. Bleibt nur der richtige Zeitpunkt.

In der Zwischenzeit hantiert Callum an einem Armband herum, infolgedessen sich zwei vor ihn liegende Quadrate seitlich aufklappen. Aus der entstandenen Bodenöffnung wird ein Gleiter, auf einem die Öffnung vollständig ausfüllenden Platte, empor gehoben.

»Ein Hangar …«, kommt es über Waylons Lippen. Bewundernd kann er nichts weiter dazu sagen. Dafür spielen die Gedanken endgültig verrückt.

»Kommst du?«

Immer näher kommen sie der Berginsel. Das Gestein leuchtet beige und hebt sich allein dadurch vom mächtigen Felsmassiv deutlich ab. Hinzu wird der Eindruck verstärkt, dass die Insel künstlich erschaffen wurde. Kein einziger Grashalm wächst an den Steilhängen. Auch vom allgegenwärtigen moosigen Geflecht ist nichts, dafür ins Massiv eingekerbte verwitterte Signaturen, zu sehen.

»Zeichen der *Wächter*-Gilde«, hört Waylon den Arimeaner sagen.

Nirgends Anzeichen von Arimeanerseelen. Wie ausgekehrt.

Callum fliegt einen großen Bogen um die Insel. Auf der anderen Bergseite erwartet sie ein gegenteiliges Bild. Gesplitterte Baumriesen vermodern. Wildwucherndes Gestrüpp überzieht alles im Weg befindliche. Trümmerteile liegen verstreut herum. Im Sichtfeld erscheint die frische Bruchstelle, an der bis vor kurzem noch ein abstehender Fels stand.

An Bord herrscht getrübte Stimmung.

Sogar der Ozean scheint verändert. Ein Teppich undefinierbaren Abfalls treibt auf dem spiegelglatten Wasser. Weiter entfernt treiben zerrissene Kadaver.

»Sind das ...«, Waylon wagt nicht, die Frage auszusprechen.

»Unterentwickelte Meeresbewohner«, antwortet Callum kalt.

»Was mag sie so zugerichtet haben?«

Den Bogen ausweitend, steuert der *Wächter* weiter hinaus aufs Meer. Richtung Horizont nimmt das grünschimmernde Wasser eine violette Färbung an. Aus Callums Mund dringen grollende Laute voller Entsetzen. Luftblasen bringen den Ozean zum Brodeln. An den auslaufenden Rändern der schwarzbraunen Gischt werden weitere tote Meerestiere sichtbar.

Genug gesehen ändert Callum den Kurs und fliegt endlich die Insel der *Wächter* an. In deren Reichweite öffnet sich automatisch das Zugangsschott. Der Gleiter wurde des *Kreises* zugehörig identifiziert.

Ein riesiges Gewölbe empfängt die Reisenden. An unzähligen Punkten wird am Gewölbedach mittels grünen Rogalitsplitter der gesamte Komplex erhellt. Waylon spürt zum ersten Mal des Kristalls ureigene Kraft. In der Ferne erhebt sich schwebend eine Rogalitfackel. Sie muss immens sein, wenn schon jetzt ihr Anblick gewaltig erscheint.

»Nur wenigen Nichteingeweihten wird Zutritt gewährt, Waylon. Erweise dich würdig!«

Es ist ein unbeschreiblich schönes, erhebendes Gefühl, die heiligen Hallen einer Legende zu betreten. Keiner Religion angehörend, hegt Waylon nun doch das Verlangen, an etwas Höheres zu glauben. Mit dem entscheidenden Unterschied: Es sind keine Götter, sondern intelligente, menschenähnliche Geschöpfe – und ein Nachfahre von diesem hochentwickelten Volk weilt unter ihnen.

Nun sieht er Callum mit anderen Augen. Was kann er nicht alles von ihm lernen! Letztendlich ein Zugewinn für die ganze Erde. Erfahrungen von unüberschaubaren Millionen von Jahren lebendig gehaltener Geschichte! Wie konnten die Arimeaner über all der Zeit hinweg die Existenz sichern? Welche gesellschaftlichen Aspekte bestimmen ihr Zusammenleben? Haben sie Gesetze und wie setzen sie diese um? Was, alles in der Welt, hat diese Kristallfackel zu bedeuten?

Innerhalb von einem Atemzug überfallen Waylon weitere Fragen, die weniger in Worte gefasst werden, sondern sich auf der Gefühlsebene abspielen und dadurch kaum greifbar sind. So wie erschienen, verflüchtigen sich die Gedanken wieder.

Als Waylon wieder in der Realität weilt, ist Callum verschwunden. Dako bewundert inzwischen eine Kaskade, einem jener wundersamen Wasserfälle, der so gar nicht hierher gehören will. Liegt es daran, dass diese herrliche Halle ein Stück Natur beherbergt? Waylons Neugier obsiegt.

Am Fuße der Kaskade wird das Wasser in einem Becken aufgefangen und gesammelt. Überschüssiges fließt durch ein offenes Kanalsystem ab. Waylon glaubt eine Bewegung ausgemacht zu haben. Im Schutz des Schattens kräuselt sich das Wasser. Wenn er keiner Täuschung unterliegt, ist das eine Flosse. Also werden im Becken Fische gehalten.

»Wo ist eigentlich Callum hin?«

Dako steht neben ihn.

»Keine Ahnung«, gibt er zu. »Wird nach seinen Leuten sehen.«

»Ist es nicht seltsam, dass sich niemand blicken lässt?«

»Wie mann's nimmt.«

»Es heißt, dass die *Wächter*-Provinz immer besetzt ist.«

»Ach ja? Und wo sind dann alle? Beim Meeting?«

»Ich befürchte eher, das sie ›ausgestorben‹ sind …«

Darauf weiß auch ein nicht auf den Mund gefallener Waylon einmal nichts zu sagen.

Zwischenzeitlich klettert Wihakayda an Dako hinab. Elastisch hüpft der Mohrenmaki direkt an den Beckenrand, macht sich lang und – trinkt. Dort, wo er die Lippen eintaucht, entstehen Kreise. Dadurch unbemerkt bleiben andere Wasserbewegungen. Eben noch ragte das Stabilisierungsorgan eines Chordatieres aus dem Wasser, ist es jetzt verschwunden. Die

Kleine trinkt sich, an nichts störend, gleichgültig satt.

Knall auf Fall geschieht das Unvermeidliche. Eruptiv steigt eine Wasserfontäne auf, aus der eine breitmaulige Kreatur herausschießt, Wangen- und Seitenflossen aufstellt und durch die Luft segelt. Unterhalb des Kopfes hängen zwei Tentakeln schlaff herab, die, je näher am Opfer, ein mysteriöses Eigenleben entwickeln. Ein dumpfer Aufprall lässt Waylon und Dako aufschrecken.

Sechzehn

Arimea, vor sehr langer Zeit.

Manche Tage gleichen einem Höhenflug, an denen alles gelingt. Andere hingegen führen im freien Fall in bodenlose Tiefe. So einen hat Lokar erwischt; ein Tag, an dem so vieles schiefgeht. Begonnen, voller Hoffnung und Tatendrang, hängt der Unglückselige kopfüber wegen seiner fehlbaren, unüberlegten Handlungsweise. Beobachter würden es als ›jugendlichen Leichtsinn‹ bezeichnen. Er selbst betitelt sich als versagenden Nichtskönner!

Es hilft alles nichts. Irgendwie muss er einen Weg finden, um aus der Falle zu kommen. Das Blut steigt ihn bereits zu Kopf und er wird müde. Bisherige Anstrengungen verpufften, mangels Unbeweglichkeit, die der Enge Schacht erfordert, um die Schlinge am Fuß zu lösen. Wäre Lokar nicht so leichtsinnig gewesen, hätte er den Sturz vermeiden können. Im Nachhinein nützt es wenig, klüger zu sein. Dies ist höchstens etwas für zukünftige Tage. Zur Stunde zählen nur Fakten. Und die sehen nicht rosig aus.

Sein linker Knöchel ist so unglücklich während des Sturzes hängengeblieben, dass er sich mindestens einmal im Seil verheddert hat. Durch Lokars Körpergewicht wird die Blutzufuhr abgeschnürt. Da er verkehrt herum hängt, begünstigt die Schwerkraft die mangelnde Durchblutung. Taubheit und Schmerz sind die Folge, letztgenannter in willkürlichen Abständen.

Mit seinen ein Meter neunzig schafft er es nicht, sich in der Schachtenge hoch zu ziehen. Dazu bräuchte es mehr Platz. Bei jedem Versuch stößt er entweder mit dem Kopf am Fels an, oder die Schulter ist im Weg. Die ganzen Blessuren spürt Lokar schon gar nicht mehr. Aus panischen Befreiungsversuchen werden halbherzige Bemühungen, ein wenig die Schmerzen zu lindern.

Den rechten Fußspann auf die nächsthöhere Sprosse schiebend, winkelt er den Fuß Richtung Kopf. Dadurch wird der in Mitleidenschaft gezogene Knöchel zumindest minimal entlastet. Alles fluchen hilft nichts, und der Kopf ist leer. Lang kann er aber die gegensätzliche Spannung nicht aufrecht erhalten.

Eine Idee blitzt auf. Wenn es gelänge, mit dem freien Fuß zwei, drei Sprossen höher zu erreichen, könnte es machbar sein, diesen so zu verkeilen, dass mit entsprechender Kraftverlagerung halbwegs senkrecht nach oben kommt und die Hände einsetzen kann.

Vom Gedanken beflügelt, versucht Lokar das linke Knie zu beugen. Wie schnell die Kraft schwindet, hat er nicht erahnen können. Nun macht er eine prägende Erfahrung. Mehrmals wiederholt er den Versuch. Heißer Schmerz lässt ihn erstickt aufschreien. Je öfter das Knie bewegt wird, umso beweglicher wird es. Aber der Druck auf den Knöchel steigt über proportional.

Lokar schnappt nach Luft. Die Zeit drängt. Immer häufiger werden die Blitzpunkte im Hirn. Jetzt oder nie!

Alle Energie aufbringend, die man in solch einer Situation bündeln kann, dazu die Luft anhaltend, dass er meint, der Schädel platzt gleich, zieht Lokar das Bein an. Unsäglich schmerzhaft wehren sich die erlahmten und unterversorgten Muskeln der Anstrengung. Millimeter um Millimeter erklimmt er unter Aufbringung sämtlicher Reserven die erste Sprosse. Mit beiden Händen ebenfalls Längs- und Querseil ergreifend, unterstützt er die Gewichtsverlagerung. Es gelingt besser als gedacht. Sogar atmen funktioniert! Nur keine unnötigen langen Pausen! Ein Arm rutscht über das Seil hinweg, sodass der Unterarm darauf zu liegen kommt. Dadurch bekommt er einen Kraftschub und erreicht eine weitere Seilstufe. So abgestützt versucht er mit der anderen Hand den Eingeklemmten Knöchel zu erreichen. Zehn Zentimeter fehlen. Zehn verdammte Zentimeter!

Mit einem falsch justierten Schwung gleitet er mit dem freien Fuß ab, der das Bein gegen die vor Lokar liegende Felswand schleudert. Im letzten Moment kann er durch geschicktes Ausbalancieren die Stellung halten.

›Jetzt nur keinen Fehler machen und die Nerven behalten!‹

Schnell atmend mobilisiert er nochmals seine Kräfte. Die Muskeln aufs Äußerste gespannt, gelingt Lokar schier Unmögliches. Konzentriert gibt er gedankliche Anweisungen an Bein, Fuß, Hand, Arm. Genau diese Konsequenz bringt ihn die letzten zehn Zentimeter weiter.

Ruckartig bekommt Lokar das rettende Querseil zu fassen. Ein erneuter Ruck ermöglicht das Nachfassen. Danach zieht er sich mit letzter Kraftreserve soweit empor, dass er den Knöchel dem Strick entwinden kann.

Vor Erschöpfung zittert er am ganzen Leib. Krampfhaft umklammert er die Leiter und atmet mehrfach durch. Er befindet sich auf gleicher Höhe zur Gesteinsnische. Wider Erwarten reicht die Armlänge jetzt aus, hinein zu fassen. Auf Anhieb erwischt Lokar eine Röhre aus Blech, die er umständlich in den Hosenbund schiebt.

Als Lokar festen Boden erreicht, wollen ihm die Beine den Dienst versagen. Dennoch will er zum Gleiter; zuviel Zeit ist draufgegangen, und Vyn kann jeden Augenblick wieder auftauchen. Wankend schleppt er sich weiter, lugt vorsichtig hinter dem Wandbehang vor. Die fünfzehn Meter zum ›RZG‹

kommen ihn vor wie fünfzehn Kilometer. Doch auch das schafft Lokar.

Allen Erfindungen liegen Träume zugrunde, etwas zu haben, womit man spezielle Dinge machen kann. Man stellt sich dann vor, wie es wäre, dieses unausgegorene *Etwas* einzusetzen. Je nach Alter des Träumenden spielt dabei sicherlich auch die Anerkennung anderer dabei eine wesentliche Rolle. Geschlechtsspezifisch träumen Jungen und Mädchen unterschiedlich. Sieht man von den einzelnen Beweggründen ab, bieten derartige Träumereien den Grundstock, weiter in die Materie einzudringen. Natürlich hat nicht Jeder die dafür notwendigen Mittel parat. Auch das Umfeld beeinflusst nachhaltig wie es weitergeht. Vielen Leuten entgleiten allerdings im Laufe der Zeit ihre fantastischen Ideen, und bedenkt man eine gewisse Realisierbarkeit, bleibt ein Viertel davon unentdeckt.

Im vorliegenden Fall liegt die Idee für eine Maschine, mit der man auf kürzesten Weg von ›A‹ nach ›B‹ gelangt, viele Jahre zurück. Es bedarf schon eines Genies, der all die Grundlagen kennt, die zur Ausführung notwendig sind. Damals galt der Junge noch nicht als Genie, aber als hochintelligent und wissensdurstig. Frühzeitig interessierte er sich für komplexe Themen. Rasche Auffassungsgabe, lernwillig und ungebändigte Fantasie verknüpften sich zu einer beeindruckenden geistigen Symbiose.

Der Junge war auch mit einem Zeichentalent gesegnet. Intuitive Strichführung entlockte der Hand schwungvolle, detailreiche Arbeiten. Waren es anfangs *nur* Zeichnungen von real existierenden Gebilden, kamen immer mehr eigene Kreationen durch. Seine Bilder verblüfften und gaben Raum für Spekulationen.

Angeregte Fantasien ruhen niemals. Wenn dem Jungen etwas durch den Kopf ging, skizzierte er es. Ein Bild sagt mehr aus, als umständliche Beschreibungen, die so oder so ausgelegt werden können. Visualisiert dagegen ist der Ausgangspunkt für alle Betrachter gleich.

Eines Tages entstand eine sehr merkwürdige Zeichnung, die niemand deuten, geschweige denn verstehen konnte. Möglich, dass sie es nicht verstehen *wollten*. Dem Jungen war das gleich. Auf Fragen, wie er darauf gekommen sei, antwortete er stets, er habe nur seine ›Geistreisen‹ beobachtet. Natürlich wurde er belächelt. Doch die Antworten blieben dieselben.

Auf Arimea gibt es zwei Arten von Schrift. Eine, die im Alltag benutzt wird und die ursprüngliche Bilderschrift, die von den Ur-Arimeanern entwickelt wurde und interpretationswürdig ist. Diese aus Glyphen bestehende Zeichenschrift nutzt der Junge sehr gern, um notwendige Beschreibungen anzufügen.

Einige vermuteten bereits, dass besagte groteske Zeichnung mit bizarr anmutenden Details der dunklen Vergangenheit entstammt und der Junge nur ein altes Dokument kopiert habe. Darüber kann er nur lachen. Amüsiert lauscht er den abenteuerlustigsten Auslegungen seiner Arbeit.

Die Zeit blieb nicht stehen und aus dem Jungen wurde ein Mann. Mit Zwanzig holte ihn die Realität ein; ihm wurden wichtige Aufgaben übertragen. Da blieb keine Zeit mehr, Fantasien hinterher zu jagen.

Jahre später holten sie den inzwischen gereiften Manne, mit ganzer Macht ein. Bestimmte Ereignisse begünstigten und beschleunigten die daraus resultierende, logische Fortsetzung der unterbrochenen Arbeit. Aus dem Traum war eine Idee geworden, die letztendlich weiterführende Forschungen vorantrieb.

Einen Zufall ist zu verdanken, dass aus dem schnellen Transportmittel, welches A mit B verbindet, ein zeitunabhängiges Gefährt wurde. Jetzt war es nicht nur möglich von A nach B zu reisen, sondern auch der Zeitpunkt war frei wählbar. Eine eigens dafür eingerichtete Forschungsgruppe, die dem

Manne loyal gegenübersteht, löste das Problem des konstant bleibenden, sogenannten *Zeitaufbruches*.

Es muss nicht betont werden, dass sämtliche Arbeiten im geheimen stattfanden. Der Mann musste um sein Ansehen fürchten. Fatal, wenn vorzeitig Einzelheiten die Labormauern verließen.

Die Pläne wurden weggesperrt und an einem sicheren Ort aufbewahrt. Zu diesem Zeitpunkt kam Orinario ins Spiel. Gerissen und klug agierte er im Hintergrund, wählte einen einsamen Ort für die Endfertigung und deponierte in einer abgelegenen, nicht erreichbaren Felsspalte alle Unterlagen.

Der »Fall der Fälle« ist, schneller als gedacht, eingetreten. Lokar hält das runde Behältnis in Händen. Im Schutze des Tarnmodus vor Entdeckung sicher, entnimmt er zitternd die Pläne. Ein wesentlicher Teil von Lokars Mission ist erfolgreich geschafft. Oberflächlich überzeugt er sich davon, dass es die Originalpläne sind. Orinario hat ihm das entsprechende Signet genau beschrieben, das unter allen Blättern an gleicher Stelle steht. Jetzt, als es Lokar schwarz auf weiß sieht, stockt ihm der Atem. Der Erfinder des Zeitgleiters ist kein geringerer als Patriarch Dharidma …

Siebzehn

Provinz Arkonim, Refugium der Wächter, Gegenwart.

Aufschäumendes Wasser ist das Einzige, was die beiden Männer sehen können. Keiner denkt an einen Kampf zweier ungleicher Geschöpfe. Unbewusst treten sie ein Stück zurück. Es ist zwar ziemlich schwül, aber geduscht will diesen Umständen niemand. Außerdem ist es fraglich, ob das Wasser verträglich ist, was sich verständlicherweise nahezu aufdrängt.

Ein etwa ein Meter langer Körper taucht auf und verschwindet sofort wieder. Waylon konnte einen kurzen Moment ein breites Maul und die lange spitz-zackige Rückenflosse sehen.

Hier werden tatsächlich Fische gehalten!

»Hast du diesen ›Kaventsmann‹ gesehen?«

»Nur was glitschiges. Wo ist Wihakayda?«

Der Maki! Himmelherrgott! Der wird doch nicht …

Beide stürzen synchron ans Becken. Der glitschige Fischleib jagt ein undefinierbares Fellknäuel.

»Da! Das muss sie sein!«

Oder weiteres Nachdenken stürzt sich Waylon ins Wasser. Gerade taucht japsend ein kleiner Kopf auf. Kurzerhand erwischt Waylon das nasse Elend und zieht es an sich. Ein Moment der Unachtsamkeit! Zeit genug für das Fischmonstrum, der nun ein größeres Opfer anvisiert.

»Dako, rasch!«

Der Dakota nimmt Wihakayda entgegen und bringt sie in Sicherheit. Waylon setzt an um über den Rand zu springen, da schießt das Fischmonster empor. Nur knapp entgeht er den nach vorn aufgestellten Tentakeln, dreht sich auf der Stelle um die halbe Achse und verliert das Gleichgewicht. Wasser spritzt auf, schwappt über. Er rappelt sich auf, was nicht einfach ist, bei dem schmierigen Untergrund.

»Pass auf!«, erklingt warnend Dakos Ruf und eilt herbei.

Die Zacken der Rückenflosse ragen drohend aus dem Wasser. Zwei Schritt sind es bis zum rettenden Fels. Das Tier im Auge, geht Waylon langsam rückwärts. Er erwartet einen erneuten Angriff und ahnt, dass er diesmal nicht so glimpflich davonkommen wird. Am Kopf des angriffslustigen Fisches gewahrt er eine Veränderung. Doch er hat keine Zeit für Studien. Noch ein Schritt!

Alles gebend, vollführt Waylon eine Halbdrehung und setzt an zum Sprung. Gleichzeitig rauscht der Fisch rasant heran, zappelt wild und springt ebenfalls. Dako erfasst Waylons Arm, zieht mit aller Kraft. Direkt neben Dako fliegt, sich schlängelnd, der Mohrenmaki vorbei, landet auf dem Fisch und beißt diesen in den Nacken. Sogleich erschlaffen die Tentakeln. Waylon rutscht aus, stößt hart mit dem Schienbein gegen den Beckenrand. Fisch und Mensch landen nebeneinander klatschend auf dem Steinfußboden. Der Dakota hat alle Mühe, nicht mitgerissen zu werden. Nur die *Kleine* bleibt scheinbar gelassen, beißt unaufhörlich weiter, bis das schwabbelige Schuppentier nicht mehr zappelt.

Callum schaut nicht schlecht drein, als er am Kaskadenbecken ankommt. Seinen Worten nach ist der Fisch ein *Dotekalum*, eines der ältesten Geschöpfe Arimeas. Aus Respekt gegenüber der altehrwürdigen Lebensform, werden diese Tiere gehalten. Die Evolution hat die *Dotekalum* so belassen, wie sie ursprünglich entstand. Andere Meeresbewohner erlebten tiefgreifendere Wandlungen, um sich den jeweiligen Gegebenheiten anzupassen. Arimeaner, ebenfalls von evolutionsbedingten Maßnahmen verschont, sehen sich in der Pflicht, der Spezies beizustehen. Dadurch gibt es bis in die Gegenwart den Urfisch *Dotekalum*.

»Er ist – war – einer der Letzten seiner Art«, endet Callum betrübt. Unter anderen Umständen hätte der Arimeaner getobt und einen höllischen Aufstand gemacht. »Ein schlechtes Omen.«

»Und unsere *Kleine* hat ihn erlegt«, bringt es Waylon auf den Punkt. »Ihr Eingreifen hat mich gerettet …«

Ein abfälliger Blick mustert den nassen, strubbeligen, viel schlanker wirkenden Maki.

»Kaum zu glauben.«

Wihakayda spürt, dass sie im Mittelpunkt des Gesprächs steht. Ist es etwa Stolz, was Waylon in ihrem Verhalten gerade wahrnimmt?

»Ist jetzt auch egal«, fügt Callum hinzu.

»Hast du was herausgefunden?«

»Kann man wohl sagen. Und es ist nicht erfreulich.«

»Was ist es, Callum?«

»Die Frequenz von Arimea hat sich drastisch verändert.«

»Frequenz?«

Die beiden Erdenmänner erfahren, dass jeder Planet eine eigene Schwingung hat. Sie verbindet alle Lebewesen die darauf geboren wurden mit einem Schwingungsband, ohne den sie nicht leben können. Organismen nutzen die elektromagnetischen Felder ihrer Körper und stehen somit im steten Kontakt mit der Umwelt. Die Arimeaner nennen es auch Lebensband. Ändert sich das Schwingungsverhalten, zum Beispiel bei einer Umpolung oder längeren Weltraumreisen, wird der Organismus geschädigt. Deswegen simulieren Raumkreuzer den Pulsschlag Arimeas.

»Wie wirkt sich sowas aus?«

Waylon hört das erste Mal von solch einer ›Planet-Nabelschnur‹. Mag für einen zivilisierten Menschen naiv klingen, doch er hat davon keine Ahnung.

»Man bekommt den Eindruck, alles verlangsamt sich, hat aber keine greifbaren Anhaltspunkte.«

›Das ganze Gegenteil von der Erde‹, drängt sich Waylon auf. Dort hat er den Eindruck schon seit längerem gehabt, alles vergehe schneller.

»Kann dagegen etwas unternommen werden?«

»Der Schwingungsangleicher funktioniert nicht auf Arimea.

Der Planet ist zu groß. Das Gerät kann nur einen begrenzten Radius abdecken.«

Alles können die Arimeaner also doch nicht! Irgendwie beängstigend, aber auch beruhigend. So kommt niemand in Versuchung das Volk in den Gottstatus zu erheben.

Callum scheint aufgegeben zu haben. Er beugt sich dem Schicksal, den keiner entkommen kann. Zuerst sterben Arimeaner, dann die Tiere und zum Schluß jede einzelne Bakterie. Das Land wird zur Wüste, da das Wasser alles vergiftet.

An das Problem hatten die Herrschaften aus der Wissenschaft nicht gedacht, als die *Wandlung* beschlossen wurde. Gebracht hat es eine friedliche Zeitspanne. Beinahe vollkommen! Aber die Schattenseite lauerte bereits im Kern.

Was also bleibt?

»Ich weiß, es ist der falsche Zeitpunkt«, beginnt Dako zögernd, »aber du sagtest etwas von ›sie sind hier‹. Wen meintest du?«

In Callums Augen zuckt es.

»Urigoren«, antwortet er kalt und mit Abscheu in der Stimme.

»Könnten Sie dahinter stecken?«

Energisch verneint der *Wächter*.

»Damit beschäftigen die sich nicht. Die wollen erobern der Ressourcen willen.«

»Wenn die Urigoren auf den Planeten sind«, setzt Dako seine Überlegung fort, »warum sehen wir keinen von denen?«

Schulterzucken.

»Wir sollten daran denken, warum wir überhaupt hier sind«, mahnt Waylon. »Wie heißt es so treffend? ›Eins nach dem Anderen!‹«

Wie vom Blitz berührt springt Callum auf.

»Das bringt doch nichts!«

Arkonim beherbergt alles, was auch eine Kleinstadt auf der Erde zu bieten hat. Geschäfte, Plätze, Wohnungen, Freizeiteinrichtungen, Kinos. Ausgelegt für bis zu zehntausend Arimeaner. Und alles ist in den Katakomben des Berges untergebracht. Eine Meisterleistung!

Callum hat sich zurückgezogen. Dako und Waylon durchstreifen ein überschaubares Areal, das sie jederzeit die Kaskade wiederfinden.

Neben bereitstehenden Schwebern gibt es Rundwege, die höher gelegene Etagen zu Fuß erreichbar machen. Anscheinend gibt es einen Bedarf dafür. Einen dieser Wege hat Waylon unbewusst eingeschlagen. Vorbei geht es an Waben, deren gesamte Front verglast ist. Trotzdem kann er drinnen nichts erkennen. Ein Stück weiter steht eine Tür offen. Verstohlen wirft er einen Blick hinein. Ihm wird unbehaglich zumute, fühlt sich plötzlich gehemmt einzutreten. Es ist, als seien die Hausherren präsent!

»Siehst du etwas?«

»Nein … Es ist nichts …«

Wortlos gehen sie weiter. Am Ende des einsehbaren Weges macht Waylon an der Wand etwas aus. Es ist zu winzig, um mehr zu erkennen. Demzufolge kann er die Augen kaum abwenden, aus Furcht, er bilde es sich nur ein. Unbewusst wird er schneller.

Weit vor Dako erreicht er ein funkelndes Symbol. Ein Kreis, der im unteren Teil ein Drittel fehlt. Von der Mitte aus reicht ein dicker Balken durch die Unterbrechung. Mit etwas Fantasie liest Waylon ein O.

»Was gefunden?«, schnauft Dako.

»An was erinnert mich das nur …«, brummelt er nur.

»Ori irgendwas, so hieß doch ein bedeutender *Wächter*«, sinniert Dako.

»Er muss *sehr* bedeutend gewesen sein!«

»Wollen wir rein?«

Waylon denkt an das komische Gefühl an der offenen Tür, entscheidet sich jedoch dafür. Nur dubios, dass auch diese Tür unverschlossen ist! So, als käme gleich der Eigentümer um die

Ecke. Ehrerbietig überschreiten sie die Schwelle. Wieder überkommt ihm eine suspekte Gefühlswallung, die, unbeschreiblich reell, mindestens eine weitere Person suggeriert. Waylon atmet flach. Die Präsenz ist enorm. Schon bereut er eingetreten zu sein. Es ist ungewöhnlich still, auch für einen verlassenen Ort. Fast schon unheimlich.

An der Wand steht eine Schlafröhre; genauso eine, wie Callum sie im Hotel benutzt hat. Einen Spalt geöffnet, dass man meinen könnte, in ihr schläft jemand. Da Waylon zögert, übernimmt es Dako nachzusehen. Kurzerhand öffnet er die Abdeckung. Gespannt erwartet Waylon bereits einen Körper, der aufspringen und sie zum Teufel jagen wird. Soll er beten oder gleich flüchten?

»Niemand Zuhause«, sagt Dako und ein wenig bebt seine Stimme.

Erleichtert geht Waylon weiter vor. Hinter jeder Ecke, oder im Halbschatten verborgen, vermutet er jemanden. Auf einer Tischablage liegen Papiere herum. Daneben eine Halbkugel. Ein Stück entfernt ein leerer Becher.

»Sicher, dass keiner da ist?«, entlockt ihn der Fund.

Ein Hauch kalter Luft streift ihn. Es fühlt sich an, wenn jemand dicht vorbei geht. Doch Dako steht drei Meter von Waylon entfernt. Seine Nerven liegen blank. Sowas ist nichts für seines Vaters Sohn! Als ob das nicht genüge, bekommt er Gänsehaut.

Hinter dem Tisch, den Waylon als Arbeitsplatz wähnt, entdeckt er schließlich eine nur ungenügend abgedeckte Aussparung in der Wand.

»Dako«, ruft er lauter als gewollt. Um nicht ganz den Feigling erkennen zu lassen, tritt er forsch vor. Aus einem sauber gearbeiteten Spalt dringt in Bodennähe eine helle Lichtpyramide. Vorsichtig drückt er dagegen.

»Es bewegt sich«, presst Waylon hervor. Dako tut es ihm gleich und gemeinsam schieben sie den dicken Fels. Aus dem hellen Schein wird grelles Licht, welches aus der Tiefe empor strahlt. Kurzzeitig sind sie geblendet.

»Was ist das?«

Waylon hält blinzelnd noch zusätzlich die Hand vor. Was er sieht ist so einmalig, dass er alles andere vergisst. Ergriffen sinkt sein Arm. Unter ihnen leuchten und funkeln und strahlen hunderte von Kristallen!

Über eine Brücke gelangen sie zu einen Schweber, der sie nach unten bringt. Beeindruckt nimmt Waylon alles in sich auf. Es sind nicht hundert Kristalle! Das müssen tausende sein! Jeder ist besonderer als der nebenan. Fantastisch! Wie *Alice im Wunderland* dreht er sich um die eigene Achse, ja um nur alles sehen zu können.

Während des schwärmenden Betrachtens verglimmen die meisten Kristalle. Was ist los? Auch Dako wirkt verwundert. Und dann rutscht ihm fast das Herz in die Hose.

Achtzehn

Arimea, vier Jahre vorher.

Er muss eingeschlafen sein. Lokar zuckt auf. Im Tunnel ist alles ruhig. Einer der Pläne ist heruntergefallen. Umständlich hebt er das Blatt auf. Dabei legt er den Kopf mit der Wangenseite aufs Knie, um das Papier zu erreichen. Ohne Vorwarnung bemerkt Lokar eine weibliche Gestalt schräg hinter sich. Völlig entgeistert entgleiten ihn nun alle Pläne des ›RZG‹. Er flucht. Die Frau kommt ihm bekannt vor und sie sieht geradewegs in seine Augen. Der aufgefangene Blick durchzuckt Lokar zutiefst. Etwas haarig überprüft er die Tarnung. Der Aural-Modus ist aktiv. Sie *kann* ihn also nicht sehen. Und dennoch …

Wenn er bloß wüsste, woher er diese Frau kennt! Lokar folgt jede ihrer Bewegungen. Ihre Gangart versetzt seine Gedanken in einen kreisenden Sturm. Irgendwo am geistigen Horizont rauschen, die sie betreffenden Erinnerungen, schemenhaft vorüber. Außer einzelnen undeutlichen Fragmenten ist keine davon greifbar.

Die Frau verschwindet hinter dem Wandbehang. Gehört sie etwa zu Vyn? Hoffentlich bemerkt sie nicht, dass die Pläne fehlen! Lokar wird es heiß. Was soll er tun? Er ist unsichtbar, das muss sich doch ausnutzen lassen können!

Und wenn nun seine Tarnung auffliegt? Spontan fallen ihm etliche Gründe ein, die alles zunichte machen können! Auf keinen Fall dürfen die Pläne verloren gehen. Um dies zu verhindern, gibt es nur einen Ausweg.

Ohne Umschweife und voreilig verlässt Lokar diese Zeit, kehrt in die Grotte zurück, legt das Behältnis mit den Plänen auf den Zellerneuerer und taucht sekundengleich im Tunnel vor vier Jahren wieder auf.

Nachdem er sich überzeugt hat, ob der Aural-Modus funktioniert, hakt er innerlich diesen Teil des Planes ab. Jetzt kann der nächste Teil angegriffen werden.

Die Frau erscheint hinter dem Wandbehang, geht lässig an Lokar vorbei, der sie nicht aus den Augen lässt. Plötzlich wendet sie sich in seine Richtung.

›Folge mir‹, formt sie mit den Lippen. Zur Unterstreichung macht sie die entsprechende Kopfbewegung. Dann setzt sie ihren Weg bedächtigen Schrittes fort.

Lokar zögert. Hat diese Frau wirklich *ihn* gemeint? Sonst ist je keiner da, wie der Rundblick beweist. Kann sie ihn wirklich sehen?

Inzwischen ist sie am anderen Ende des Tunnels angekommen. Wider Erwarten dreht sie sich noch einmal um. Und jetzt fällt der Groschen! Diese Frau ist Amerona! Teasars Mädchen und vormalige Kommandantin der »Sternengral«!

Ein Gedankenstrudel droht Lokar einzusaugen. Es kostet unwahrscheinliche Kraft nicht gänzlich abzudriften. Eine Idee flammt auf. Er hat doch nichts zu verlieren! Ausgestattet mit hochmoderner Technologie, an dem genau in diesem Moment eifrig geforscht und gearbeitet wird, ist es möglich, Amerona zu folgen. Lokar aktiviert die Sensoren, die die Kommandantin scannen. An jetzt wird er sie immer finden können.

Auf einem zusätzlichen Schwebeschirm wird Ameronas digitale Abbild naturgetreu dargestellt, sowie prägnante Punkte ihrer unmittelbaren Umgebung. Wie er bemerkt, nimmt sie einen Weg, den der ›RZG‹ mühelos passieren kann. Auffällig ist, dass die Ex-Kommandantin schmale Flure meidet. Nach einem angemessenen Vorsprung, den Lokar zur Beruhigung sich sicherheitshalber einräumt, beginnt er die Verfolgung.

Technikassistent Vyn beginnt mit dem Testlauf. Das Rogolit, ein strapazierfähiges, sehr robustes Material, bringt die besten Eigenschaften für das Zeitgefährt mit. Schätzungsweise in zwei Monaten können die allerletzten Versuchsreihen abgeschlossen und mit dem eigentlichen Bau begonnen werden. Vyn hofft, dann eines der ersten Modelle selbst testen zu können.

Er arbeitet im oberen Teil des Labors. Es gibt nur eine Handvoll Personen, die das Projekt in allen Einzelheit kennen. Offiziell gehört der Technikassistent nicht dazu. Er ist für allgemeinere Aufgaben zuständig. Hätte Vyn nicht die Pläne gesehen, wäre er wahrscheinlich längst abgesprungen.

In keinen der mit dem Netzwerk verbundenen Prismencomputern sind die Pläne abgespeichert. Es existieren nur die Originale und die sind in seinem Besitz. Insgeheim bereitet es ihm Freude. Alle Abteilungen sind mit den Arbeiten durch, sodass die Pläne niemand braucht.

Seit Wochen hat Vyn auf diesen Tag gewartet. Den heißen Tipp bekam er am Morgen. Sein Freund Barum hat einen zuverlässigen Informanten. Vyn kennt diesen nicht persönlich, noch weiß er seinen Namen. Aber es muss ein größeres Tier sein. In der letzten Periode zum Beispiel warnte der Informant sie in letzter Minute.

Vom Informanten kam damals auch der Hinweis, wo genau sie suchen mussten. Leider war nur ein Zugang zur Felsspalte vorhanden, und der ist rund um die Uhr überwacht. Man muss schon genaue Kenntnisse der Örtlichkeit haben. Erleichternd war auch die Tatsache, dass im alten Tunnel der Anlage sich der Durchbruch sehr leicht bewerkstelligen ließ. Ohne viel Aufhebens konnten Vyn und Barum in jeder freien Minute daran arbeiten.

Zufrieden kontrolliert Vyn die Ergebnisse. Gutgelaunt und beschwingt geht ihm die Arbeit viel leichter von der Hand.

Auffällig ist Ameronas Gespür, zufälligen Begegnungen aus dem Weg zu gehen. Lokar hätte nie vermutet, so einfach durch die Gänge zu schweben. Der ganze Komplex ist großzügig erbaut worden. Ein enormer Aufwand! Nie wäre es ihm in den Sinn gekommen, welch Maschinerie dahinter steckt.

Die stumme Vereinbarung zwischen Lokar und Amerona funktioniert tadellos. An einen Zufall glaubt Lokar hingegen nicht. Nach einiger Zeit bleibt die Frau vor einem riesigen Tor stehen und sieht sich unauffällig um.

»Lokar?«

›Sie weiß, dass ich da bin!‹

»Lokar?! Ich muss jetzt wissen, ob du da bist!«

Irgendwo ganz in der Nähe sind Schritte zu hören. Eine Entscheidung muss her! Jetzt oder nie!

Lokar deaktiviert die Tarnung.

»Woher …«

»Nicht jetzt, Lokar. Ein gemeinsamer Freund.«

Also doch! Ein großer Stein fällt ihm vom Herzen.

»Wir müssen ins unterste Labor. Ich hoffe«, sie deutet auf den Zeitgleiter, »du kannst mit dem da umgehen …«

Lokar versichert es ihr. So richtig weiß er nicht, wie er sich Amerona gegenüber verhalten soll.

»Ich hab's nicht glauben wollen«, fährt sie fort. Er glaubt, dass ein gewisses Staunen in ihrer Stimme mitschwingt. »Bin stolz auf dich, Lokar.«

»Danke, Kommandantin.« Er lächelt verlegen.

»Schon gut. Also: Ich lenke ab und verschaffe dir Zeit. Handle schnell! Nimm auf mich keine Rücksicht! Egal was passiert, schnapp dir das Teil und ab damit!«

Lokar nickt.

»Ach. Noch etwas«, druckst Amerona herum. »Ich hab dir nie vertraut. Dafür möchte ich mich entschuldigen. Danke für deine Loyalität.«

Ihr Geständnis verblüfft.

»Ich hab dich auch verdächtigt …«

Die Schritte wechseln die Richtung und kommen eindeutig näher.

»Keine Sentimentalitäten«, flüstert sie. »Gehen wir. Bis in vier Jahren.«

Lokar hört die letzten Worte nicht mehr, da er aus Vorsicht

bereits den Aural-Modus zugeschaltet hat. Aber er sieht ihre Lippenbewegung und versteht.

»Hallo, Vyn«, grüßt Amerona. »Bringst du wieder die Zahlen durcheinander?«

»Hallo. Kennst mich doch. Man tut, was man kann.«

»Ich bin dann mal unten.«

»Überstunden? Das kann nicht gesund sein.«

Amerona lacht. »Gesund ist was anderes. Aber der Boss hängt uns im Nacken. Mir bleibt nichts anderes übrig, als die Nacht durchzuarbeiten.«

»Armes Mädchen«, neckt Vyn sie. »Wenn du einsam bist und Hilfe brauchst … ich stehe zur Verfügung.«

»Nur keine falschen Versprechungen!« Amerona zwinkert verschmitzt. »Aber im Ernst. Ist Otoria schon unten?«

Vyn verzieht das Gesicht.

»Nicht das ich wüsste. Mit *der* hast du Nachtschicht?«

»Ja, mit *ihr*. Sie ist eine Koryphäe und schwätzt nicht soviel.«

»Also eine ganz normale Frauengruppe!«

»Denk du einfach an deine Zahlen, Playboy! Ein Fehler könnte *heiß* werden.«

»Viel Spaß euch Zweien!«

Schon ist Amerona unterwegs. Im Gehen hebt sie nochmal die Hand und winkt, aber ohne sich umzudrehen. Dafür schaut ihr Vyn nach. Er zwinkert. Irgendwie hat er was im Auge, denn Amerona wirkt diffus unscharf.

Großflächige Türen erleichtern ungemein den Zutritt. Jedenfalls wenn es sich um überbreite oder sehr hohe Materialien handelt. Ein einzelner Amerianer geht darin verloren. Für Lokars Mission das Beste, was geschehen kann.

Während Amerona die Stufen nimmt, schwebt Lokar genüsslich den dreißig Meter Höhenunterschied hinab. Die einzige Möglichkeit einen tieferen Eindruck zu erhaschen. Im normalen Leben hätte er niemals das Areal betreten.

Hinter einer mobilen Aufstellwand steht das gute Stück. Abgedeckt mit einer durchsichtigen Plane. Daneben ausreichend Platz für seinen Gleiter. Lokar sieht nach der Kommandantin. Etwa die Hälfte der Treppe hat die noch vor sich. Gekonnt bugsiert er das Zeitgefährt direkt neben dem Prototypen. Von der Stellwand verdeckt, ist der Tausch einfach und simpel ausführbar. Tarnung aufheben – hinüber und die Abdeckung abnehmen – starten und ab die Post! Wirklich einfach!

In Gedanken spielt Lokar das Szenario durch und schätzt die dabei ablaufende Zeit. Wenn alles auf Anhieb klappt drei Minuten vielleicht. Alle Labormitarbeiter sind in ihre jeweiligen Aufgaben vertieft.

Sein Puls gleicht einem Rammbock, der immer schneller werdend gegen ein Hindernis klopft. In Wahrheit schlägt Lokars Herz so stark, dass er meint, es zerspringe jeden Augenblick.

»Ruhig! Alles im Griff!«, macht er sich Mut. »Rüber und weg! Ganz einfach …«

Den Finger auf der Aural-Taste hadert Lokar. Einmal gedrückt wird er sichtbar. Käme dann zufällig jemand auf den Gedanken, gerade jetzt hinter die Stellwand zu kommen …

Unbewusst schaut er in die entsprechende Richtung. Sein Herz überschlägt sich beinahe, als er Amerona erkennt. Sie gibt Lokar unmissverständliche Handzeichen.

Rasch folgt ein Schritt auf den Nächsten. Wie vorher mehrfach im Geiste durchgespielt und mit möglichen Folgen ausgemalt. Daran will er jetzt nicht denken! Die Plane ist nur aufgestülpt, lässt sich leicht entfernen. Und schon sitzt Lokar im allerersten Zeitgleiter! Eigentlich eine Ehre, aber für eine diesbezügliche Ehrerbietung wirklich der unpassendste Zeitpunkt.

Die virtuelle Tastatur wirkt ein wenig antiquiert; sie ist kleiner und die Zeichen weichen in ihrer Darstellung ab. Lokar startet. Schwebebildschirme erscheinen. Nach der Zieleingabe wirft er noch einen Blick auf Amerona. Kurz nickend, löst er den Startvorgang aus.

Eine Winzigkeit ist anders. Es tritt eine Verzögerung ein, die zwar im Sekundenbereich liegt, aber folgenschwer wiegt. Ein Mitarbeiter tritt hinter die Stellwand. Was auch immer er sucht, lässt ihn erschaudern, als er Lokar zuschaut, wie dieser sich langsam in Luft auflöst.

Was Orinarios Paladin nicht mehr mitbekommt, betrifft jedoch auch ihn. Noch ahnt er nichts davon. Doch die Dinge nehmen ihren eigenen Lauf.

Amerona versetzt den unfreiwilligen Zeugen einen derben Hieb. Dadurch werden auch andere aufmerksam. Sie muss schnell handeln und stürzt in den zurückgelassenen Zeitgleiter. Ohne sich darüber bewußt zu sein, dass sie über keinerlei Erfahrungen mit dem Gefährt hat, löst sie durch den Start eine fatale Kettenreaktion aus.

Neunzehn

Eine Bewegung irritiert Waylon. Mitten im Raum schlägt die Luft Wellen, die dahinter liegenden Wände werden unscharf. Wieder streift ihn ein Windhauch und auch Dako macht ein erschrockenes Gesicht. Die Luftmoleküle sind in Aufruhr, folgen einer unsichtbaren Kraft, die den bestehenden Gaszustand ändert. Immer wieder formen sich Abbilder, zerfallen, ordnen sich neu. Was jetzt folgt haben sie noch nicht erlebt. Ein menschlicher Körper kristallisiert sich heraus, bleibt aber durchsichtig. Waylon hat den Eindruck einer geisterhaften Erscheinung, will nicht glauben was er sieht.

Ein recht junger Mann kommt in ihre Richtung, geht auf einem Kristall zu, der seine Farbe mehrfach ändert. Dann hebt der junge Mann den Arm, berührt den Rogalit und verschwindet in einer erschreckenden Lichtexplosion. Trotz des Halbbildes blendet das grelle Aufblitzen Waylon. Es bedarf einer Weile, bis der Fleck von der Netzhaut halbwegs durchlässig wird und die Sicht aufklart.

»Was war das denn?«

»Jedenfalls kein Traum, *micinksi.*«

Wieder regt sich was in der Luft. Auf unerklärbare Weise entsteht eine Glaskabine vor ihren Augen. Von Waylon ausgesehen rechts materialisiert eine Glaskabine, dessen Insasse Waylon als den, aus der vorherigen Szene verschwundenen, jungen Mann identifiziert. Unglaublich!

Die unfreiwilligen Zuschauer werden Zeuge, wie der Angekommene aussteigt und wieder auf den Kristall zugeht. Plötzlich ertönt eine donnernde Stimme: «Nicht! Halte ein!»

Wie der junge Mann, fahren auch Waylon und Dako herum. An der linksseitigen Wand steht plötzlich noch eine Glaskabine, die einen älteren Mann mit gewichtiger Miene beherbergt. Der Gesichtsausdruck des Alten lässt eine hohe Position vermuten. Sein langer Umhang scheint es zu unterstreichen.

«Hör mir zu, Lokar. Ich weiß, was du vorhast. Ich sah es. Du rennst ins Verderb.»

Der junge Mann, der den Namen Lokar trägt, erschrickt bis ins Mark. Langsam dämmert es in Waylon. Der Spuk ist nichts anderes, als eine Aufzeichnung, die irgendwann in der Grotte stattfand. Er tippt Dako an und flüstert ihm seine Erkenntnis zu. Doch der Dakota schaut gebannt zu.

«… habe ich nicht … nicht verdient …», hören sie diesen Lokar sagen.

«Jeder verdient eine, mein Paladin», erwidert der Alte im verstehenden Tonfall.

«Mein Geist war geblendet …»

Der Alte berichtet von der Entdeckung der Grotte, in der sie sich befinden. Von einem Zellerneuerer ist die Rede, von dem fehlt aber jede Spur.

«Ich wünschte mir immer, die Tränen von Rogal zu sehen. Mutter erzählte darüber die wundersamsten Geschichten.»

Rogal? Tränen?

«Es war mein Fehler, Lokar. Ich hätte dich nicht herbringen dürfen. Aber ich vertraue dir. Und du hast eine Mission.»

«Ich werde mich deinem Vertrauen als würdig erweisen», verspricht Lokar feierlich.

«Vom Erfolg hängt alles ab, ob die *Methelems* gewinnen oder wir. Vergiss nie deine Bestimmung, Paladin.»

Methelems? Wer sind denn *Methelems*?!

«Werde ich nicht.» Der junge Lokar steigt in die Glaskabine und beide lösen sich auf. Zurück bleibt der nachdenkliche Alte. Langsam verblasst auch der.

Allmählich verschwinden die Luftwirbel und die Normalisierung setzt ein. Verschwunden ist auch das Gefühl des Nichtalleinseins …

* * *

Arimea ist ein Planet der Inseln. Kein Kontinent ist größer als Australien. Die meisten Inseln haben eine Fläche, die derer von Neuseeland entspricht. Alle haben eins gemeinsam: Ihre ringförmige Anordnung. Es gibt einen inneren, mittleren und äußeren Ring. Der Äußere besteht aus unzähligen Eilanden, von denen etwa die Hälfte unbewohnbar ist. Umschlossen werden sie von einem Ozean, dessen Salzgehalt durchschnittlich nicht einmal ein Viertel der irdischen Meere ausmacht.

Im Jahresmittel beträgt die Temperatur dreiundzwanzig, die des Wassers konstant fünfundzwanzig Grad Celsius. Für Menschen paradiesische Zustände! Das alles wird getürmt von einer unnormalen Leere.

Gegen Mittag betritt die Gruppe vor die Tür. Zwei Monde sind aufgegangen. Callum erörtert, dass den Planeten sieben Monde begleiten. Eigentlich waren es einmal acht. Vor mehr als sechzig Millionen Jahren, so glaubt Callum es zu wissen, geriet der achte Mond ins Trudeln und war bald im All verschwunden.

»Ungewöhnlich, dass ein Trabant die Umlaufbahn verlässt.«

»Manche vermuteten darin eine Instabilität seiner Bahn, die durch ein größeres Objekt weiter gestört wurde. Damals kam so was häufiger vor.«

Waylon fällt der Glanz eines der Monde auf.

»Das ist Rogalit«, erklärt Callum weiter. »Das Reinste, was es im Universum zu finden ist. Deswegen nennen wir ihn auch Rogal, nach einer uralten Legende.«

Waylon erinnert sich an eine Äußerung in der Grotte.

»Dieser Lokar sagte etwas von ›Tränen von Rogal‹.«

»Laut Überlieferung weinte Rogal bitterliche Tränen, bevor er starb. Daraus sollen die ersten Kristalle entstanden sein.«

»Einer der *Methelems* wird nachgesagt, er habe mit den Rogaliten *sprechen* können?« Dako beschäftigt diese Arimeaner, seit er um sie weiß.

»Das ist bloß Gerede. Vieles wurde überliefert, das nicht

unbedingt wahr ist.«

»Aber die ›Tränen‹ gibt es, oder habe ich dich falsch verstanden?«

Callum gibt zu, stark mit diesem Glauben verwachsen zu sein.

»Es ist eine Enklave, weit draußen im Ozean gelegen.«

»Bring uns hin, Callum.«

Der *Wächter* denkt nach.

»Ich weiß nicht, was ihr dort zu finden euch erhofft.«

»Wir wollen nichts unversucht lassen.«

»In Ordnung.« Überzeugt klingt er nicht.

* * *

Es ist eine völlig andere Welt! Dichter Pflanzenwuchs, überdimensionierte Bäume, Fels. Während des Anfluges lässt Callum den Gleiter über der Insel kreisen. Selbst für ihn, der die Enklave nicht kennt, ein überaus befremdlicher Eindruck.

Die Wildnis ist beeindruckend. Waylon kann nicht anders, als an die frühgeschichtliche Erde denken; genauso musste es ausgesehen haben. Jederzeit erwartet er einen Dinosaurier hervor preschen. Am Südzipfel der Felseninsel ragen riesige Farne und Schachtelhalm weit über die Kronen des Hauptwaldes.

Spitz ragen scharfe Felsen kilometerweit gen Himmel. Callum hatte Recht: Auf den Seeweg ist Methua unerreichbar. Es gibt noch nicht einmal eine Möglichkeit, mit dem Schiff anzulegen. Und es gibt noch ein Problem, wenn man daran denkt, einen Hafen künstlich zu errichten. Der Ozean ist an dieser Stelle ausgesprochen tief.

Eine letzte Schleife fliegend, zieht Callum den Gleiter herum. Durch dieses Manöver kommen sie aus nordwestlicher Richtung.

»Seht mal«, ruft Waylon aus und deutet zu einem Felssturz.

Ein Haufen von Felsstaub und Trümmerstücken liegen herum. Das entstandene Loch weist eine oval-rundliche Form auf, an deren mittleren Rändern glatte Oberflächen einem Felssturz widersprechen. Waylon spricht dies laut aus. Seiner Meinung nach wurde hier ein Durchbruch künstlich erschaffen.

»Fragt sich nur durch wen und wozu!«, schließt er seine Überlegung ab.

Kurzentschlossen steuert Callum den Gleiter durch die Öffnung. Jetzt wird ihnen die Dimension richtig verdeutlicht. An den Innenrändern ist der Fels regelrecht herauskatapultiert worden. Alles in unmittelbarer Nähe wurde in Mitleidenschaft gezogen. Ein Baum steht noch zur Hälfte, von den Anderen ist nichts zu sehen. Das Ausmaß der Schäden ist katastrophal, und bekräftigt Waylons Schlussfolgerung.

»Hoffentlich war kein Arimeaner da«, raunt Dako betroffen.

»Laut Abtastung ist Methua unbewohnt«, sagt Callum, der langsam seine Fassung wieder erlangt.

Durch einen Mangrovenwald führt eine Schneise der Vernichtung. In der Mitte existieren keinerlei Rückstände, zu den Seiten hin häuft sich gesplittertes Holz.

»Welche Waffe verursacht derlei Schäden?«

»Da fällt mir einiges ein, Dako. Laser, Torpedo, Schallwaffe.«

»Woher kennst du dich damit so gut aus?«, fragt Callum ziemlich schockiert.

»Würdest du die Menschen kennen, wäre diese Frage überflüssig.«

Betroffen mustert ihn Callum mit finsteren Augen.

»Keine Sorge, ich gehöre nicht zu den Lobbyisten.«

Sie folgen der Schneise, die mindestens drei Kilometer weit ins Inland reicht. Überall Pflanzenreste und Gesteinsstaub.

»*Wakan Tanka* sei Dank«, stößt Dako aus. »Keine Opfer …«

Menschliche Redewendungen erstaunen Callum immer wieder. Von anderen Spezies hat er schon manches gehört.

Ehrlich gesagt, hat der *Wächter* noch keine andere Gattung so kennengelernt, wie Waylon und eben diesen Dako, dessen Kultur viele Fragen aufwirft. Dass nicht nur ein Gott diesen Namen trägt kann Callum nicht wissen. Gern hätte er darüber mehr erfahren. Dies wird durch ein seltsames Objekt jedoch verhindert.

»Es ist metallisch«, stellt Waylon fest.

Methua wurde so belassen, wie es vor Urzeiten entstand. Fauna und Flora entwickelten sich seither vom Rest Arimeas abgeschnitten zu einem bemerkenswerten Biotop. Abgesehen von den verbannten *Methelems* gab es zu keiner Zeit Arimeaner an diesen Ort.

»Ein Raumschiff?«

Callum zieht es noch mehr die Farbe aus dem Gesicht.

»Urigoren …«

Der Arimeaner überprüft das Gelände.

»Kein Anzeichen von Leben«, gibt er schließlich Entwarnung. »Das will ich mit eigenen Augen sehen.«

»Wir begleiten dich«, sagt Dako ernst. »Drei Augenpaare sehen mehr.«

Unweit des Fundes setzt der Gleiter auf.

Zwanzig

Irgendwann in der Zeit.

Beim Start eines ›Raum-Zeit-Gleiters‹ werden notgedrungen enorme Energien benötigt, um den Raum zu krümmen. Diese Energiemengen werden gebündelt, um einen künstlichen Energietunnel zu erzeugen und den vorhandenen Raum aufzubrechen. Vergleichbar mit einem Blatt Papier, welches solang gebogen wird, bis Start- und Zielpunkt genau übereinander liegen. Und das innerhalb einer kaum merklichen Zeitspanne.

Bei dem Model, das Lokar eingetauscht hat, wird der hohe Energieverbrauch nur unzureichend abgeschirmt. Schwierig, wenn fast zeitgleich ein weiterer Zeitgleiter die gleiche Menge produziert. Es kommt unweigerlich zu einer Wechselwirkung. Blitze zucken, greifen ineinander über. Weder Lokar noch Amerona sind sich dessen bewusst.

Der geschlagene und zu Boden gegangene Mitarbeiter rappelt sich auf, erkennt die Situation und stürzt auf Amerona zu. So einfach soll sie nicht davonkommen! Seine Hand bekommt beinahe die Kommandantin zu fassen. Sie kann es nur dadurch verhindern, dass sie sich blitzschnell nach hinten fallen lässt. Dabei berührt Ameronas Fuß den hereinragenden Arm, der wiederum gegen die virtuelle Tastatur gedrückt wird. Eine Umkehr in der Zeitfolge, ohne die vorherigen Zielkoordinaten zu löschen, lässt Ameronas Zeitgleiter erbeben. Für den Moment steht die Zeit still. Dann löst sich alles in einer gleißenden Explosion auf …

Der von Lokar gesteuerte Prototyp ist dabei, die dreidimensionale Dimension zu verlassen, als die Protonen der Energieeruption ihn erreichen. Alle seine Systeme fallen aus. Hart erfasst die Dimensionsdruckwelle Lokar.

Die Ereignisse haben Lokar in einen seltsamen Zustand versetzt. Er kann nicht sagen, ob er wacht oder schläft. Er weiß noch nicht einmal, ob er überhaupt noch lebt. Unsichtbare Kräfte zerren an ihn, wirbeln Lokar umher.

Bin ich noch? Kann nichts sehen, nichts hören. Unendliche, befreiende Leichtigkeit. Schwebe ich?

Es existiert kein Gestern oder Morgen, kein Oben und kein Unten. Im Zustand einzigen Seins verliert alles seinen Schrecken.

Ein plötzlicher Ruck!

Darauf unvorbereitet folgt grenzenloser Schmerz. Dunkelheit. Unheilverheißende Stille.

Nach einer ewig währenden Zeit kehrt Lokars Bewusstsein auf einen Schlag zurück. Verdreht liegt er auf dem Sitz. Die unnatürliche Körperhaltung lässt angespannte Muskeln wie Feuer brennen. Ihm ist glühend heiß. Es kostet mehrere Minuten, bis sich Lokar halbwegs sortiert hat.

Benommen schaut er auf. Fahles Licht erleuchtet die Umgebung rings um den ›RZG‹. Anhand einiger aus dem Dunkel hervorstechende Umrisse wird ihm klar, wo er jetzt ist: Im Frachtraum der »Sternengral«! Es will nicht in seinen Kopf! Wie kommt er *hierher*? Was ist schief gelaufen? Die Koordinaten! Es müssen die Koordinaten sein!

Die virtuellen Anzeigen sind außer Betrieb, die Schwebebildschirme reagieren nicht.

Das erste Mal verflucht Lokar den Zeitgleiter! Anfangs fand er die Erfindung reizvoll und erfüllend, wird sie nun zunehmend zur Last. Abenteuerlustig und stolz begann er Reisen, die er normal hätte nicht machen dürfen. Und immer öfters enden sie in einem Fiasko.

Wütend steigt er aus. Er kann nicht mehr. Soll der Alte doch denken, was er will! Auch die *Gilde* kann ihn mal! Aus und vorbei!

Das Stehen fällt Lokar schwer. Das gesamte Skelett ist gestaucht. Wenigstens kennt er sich an Bord aus. Komisch nur, dass er an derselben Stelle aufgetaucht ist, an der sein alter ›RZG‹ stand. Sei's drum! Erst mal ins Bett; wofür hat man denn eine eigene Kabine.

Mit weichen Knien schwankt er zu seiner Kajüte. Öffnet das Schott, geht hinein. Gedanklich liegt er bereits in der Schlafröhre. Ausschlafen und Erholung finden, was braucht man schon mehr.

Das Geräusch eines Schlafenden nimmt er zwar am Rande wahr, realisiert es aber nicht richtig. Die Beine wollen ihn nicht länger gehorchen. Sie fühlen sich wie zwei Holzstelzen an, die machen, was sie wollen. Er sehnt sich danach, gleich zu legen und schlafen zu können. Und wehe es weckt ihn irgendeiner vorzeitig!

Nanu? Der Röhrendeckel ist offen? Hat er etwa vergessen – entgegen seiner Gewohnheit – ihn zu schließen?

Ausgepowert lehnt Lokar gegen den ersehnten Schlafplatz. Gedankenschwer holt er Luft. Vergangene Szenen ziehen am inneren Auge vorüber. Bei Ameronas Bild verharrt er. Hat sie es geschafft? Da war der eine Typ. Was der wohl wollte?

Schlapp sinkt er langsam zurück.

Ein verstörtes röchelndes Schnarch-Geräusch bringt Lokar in die Gegenwart. Konsterniert tastet er behutsam in die Röhre. Gleich verschluckt er sich an der eigenen Spucke. Da liegt doch jemand! Ein nicht enden wollender Flashhusten beendet die nächtliche Stille. Der Körper in Lokars Schlafröhre bewegt sich ruckartig.

»Was ist los? Bist du das, Teasar?«

Lokar hält den Atem an, presst eine Hand auf den Mund und unterdrückt angestrengt den Hustenreiz, was den Reiz stickend verstärkt.

»Weshalb weckst du mich?«

Diese Stimme! Die Art der Wortauswahl und die Betonung!

»Teasar, sag doch was!«

›Eindeutig, das … das bin *ich* …‹, denkt Lokar fassungslos.

Licht flammt auf. Der *andere* Lokar hält mitten in der Bewegung inne, starrt mit Froschaugen auf den nächtlichen Störenfried. Beide liefern sich ein stummes Duell mit überforderten Blicken. Der liegende Lokar erfasst die Situation um Millisekunden schneller. Unerwartet springt er aus der Röhre.

»Das ... das ... das geht ... nicht!«, ruft er außer Atem. »Du ... ich ...«

Nun kann der Hustenreiz nicht länger unterdrückt werden. Laut und unkontrolliert bricht es aus ihm heraus. Er hustet was das Zeug hält.

»Das ist ... krass ...«, stottert der in dieser Zeitebene heimische Lokar und seine Stimme überschlägt sich.

»Willst ... du, dass dich ... jemand ... hört?«, hustet der Zeitreisende.

»Das müssen sie sehen!«

»Nein! Niemand ... niemand darf ... davon erfahren!«

Der hiesige Lokar stutzt.

»Warum? Das glaubt mir sonst keiner!«

Jetzt reicht es den eben angekommenen Lokar. Bedrohlich hustet er abschließend und geht auf den Anderen langsam zu.

»Hey! Du bist doch ich ... ich meine ... ich bin ... bin doch du ...«

»Sei still! Niemand darf davon erfahren!«

»Niemand?«

»Niemand!«

Zu allem entschlossen und sichtlich angesäuert, baut sich Lokar vor sich auf. Eine Armlänge trennt beide voneinander. Was der Angekommene nicht bemerkt, kann der ansässige Lokar umso besser sehen. Um den Eingedrungenen entsteht eine leuchtende Korona, deren Ränder von feinen Blitzen dämonenhaft aufgehellt werden.

»Ich bin schrecklich müde«, setzt er im zornigen Ton hinzu. »Also bring mich nicht noch mehr in Rage!«

Er stupst den völlig verstörten anderen Lokar mit den Finger an. Dabei wird ein Teil der koronarer Energieaura auf den hiesigen Lokar übertragen, der daraufhin das Bewusstsein verliert.

Jetzt bemerkt Lokar die körpereigenen Energieausstöße. Erschüttert bekommt er Panik. Raus hier!

Mit seinen allerletzten Kraftreserven erreicht er den Zeitgleiter. Kaum hat er Platz genommen, entmaterialisiert der Prototyp ohne jegliches Zutun.

Es kommt Lokar unreell, wie ein böser Traum vor. In Flugrichtung herrscht Chaos. Aufblitzende Protonen rauschen sich windend in Lichtgeschwindigkeit vorbei. Das, was er erblickt, ist das Innere des Energietunnels. Seine Augen erfassen nur einen geringen Teil des Teilchenstromes.

Einzelne Partikel erscheinen mit der Zeit klarer. Lokar hat sich mittlerweile aufgerappelt und versucht die virtuelle Tastatur zu aktivieren. Ein Schwebeschirm reagiert wieder, doch das äußere Energiefeld stört empfindlich.

Mehrere Frequenzüberlagerungen verhindern die einwandfreie Funktion des ›RZG‹-Computers. Was kann er tun? Jetzt erweist es sich als schweren Fehler, einem Arimeaner den Zeitgleiter überlassen zu haben, der von Aufbau und Technik keine Ahnung hat. Demzufolge konfus sind auch Lokars Eingaben.

Da wird das Gefährt durchgeschüttelt. Die Schwingungen sind kaum auszuhalten. Lokar schreit auf. Ihm wird schwindlig.

Das Rogalit der Außenhaut knirscht verdächtig. Draußen ändert sich das Farbverhalten. Etwas kommt auf Lokar zu, oder besser – *er* rast darauf mit ungeminderter Geschwindigkeit zu.

Im Eintauchen noch erwartet er das endgültige Ende. Stattdessen umlodern ihn züngelnde Flammen. Das übernatürliche Licht ist heller, als das der hellsten Sonne im Universum.

Gefühlt hält die Lichtflut unendlich lang an. Nur allmählich kehrt sein Sehvermögen zurück. Langsam erkennt Lokar Strukturen von Gestein und vereinzelt stehenden Pflanzen. Er wendet den Kopf und sieht in zwei vertraute Augen.

»Eliwor«, kommt es über seine Lippen.

So unvermutet die Freundin auftaucht, verschwindet sie

wieder. Der ›RZG‹ erbebt, verliert an Stabilität, vibriert erneut. Der zu überwindende Widerstand entlockt dem Zeitgleiter ungewöhnliche Geräusche. Jeden Augenblick droht er auseinander zu brechen. Lokar bekommt Angst! Schreckliche Angst! Dies ändert sich auch nicht, als Lokar wieder materialisiert. Die Panik noch spürend, verlässt er fluchtartig den inzwischen verhassten Prototypen.

Einundzwanzig

Arimea, Inselenklave Methua, Gegenwart.

Vom Boden aus gesehen ist der Mangrovenwald einfach nur gigantisch. Sie kommen gut voran. Die Schneise liegt ein gutes Stück hinter ihnen. Dort haben sie auch den Gleiter zwischen gebrochenem Holz geparkt. Callum geht nicht davon aus, Besuch zu bekommen; aber sicher ist sicher.

Was Waylon auffällt ist die allgemeine Sauberkeit. Kaum abgestorbene Bäume, kaum Bruch – sieht man von der Verwüstung einmal ab. Ein einzigartiges Ökosystem. Völlig unberührte Natur.

Nichtsdestotrotz ist vor einiger Zeit ein Raumschiff abgestürzt. Ob die Verwüstung damit im Zusammenhang steht, ist aus jetziger Sicht nicht zu sagen. Trümmerteile zeugen von einem Aufprall, der so gewaltig war, dass die Außenhaut des Schiffs zerfetzte. Winzige Bruchstücke übersäen eine, vom Boden aus betrachtet, nicht überschaubare Fläche. Waylon, Dako und Callum erreichen eine Stelle, aus der feine Spitzen herausragen und den Weg versperren. Soweit das Auge reicht, ist der Waldboden voller Metallsplitter.

»Fest, wie eingewachsen«, sagt Waylon. Stumm tritt er vorsichtig zwischen den nächsten Splittern, deren Freiraum genügend Platz für seinen Fuß lassen.

»Das dort könnte ein Teil des Rumpfes sein.« Callum zeigt auf ein glänzendes Stück, das vom Flechtmoos überwuchert wird.

»Wo ist Dako?«

Sie sind gemeinsam aufgebrochen und vertiefen sich in die Trümmer.

»Ich bin hier«, hören sie Dako rufen.

Bei aller Anstrengung gelingt es Waylon nicht, den Dakota zu entdecken.

»Höher, Way! Hier oben!«

Auf einem dicken Stamm stehend winkt Dako lässig herab. Zeit zum Wundern bleibt Waylon nicht. Auf dem zweiten Blick wird die ungestellte Frage, die Waylon auf den Lippen liegt, beim Anblick eines abgebrochenen und stark deformierten Gestänges beantwortet. Und noch etwas drängt sich auf; es sind Bilder, die Uridräo lieferte. Das fremde *Kraken*-Schiff!

Liegt die Antwort nach der Herkunft etwa vor ihnen?

Von weitem hat es wie Ranken ausgesehen. Jetzt, aus einer anderen Perspektive, ist die metallene Struktur deutlicher erkennbar.

»Denkst du das Gleiche wie ich?«

»Ja, Dako. Die *Krake* …«

»Es könnte ein Zubringer sein.«

»Du meinst, es ist nicht die *Krake*?«

»Überleg doch mal, Way. Allein die Größe«, schüttelt Dako den Kopf. »Nein, nein. Aber ich denke, es hat was mit dem Schiff zu tun.«

»Ihr kennt es?«

Kurz weiht der Dakota Callum darin ein. Wie der Kreuzer plötzlich im Orbit von Uridräo auftauchte, wie sie ihn beobachteten, dass er ebenso plötzlich wieder verschwand.

Der *Wächter* sinniert lang über das Gehörte nach.

»Das sind keine Urigoren«, schlussfolgert Callum schließlich. »Deren Technik ist nicht so fortgeschritten.«

»Dann stehen wir wieder am Anfang?« Waylon verdreht die Augen.

»Nicht unbedingt. Wenn wir in den Rumpf könnten …«

Am schnellsten kommt der Mohrenmaki vorwärts. Das Äffchen ist voll in seinem Element. Hangelt und springt, springt und hangelt. Klettert gewandt und flink in schwindelerregende Höhen. Waylon und Callum dagegen müssen aufpassen, wohin sie treten. Selbst das Moosgeflecht konnte den spitzen Metallsplittern noch nichts anhaben. Scharf wie Rasierklingen würde bei einem Sturz der Körper durchbohrt werden; mit schlimmen Folgen.

Dako nimmt den Mittelweg, nutzt größtenteils abgebrochene Elemente für seine Zwecke aus, oder macht es Wihakayda gleich. Eine gute Figur macht er nicht gerade, aber er legt ungefähr das Doppelte in der Zeit des Weges zurück, wie Waylon und Callum.

Irgendwie spürt der Maki etwas. Es liegt in der Luft. Auf einem hohen Ast, zwischen dichten Blättern, hält er inne. Nur seine feine Nase ragt heraus, die erregt hin und her geht. Es ist nur eine Nuance eines Duftes. Aber die hat es in sich. Darin liegt Vertrautes und doch auch Befremdendes. Letzteres überwiegt, macht das Tier vorsichtig neugierig.

Gefahr lauert in der Wildnis überall und hat verschiedene Gesichter. Des Makis Instinkt fordert zu überlegten Handeln auf. Hilfesuchend hält er Ausschau nach Waylon und Dako. Das wird dauern, mag er denken. Er reckt wieder die Nase in den Wind, diesmal ein klein wenig weiter.

Zwischen all den kleinen Trümmern werden die Wrackteile nun größer. Dass Callum darauf besteht, ins Innere des Schiffs zu gelangen, kann nur ein Ziel haben, nämlich die Klärung nach der Herkunft. Waylon kann da nicht mitreden, obwohl er auch gern wüsste, mit wem er es zu tun hat. Bis dahin wird es noch ein steinerner Weg. Oder besser, ein metallener. Er grinst.

Ein nicht hierhergehörender Geruch wird heran geweht. Die Nase rümpfend sucht Waylon nach der Ursache. Vom Metall kommt es nicht. Aber nach was riecht es? Er schließt die Augen. Könnten faule Eier sein. Was um alles ...

Ein greller Schrei ertönt. Unbewusst hebt Waylon den Kopf. Es klang nach dem Ruf eines Vogels. Erst jetzt fällt ihm auf, dass jegliches Leben in den Lüften fehlt. Kein einziger Vogel am Himmel, nicht einmal Insekten, die es auf der Erde in vergleichbarer klimatischer Umgebung gibt.

Es raschelt. Dann erklingt der Schrei erneut.

»Was ist das?« Callum ist nervös.

»Ein Adler oder Bussard«, antwortet Waylon.

Mit dieser Bezeichnung kann der *Wächter* unmöglich etwas anfangen. Dementsprechend ratlos ist seine Miene.

Mehrmals hintereinander kreischt es. Langsam dämmert es Waylon.

»Moment! Das ist Dako!«

»Dako?!«

»In seinem Stamm ist es üblich, die eigenen Leute zu warnen.«

»Zu warnen? Vor was?«

Waylon macht ein düsteres Gesicht. Dann antwortet er unheilvoll: »Vor Gefahr ...«

Ein paar Minuten früher. Über dicke Stämme gelingt es Dako in den tiefen Wald vorzudringen, ohne dass Trümmer den Weg behindern. Das Gehölz ist breit genug, um bequem darüber zu gehen. Manche Stellen müssen dennoch geschickt umklettert werden, doch das ist für den Dakota kein Problem. Agil und durchtrainiert überwindet er die Hürden.

Auch ihm entgeht nicht der eigentümliche Geruch. Er tippt auf Schwefel, ist sich jedoch unsicher. Zu viele unbekannte Faktoren. Arimea ist nun mal nicht seine Welt. Erfahrungen hinsichtlich über Klima, Wetter und Geologie fehlen. Für den Gestank können auch natürliche Ursachen verantwortlich sein. Vielleicht gibt es seismische Aktivitäten, und durch eine Spalte gelangen Gase an die Oberfläche.

Die umgestürzten Mangroven erwecken nicht den Eindruck, dass der Absturz in jüngster Vergangenheit stattgefunden hat. Dako hat von oben einen guten Überblick. Rankende Pflanzen haben ihren angestammten Lebensraum wieder erobert. Größere Teile sind vom Geflecht überzogen. Ein wahrer Urwald.

Auf den Boden mehren sich die Anzeichen von zunehmender Versumpfung. Kleine Wasserlachen, von denen ein verwesender Fäulnisgeruch ausgeht, sind irritierend in dieser ansonsten aufgeräumten Welt. Um diese Lachen fehlt das Bakterienfressende Moosgeflecht.

Etwa zehn Meter weiter erkennt Dako einen Schlammtümpel, auf dem Pflanzenreste treiben. Als er näher kommt umweht den Dakota ein bestialischer Gestank. Der Tümpel umfasst ein unüberschaubares Gebiet. Abgestorbenes Holz ist von einer Art Pilz befallen. Es riecht muffig, abgestanden, moderig und faulig. Kurz über den Boden schweben kleine Sporen.

Hinter der nächsten Baumkrone liegt es, relativ gut erhalten, wenn auch stark verbeult und mitgenommen. Behutsam klettert Dako auf eine trockene Bodenerhebung herab. Unten angekommen, empfängt ihn eine feuchte Schwüle, die Dako den Atem nimmt und den Geschmack von Erbrochenen hinterlässt. Er hält sich ein Tuch vor Mund und Nase.

Um den Tümpel herum führt ein Erdwall, vermutlich durch den Aufprall entstanden. Darauf geht Dako vorsichtig weiter. Herunterhängende Ranken und Mangrovenäste bilden stellenweise einen schier unüberwindbaren Pflanzenvorhang. Es kostet dem Dakota einiges an Zeit und Ausdauer, hindurch zu schlüpfen. Widerspenstiges Geäst ritzt markante Kratzmuster in seinen Arm. Dennoch kämpft er sich tapfer weiter vor.

Neben den Rumpf des fremden Flugobjekts steckt etwas Undefinierbares im Morast. Dako bricht einen fingerdicken Ast ab und stochert im Schlamm herum. Zehn Zentimeter ist es tief. Vorsorglich zieht er sich die Schuhe aus, krempelt die Hosen übers Knie. In der einen Hand den Stock, mit der Anderen ausbalancierend stapft er in den warmen Tümpel. Zieht er einen Fuß nach, verursacht der schmatzende Laute. Glücklicherweise rutscht er nicht auf den schmierigen Untergrund aus, wenn er auch mehr als einmal beinahe die Grätsche macht. Es dauert, bis Dako den Gegenstand erreicht. Und noch einmal, diesen herauszuziehen. Auf dem Rückweg passiert es dann doch. Ein zu weit ausgeführter Schritt und der Fuß gleitet haltlos nach vorn.

Der Länge nach aufschlagend, hält Dako seinen Fund krampfhaft fest. Zähflüssiger Schlamm spritzt auf. Auf kurzer Distanz zu dieser *Brühe* wird dem Hartgesottenen doch übel. Geistesgegenwärtig hält er den Atem an und presst die Lippen fest aufeinander. In der Situation die Nerven zu behalten ist eine Kunst für sich.

Am Rand angekommen, sieht er erst mal in die Richtung, in der er Waylon und Callum vermutet. Den Fund fest an sich drückend setzt er die Umrandung fort. Vielleicht findet er ja sauberes Wasser, um die verschlammte Kleidung zu säubern; außerdem hat er Durst.

Der Wall, der durch das Eintauchen des Schiffs in die Erde aufgetürmt ist, weicht deformiertem Gestein mit scharfen Kanten. Breite Risse, in denen es blubbert und dampft, erschweren ein Vorwärtskommen. Dahinter wechselt der Fels sein Antlitz. Wellenförmige, dunkle Strukturen sind erkennbar. Sie ergießen sich vom Einschlagskrater weg. Rechter Hand gähnt eine schwarze Öffnung im Schiff. Das Eingangsschott!

Dakos Herz beginnt schneller zu schlagen. Sind das dort nicht – Spuren? Drei Abdrücke im Schlamm deuten darauf hin, dass der Pilot überlebt hat und sich irgendwo auf der Enklave herumtreibt.

Ohne Zeit zu verlieren macht er kehrt. Jedes Geräusch verunsichert Dako und lässt ihn schneller gehen. Er fühlt sich beobachtet!

In sicherer Entfernung zum Raumschiffwrack erklimmt der Dakota wieder die umgestürzten Stämme. Die Blätter bieten einen guten Sichtschutz. Dann imitiert der Naturmensch den Ruf eines Seeadlers. Wenn er Waylon richtig einschätzt, dann weiß der ihn zu deuten und wird umsichtig handeln.

Zweiundzwanzig

Millionen Jahre vorher.

Der gleißende Lichtblitz blendet Amerona. Mit enormer Wucht gerät sie in den alles mit sich ziehendem Zeitstrudel. Die Explosion vernichtet den halben Berg, indem das Labor errichtet worden war. Eines hat das Ereignis erreicht, welches durch Lokars Eingreifen ausgelöst wurde: Der ›Raum-Zeit-Gleiter‹ geht nie in Produktion. Es bleibt bei einem Traum.

Davon ahnen jedoch beide nichts. Lokar ist irgendwo in ferner Zukunft gestrandet, und Amerona kann noch nicht einmal sagen, ob sie noch lebt. Die Flut aus hellstem weißem Licht, das arimeanische Augen je ertragen können, verhindert klare Gedanken. Benommen sitzt sie in dem Zeitgleiter, den bis vor kurzem noch Lokar steuerte. Als Amerona wieder sehen kann, glaubt sie ihren Augen nicht.

Es ist ein schöner Tag. Blauer Himmel, frische würzige Luft. Wäre da nicht dieser strebsamer Arbeitseifer, dann wäre es ein Ort von idyllischer Ruhe. Zwischen dem Platz, an dem Amerona gerade verstofflicht, und dem Raumkreuzer »Sternengral« liegt das Camp. Von dort dringen Stimmen herüber. Die Stimmung ist ausgelassen. Es fehlt Amerona am notwendigen Ernst. Ab und an sind glucksende Laute zu hören. Was geht hier vor?

Sachte schleicht sie näher. Die Crew ist so sehr mit sich selbst beschäftigt, dass niemand Amerona bemerkt. Außerdem wird sie von einzelnen Gewächsen ziemlich gut geschützt. Neben dem Eingangsschott des Kreuzers steht mit verschränkten Armen Teasar. Er wirkt abwesend, schaut in Abständen ins Schiff, so, als warte er auf jemanden. Im provisorisch abgedeckten Camp stehen Tragen. Ein ihr unbekannter Mann filmt die Szene.

Es gibt zwei Tragen. Die eine fixiert ein haariges Wesen, das Amerona keiner bekannten Spezies zuordnen kann. Auf der anderen liegt ein Arimeaner, dem Mila gerade Blut abnimmt. Die behaarte Kreatur ist ruhiggestellt und hängt an einen Tropf. Schläuche versorgen den schlaffen Körper mit Sauerstoff und Blut. Amerona überkommt ein Schaudern! Wieso greift Teasar nicht ein? Unter ihrer Leitung wüsste sie dagegen vorzugehen. So etwas hat doch nichts mehr mit Forschung zu tun! Wo bleibt da der Respekt gegenüber dem Leben?

Amerona ist erschüttert. Es wirkt wie ein Event, nicht wie seriöse Arbeit. Einer Expedition im Zeichen der »Sternengral« unwürdig! Empört will sie dazwischen gehen, da erbebt die Erde unter ihren Füßen. Mühevoll hält sie sich auf den Beinen. Das begleitende Rumoren bewirkt Panik. Alle laufen nach dem ersten Schreck durcheinander. Vom fröhlichen Gelächter und scherzhaften Anmerkungen ist nichts mehr zu hören.

Das Wesen auf der Trage liegt regungslos und apathisch da. Offenbar ist seine Wahrnehmung dermaßen getrübt, dass nichts von alledem in sein Bewusstsein dringt. Andernfalls bliebe es nicht so ruhig.

Amerona bemerkt hinter sich langsame Bewegungen. Zuerst begreift sie nicht. Allmählich nur nimmt sie wahr, was nun passiert.

Um den ›RZG‹ beginnt ein waberndes Flimmern, dass auch in Wüsten entsteht, wenn es zu heiß wird. Die Luftmoleküle werden gasförmiger. Die jetzt sichtbare Korona dehnt sich unaufhaltsam aus. Farben, die Amerona nicht benennen kann, die sie aber in Bann ziehen, lodern – gleich einer mächtigen Feuerkugel – strahlenförmig in alle Richtungen.

Damit einhergehende Erdstöße beweisen den unmittelbaren Zusammenhang beider Phänomene. Es muss mit der übergesprungenen Energie zu tun haben, die Amerona in übergrelles Licht tauchte. Sie bekommt Angst, existenzielle Angst! Tausend Dinge schwirren in ihren Kopf. Hat es Lokar geschafft? Wenn ja, was wird jetzt geschehen? Was wird aus *ihr*? Wenn der Prototyp tatsächlich in der Zeitachse seines Entstehens verschwindet, was wird dann sein? Für einen Moment erkennt sie die unheimliche Tragweite. Fragmente davon brennen sich ins Gehirn der jungen Kommandantin a. D. ein.

Schlag auf Schlag erfassen sie die Ereignisse. Zwar läuft alles zeitverzögert ab, dafür jedoch wird es das Letze sein, was sie in ihrem derzeitigen Leben beobachten wird. Amerona ist nur noch Beobachtende. Unfähig jeglicher Regung schaut sie dem Ende offenen Auges zu.

Die Feuerkugel erwächst zur Unendlichkeit. Alles was mit der Korona in Berührung kommt, erfährt deren wahre Macht. Nicht in diese Zeit gehörendes verschwindet im Chaos alles verschlingender Leere. Der gesamte Randplanet, der von den Arimeanern Aremodon genannt wird, wird im Quadrilliardstel einer Nanosekunde umhüllt von dieser bereinigenden Kraft. Denn der ›RZG‹ wird niemals gebaut werden und somit finden die Forschungsreisen der »Sternengral« auch niemals unter diesen Vorzeichen statt. Amerona und die Ihren werden von einem Plasmastrom regelrecht verschlungen.

Inselenklave Methua, gleiche Zeit.

Außergewöhnliche Aktivitäten bleiben meist verborgen, es sei denn, es gibt im Moment des Geschehens Zeugen. Als auf Aremodon die Ereignisse stattfinden, bekommt Sho-Ril telepathisch mitgeteilt, sich in der Leuchtgrotte einzufinden. Auffällig ist der gefühlte Ton des Rogaliten. Der Kristallflüsterer unterbricht seine Arbeit und macht sich auf den Weg.

Es ist etwas geschehen, was unsere Pläne durchkreuzt, beginnt die Stimme in seinem Kopf ohne Umschweife.

›Wir haben Pläne?‹

Einen Augenblick lang schweigt der Rogalit.

Du kannst nicht wissen, was nicht geschah.

›Was ist nicht geschehen?‹

Es gab im Gefüge einen Bruch. Der ist verantwortlich, dass du nichts mehr weißt.

›Ich verstehe nicht …‹

Es gibt mehrere Ebenen in der Zeit, Sho-Ril. In einer davon wurde ein Gerät erbaut, der durch die Zeit reisen konnte. Vor kurzem gab es eine heftige Explosion in dem geheimen Labor. Alles wurde vernichtet. Da nun das Gerät nie gebaut wird, existiert die alte Zeitlinie nicht mehr. Die Zukunft wurde verändert.

Es klingt absonderlich diffus, was Sho-Ril an Information erreicht.

›Zukunft … verändert …?‹

Vertrau mir. Es ist so. Du wirst es nicht verstehen. Dennoch möchte ich Dich einweihen.

›Du sagst, ich kann davon nichts wissen … wie kommt es dann, das du es …‹

Wir Rogaliten speichern alles, was sich einmal ereignet hat. In uns befindet sich die gesamte Geschichte dieses Planeten.

Sho-Ril fühlt sich überfordert.

›Weshalb weihst du mich ein? Ich bin nur ein Arimeaner.‹

Du bist das erste organische Wesen, das mit uns Kontakt aufnehmen konnte. Dir gehört die Ehre, dass wir unser Wissen teilen.

›Was nützt es euch? Ich meine …‹

Bisher haben wir nur eine Sicht auf die Dinge, nämlich die Unsrige. Es wäre eine Bereicherung, wenn sich die Betrachtungsweise objektivieren könnte.

›Eigentlich logisch‹, denkt der Flüsterer.

Ja, das ist es. Und vielleicht können wir euch dann nicht nur besser verstehen …

›Gegeben den Fall, ich begreife euer Wissen.‹

Dafür sorgen unsere gemeinsamen Gespräche, Sho-Ril.

›Und was hast du als nächstes vor?‹

Ich weihe dich in der von uns gespeicherten Geschichte ein. Mit deinem Verstand hoffen wir, eine objektive Analyse zu erhalten.

›Mit welchem Ziel?‹

Um die Arimeaner besser zu verstehen. Weshalb handelt ihr so, wie ihr handelt? Was treibt euch dazu? Für uns ist organisches Leben nicht nachvollziehbar. Wir wollen von euch lernen.

Sho-Ril ist geschmeichelt. Bietet sich doch eine einmalige Chance, hinter die Kulissen der Gesellschaft und deren komplizierten Strukturen zu schauen. Mithilfe des Rogaliten kämen die *Methelem* wieder zurück ins gesellschaftliche Leben.

Deine Gedanken deute ich als Zustimmung.

Daran kann sich Sho-Ril vermutlich nie gewöhnen, vom Kristall belauscht zu werden.

Eure Gedanken können wir immer lesen, erklärt ihm die Stimme im Kopf, *solang ihr euch auf Arimea aufhaltet.*

›Und warum braucht ihr mich dann noch?‹

Um zu verstehen, Sho-Ril. Einzig und allein deswegen. Denn wir sind die Ur-Hüter des Planeten.

›Ich gebe zu, dass ich Probleme damit habe, dass alles, was ich denke, von dir wahrgenommen werden kann.‹

Das verstehe ich. Erweise dich als würdig. Dann werde ich dir sagen, wie du es verhindern kannst.

Dreiundzwanzig

Arimea, Inselenklave Methua, Gegenwart.

So gut es geht und jede Deckungsmöglichkeit ausnutzend, schleichen Waylon und Callum weiter durchs Dickicht. Die selten werdenden Metallsplitter in der Erde erleichtern ihr Vordringen. Wachsam beobachten sie die einsehbare Umgebung, verharren bei jedem Knacken oder Quietschen, was durch die entwurzelten Mangroven herrührt. Waylon zerbricht sich den Kopf darüber, was Dako wohl entdeckt haben wird, dass er es für nötig hielt, sie zu warnen. Hat er es etwa bis zum Rumpf geschafft? Bisher ist nicht klar, dass es ihn überhaupt gibt. Es basiert hauptsächlich auf Callums Vermutung. Er hält inne. Das würde ja bedeuten, es besteht die Möglichkeit, dass es mindestens einen Insassen geben kann!

Waylon wischt den Gedanken kopfschüttelnd weg. Absurd! Es müssen Jahrzehnte seit dem Absturz vergangen sein. Unglaubwürdig jetzt noch Überlebende zu finden. Das Raumschiff ist bei der Bruchlandung stark beschädigt worden. Fraglich bleibt, welches Luftgemisch die Eindringlinge atmen. Deutet Waylon die Wrackteile richtig, dann ist die Schutzhülle gebrochen. In der verbleibenden Zeit zwischen Absturz und Aufschlag, bei der es sich wahrscheinlich nur um Sekunden gehandelt hat, hält er es für ausgeschlossen, dass sie die Raumanzüge haben anlegen können. Es sei denn – es sei denn, die Spezies hat den Schutzpanzer generell nicht abgelegt. Dafür kann es mehrere Gründe geben. Darüber zu spekulieren bringt kein Licht ins Dunkel.

Bleibt nur der heftige Aufprall. Den wird kein Wesen, wie immer es auch geartet ist, ohne weiteres wegstecken. Dennoch scheint Dako es nicht für unmöglich zu halten, dass einer überlebt hat. Aus der Luft wird der Dakota diese Annahme nicht belegen können! Dafür ist er zu besonnen. Also was veranlasst Dako anzunehmen …

»Es muss einen Beweis geben«, sagt Waylon laut, nicht bedenkend, dass es für seinen arimeanischen Begleiter sehr seltsam aussieht, wenn er ohne äußeren Anlass drauflos spricht. Callum schaut auch irritiert herüber, sagt allerdings nichts. Aber sein Gesichtsausdruck deutet auf dessen innere Befindlichkeit hin.

Zur besseren Verständigung weiht Waylon den *Wächter* in seine Überlegungen ein.

»Als ein Mensch verfügst du über eine erstaunliche Kombinationsgabe«, stellt Callum fest.

»Ich fasse deine Worte als Kompliment auf«, entgegnet Waylon.

Callum nickt.

»Ihr seid intelligent und wissbegierig, uns ebenbürtiger als ich gedacht habe. Ich hab dich unterschätzt, Waylon von der Erde.«

Über den beiden Männern knackt es bedenklich. Zwischen dem Grün der Baumkronen kommen ein Paar Beine zum Vorschein.

»Euch kann man meilenweit hören!«, ertönt die strenge Stimme Dakos. »Ich habe dich für klüger gehalten, *micinksi*!«

»Von dir haben wir eben gesprochen«, erwidert Waylon bissig. »Würdest du die Güte haben, uns aufzuklären?«

»Ich habe Spuren gefunden …«

»Das ist alles?«

»Nicht ganz«, grinst Dako hintergründig. »Ich hab noch das hier!« Wie eine Trophäe hält der Dakota einen Gegenstand in der Hand.

»Was ist das?«

»Wenn ihr mir helft runter zu kommen, können wir zusammen nachsehen.«

»Wie siehst du überhaupt aus? Schon mal was von *waschen* gehört?«

»Witzbold! Hab selten so gelacht! – Jetzt hilf mir doch endlich!«

Auf Waylons Lippen liegt eine weitere Spitze, die er allerdings sich verkneift. Breit grinst er und hält die Arme stützend empor.

»Aus deiner Miene schließe ich auf eine untergründige Amüsiertheit, *micinksi*. Lass mich erst mal wieder sicheren Boden unter den Füßen haben …«

»Na dann komm erst mal herunter.«

Dako hat kein Wasser gefunden, um die Rückstände seines unfreiwilligen Schlammbades zu beseitigen. Demzufolge geht von der verschmutzten Kleidung ein nicht als angenehm zu bezeichnender Geruch aus, der nicht nur Waylon auf den Magen schlägt.

»Eine Jauchegrube ist reinstes Parfüm dagegen«, bemängelt Waylon den Kopf abwendend. »Pervers … bah …«

»Das ist Natur pur! Aber lassen wir das.«

Dako berichtet über seine Entdeckung und Vermutung, die ihn dazu bewogen hat, sie zu warnen. Den Fund, der genauso stinkt, beachtet im Moment niemand. Auch Callum kann ein Lächeln nicht unterdrücken, als Dako sein Schlammbad erwähnt.

Aber das mit der Spur stimmt sie nachdenklich. Hin und her überlegt das ungleiche Trio, stellt die unmöglichsten Hypothesen an, verwirft sie. Es entsteht ein Disput, der sich rasch aufschaukelt. Der damit einhergehende Geräuschpegel lockt sogar den Maki an. Da niemand die *Kleine* beachtet, macht sie sich am verschmutzten Gegenstand zu schaffen, den Dako für wichtig hält und der jetzt achtlos am Boden liegt.

Wihakayda untersucht das längliche Behältnis. seitlich sind Knöpfe angebracht, die durch die Kruste des Schlammes kaum zu sehen sind. Geduldig und immer wieder zu den Dreien schauend, kratzt sie kleine Bröckchen der Dreckschicht weg. Zwischendurch dreht und wendet Wihakayda den Behälter, der eine gewisse Schwere hat. Unter der Dreckkruste kommen seltsam farbige Linien zum Vorschein. Davon angespornt, kratzt Wihakayda neugierig weiter. Unter der permanenten Bearbeitung ihrer flinken und geschickten Hände, kommt ein graviertes Muster auf polierter Platte zum Vorschein. Die Knöpfe an der Seite haben am meisten unter den Schlamm gelitten; deutlich korrodiert sind sie starr und unbeweglich. Das Äffchen hat das Interesse bald verloren. Mit einem Satz springt es auf Waylons Schulter, für den das plötzliche Auftauchen mit einem ungeheuren Schrecken verbunden ist. Blass starrt er die *Kleine* an.

»Was …«

Das Äffchen quittiert mit einem gackernden *Flippern*, das nach Schadenfreude klingt. Ärgerlich hebt Waylon die zur Faust geballte Hand. Wihakayda zuckt mit keiner Wimper, *flippert* aber umso mehr.

»Lass sie, Way«, ruft Dako scharf. Er hat Waylon noch nie so erlebt.

»Ich tu ihr schon nichts«, murmelt Waylon verbissen. »Aber ich kann auf den Tod nicht ausstehen, mich derartig zu erschrecken!«

»Sie hat aber Recht, uns besonnener zu verhalten. Nenn es tierische Intuition.«

»Tierische … Na ja, sie ist ja auch ein Weib …«

Damit ist die Sache für Waylon beendet. Seine verärgerte Mimik bleibt. Wihakayda spürt, sie ist zu weit gegangen. Sie kuschelt sich an und umschlingt liebevoll seinen Hals. Er ärgert sich über seinen Ausbruch. Waylon drückt sie sanft an sich. Das Äffchen gluckst, löst die Umarmung und zupft Waylon in den Haaren.

»Sie liebt dich, *micinksi*«, sagt Dako strengen Blicks. Ihm ist nicht Waylons Anspannung entgangen. »Sonst würde sie dich nicht lausen.«

»Ich weiß es schon zu schätzen.«

Amüsiert beobachtet Callum das Spiel.

»Was ist da drin?«

»Steckte im Schlammtümpel«, antwortet Dako. »Sehen wir's uns an.«

Die Drei bilden einen Ring um Dakos Fund und gehen in

die Hocke. Sie überlassen Callum die nähere Untersuchung. Er ist besser informiert über technische Entwicklungen in diesen Teil der Galaxie. Stumm schauen Waylon und Dako zu. Die feinen Linien legt Callum mit dem Daumennagel kratzend gänzlich frei.

»Das überrascht«, sagt er erstaunt.

»Du kennst das?«

»Das Zeichen der *Methelems* …«

»Die Verstoßenen?«

Der *Wächter* nickt bedächtig.

»Ich hielt sie, wie so vieles, für Legende. Etwas, womit man fantastisches verbindet, was nicht erklärbar ist.«

»Und was ist da drin?«

»Das, was wir suchen: Der Neunte Kristall.«

Waylon bläst die Wangen auf, Dako hält die Luft an. Nach der langen beschwerlichen Reise liegt das gesuchte Artefakt nun vor ihnen. Was haben sie nicht alles durchgestanden, um hierher zu kommen! Und dann findet, ganz wie nebenbei wohlgemerkt, der Dakota zufällig den Kristall, und trägt ihn nichtsahnend mit sich herum. Ein Grund zur Freude! Eigentlich. Etwas stört Waylon …

»Willst du es nicht öffnen?«, fragt er mit aufkeimender Unruhe.

»Man sagt«, beginnt Callum gedehnt, »dass nur der Gewahrer den Kode kennt.«

Verblüfft schaut Waylon auf.

»Aber du bist ein *Wächter*!«

»Manches Geheimnis kennt nur ein Gewahrer. Aber das kannst du nicht wissen, Erdenmensch.«

Seltsam, dass gerade jetzt Callum den Gewahrer erwähnt. Doch es ergibt Sinn.

»Dako – sag was!«

»*micinksi* … Das ist vorbei …«

»Was ist vorbei?!« Callum ist hellhörig geworden.

Da der alte Dakota nicht reagiert, übernimmt die Antwort

Waylon.

»*Er* ist ein Gewahrer gewesen! …«

Vierundzwanzig

Burali, vor 154 Millionen Jahren.

Amerona erwacht. Verschlafen blinzelt sie in den erwachenden Tag. In ihrem Kopf herrscht dumpfe Leere. Wie eine Fremde schaut Amerona auf die Einrichtung. Seit einigen Wochen wohnt sie im Röhrengebäude. Scheinbar ist sie innerlich doch noch nicht angekommen.

Quälend langsam kommt Amerona auf. Sie fühlt sich ausgelaugt. Ihr will einfach nicht einfallen, warum sie so müde ist. Gestern war ein ganz normaler Tag gewesen. Jedenfalls glaubt sie es. Irgendwie funktioniert ihr Erinnerungsvermögen nicht. Dieser Eindruck verstärkt sich, als Amerona versucht, auch die vorherigen Tage zu rekonstruieren. Alles liegt so weit zurück!

Am Fenster bleibt sie stehen. Übersieht sie etwa was? Auch der inzwischen gewohnte Blick auf Burali wirkt befremdlich. Vielleicht hat sie ja auch nur einen Traum gehabt, der sie ganz woanders hingebracht hat. Mit dieser Vermutung tut sie es halbherzig ab. Es widerstrebt Amerona zutiefst, etwaige Hintergründe nicht aufzudecken. Aber im Moment bleibt ihr keine andere Wahl. Eine kalte Dusche wird sie schon wieder zu sich bringen.

Nach der morgendlichen Wellness sieht Amerona klarer. Das Gefühl von Fremdheit ist gewichen und macht Platz für alltägliche Belange. Mit einem ausgiebigen Frühstück werden die Reste des Traumes verfliegen. Und schließlich lacht ein neuer Tag.

»Guten Morgen, Rona«, erklingt zart eine weibliche Stimme. Die Angesprochene fährt herum.

»Eli!«, ruft sie überrascht aus. »Was machst …«

»Offenbar haben wir es gestern ein wenig übertrieben«, lächelt Eliwor. »Früher hast du mehr vertragen.«

Amerona runzelt die Stirn. Bei aller Liebe! Was ist los?!

»Ich bin's, deine alte Freundin!«

»Entschuldige … stehe heute neben mir …«

Eliwor verzieht das Gesicht.

»Alles in Ordnung?«

Das Lächeln missglückt.

»Hab einfach schlecht geschlafen. Wird schon wieder … Frühstück?«

»Gute Idee«, nickt Eliwor.

Inselenklave Methua zur gleichen Zeit.

Geräuschlos zieht der Quallenflügler seine Kreise. Die Herde Sumpfläufer bleibt gelassen, denn der Jäger ist unentdeckt. Geschickt nutzt dieser den Aufwind, der an den steilen Berghängen stetig herrscht. Am Boden des Kessels haben die scheuen Tiere ihr Mahl vollendet. Im Morast des Sumpfes wimmelt es nur so vom kleineren Getier. Die Population ist gut genährt. Kräftige Tiere, denen aufgrund des Überangebots von eiweißhaltiger Nahrung es an nichts fehlt. Nur durch die starre Barriere des Felsens ist ihr Lebensraum begrenzt.

Die gut im Futter stehende Spezies ist für die Herrscher der Lüfte auf Methua ein Leckerbissen. Quallenflügler sind wendige Flugkünstler. Die blau schimmernden Flügel sind von einem blutroten Rand umgeben, der während des Fluges ein seltsam anmutendes Muster abgibt. Das Tier wirkt schwerfällig, ist aber in der Lage, rasant und unerwartete Richtungswechsel durchführen.

Einer der Sumpfläufer steht abseits und ist mit einem trägen Sumpfling, beschäftigt. Gerade beißt der Läufer in den etwa zwanzig Zentimeter langen Wurm, als der Quallenflügler wie ein Stein herabstürzt. Kurz vorm Aufprall fängt der Jäger den freien Fall abrupt ab, und seine Mundwerkzeuge dringen in sein Opfer. Mühelos erhebt sich der Quallenflügler in die Luft und verschwindet aus dem Sichtbereich.

Rhobal beobachtet fasziniert das blutrünstige Gebaren. Wann immer es ihm möglich ist, sitzt er auf den kahlen Fels und schaut mit großen Augen zu. Gern würde Rho mehr sehen. Die Quallenflügler imponieren ihm. Zahlreiche Versuche einen zu fangen sind gescheitert. Am Arm ist die Bisswunde deutlich zu sehen, obwohl sie schon vor sehr langer Zeit verheilt ist.

In dreißig Metern Tiefe huscht etwas durchs Gestrüpp.

»Verdammt«, schimpft er.

Eilig beginnt er mit dem Abstieg. Im Kopf malt er sich bereits aus, was er nicht hofft vorzufinden. Wenn ihr etwas passiert – und Rho hat es ihr immer wieder versucht einzubläuen –, wird er sich es selbst nie verzeihen können!

Während des Abstiegs flucht er heftig.

»Urio und ihre Eskapaden! Die Frau bringt mich noch um den Verstand!«

Dass die alles fressenden Sprinter gefährlich sind, weiß Urio. Wie oft hat er es ihr erklärt? Zum Verrücktwerden!

Auf halbem Wege stellt er fest, dass im unten liegenden Erdgraben völlige Ruhe herrscht. Keine einzige Bewegung verrät die Anwesenheit irgendeiner Lebensform. Hat er geirrt?

Rho verweilt einen Augenblick, lauscht hinab. Alles wie es sein soll. Er schellt sich ein Dummkopf. Aus Sorge um Urio hat er panische Angst um sie bekommen. Zu ihr hingezogen fühlt er sich schon immer. Doch als Urio ihn nach einem Unfall gepflegt hat, ist es um sie geschehen. Äußerlich wirkt sie wie Rhos ältere Schwester, doch in Wahrheit ist er es, der älter ist. Sein Körper ähnelt dem eines Teenagers auf Arimea. Drahtig und muskulös und ausdauernd. Auch vor strapaziösen Aufgaben schreckt er nicht zurück und bewältigt diese mit der Leichtigkeit eines Jugendlichen.

So kommt er jetzt am Boden an. Ihn ist nicht anzumerken,

welche Leistung er gerade vollbracht hat; sogar sein Atem ist nur wenig erhöht.

»Du bist ein guter Kletterer«, hört er Urios Stimme zwischen den Pflanzen. »Und ein hervorragender Beobachter obendrein. Ich hätte das nicht so schnell geschafft.«

Rho weiß nicht, über was er sich mehr ärgern soll. Über sich, weil er sich hat täuschen lassen, oder über ihre naive Art.

»Du bist wahnsinnig, hier schutzlos herumzuspazieren!«

»Ich hab aufgepasst. Ob du es glaubst oder nicht, kein Sprinter weit und breit …«

»Die können überall sein, Urio! Sprinter sind Meister der Täuschung. Der Ast dort könnte einer sein.«

»Der da?«

Mit gespieltem Interesse untersucht Urio den von Rho bezeichneten Ast.

»Gutes Holz«, meint sie leichthin. »Strapazierfähig, gleichmäßig gemasert.«

»Urio, du weißt, wie ich es meine!«

»Nein, mein Lieber. Weiß ich wirklich nicht.«

Sie wendet Rho den Rücken zu, damit er ihre Augen nicht sehen kann. Amüsiert über seine Fürsorglichkeit will Urio das Spiel noch ein wenig weiter spielen.

»Traust du mir nicht zu, Holz von einem Sprinter zu unterscheiden?«

»Ja … Nein!«

»Wie!« Empört sieht sie ihm ins Gesicht. »Du nimmst mich auf den Arm, oder?«

»Tue ich nicht, aber sie sind gefährlich.«

»Mag ja sein. Ich sehe aber keine von deinen Raubtieren.«

Schnippisch dreht sie sich wieder um. Greift lässig nach dem Ast, biegt diesen, um ihn dann zurückschnellen zu lassen. Jedoch fühlt es sich nicht an wie normales Holz. Urio bleibt der Überraschungsschrei im Hals stecken. In der Bewegung innehaltend bemerkt sie, wie der Ast lebendig wird. Zwei Augenpaare starren sie hypnotisierend an. Das spitze Maul, welches sie irrtümlich als einen jungen Zweigtrieb gehalten hat, öffnet sich um Millimeter. Die zum Vorschein kommenden Zahnreihen paralysiert sie.

Rho erkennt die Gefahr auf Anhieb. Er handelt sofort, zieht sein dreischneidiges Messer hervor und schlägt zu. Blut spritzt. Urio hält wie versteinert den länglichen Körper fest, der im Tod seine Spannung behält. Rhos blitzschnelles Eingreifen kam für den lauernden Sprinter zu plötzlich. Der Kopf liegt abgetrennt in gleicher Haltung am Boden, wie Urio ihn einen Moment vorher noch lebend vor sich hatte.

Im Gebiet der *Methelems* im Nordosten der Insel sucht Sho-Ril Sulantrea auf. Beide mögen sich nicht besonders. Es fällt ihm daher schwer, den schmalen Pfad hinab zu gehen, der zu Sulantreas Unterkunft führt. Sho-Rils Kopf schwirrt noch von dem, was der Rogalit mitgeteilt hat. Die Ausführungen hören sich verrückt an! Ungläubig ist er außerstande, eine eigene objektive Meinung zu bilden. Damit hat der Rogalit ganz offensichtlich gerechnet; er fordert von Sho-Ril keine Gegenleistung. Zu Sho-Rils Erstaunen ist das Gegenteil der Fall und er erfährt auch noch, wie er sich abschirmen kann, um private Gedanken zu schützen.

Deswegen will er mit Sulantrea reden. Sie hat den Schlussel! Den Schlüssel für den Geistes-Schutzschirm.

»Sulantrea! Bist du da?«

Es ist still. Anscheinend ist sie nicht da. Sho-Ril klopft. Da die Antwort ausbleibt, klopft er nochmal.

»Ich bin's – Sho!«

Die Tür ist angelehnt. Nochmals klopfend, stößt er sie auf. Einfallendes Tageslicht durchschneidet das Halbdunkel des Raumes. Winzige Staubpartikel schweben umher.

»Sulantrea?«

Im hinteren Teil des Raumes, den Sulantrea ähnlich ihrer

alten Wohnung im Ring gestaltet hat, bemerkt Sho-Ril eine weitere Tür. Davor stehend sucht er vergebens nach einer Türklinke oder einem anderen Öffnungsmechanismus. Niedergeschlagen des bevorstehenden Misserfolgs, sucht er mit den Augen nach etwaigen Hinweisen über Sulantreas Verbleib.

Es fällt schon schwer genug, die Jüngste der *Methelem* aufzusuchen, und jetzt das! So kann Sho-Ril es nicht akzeptieren. Doch wo mag sie stecken?

Überwachung gibt es nicht. Nur mit dem Nötigsten ausgestattet, was man zum Leben benötigt, fehlt jegliche Technik in der Enklave. Man hat für sie keine andere Verwendung! *Methelems* werden als ein Übel angesehen und sind deshalb inmitten der arimeanischen Gesellschaft unerwünscht.

Die randlose Tür erweckt Sho-Rils Aufmerksamkeit. Neben der primitiv wirkenden, unebenen Fläche des Türblatts, existiert eine erst vor kurzem angebrachte Gravur. Selbst für einen Arimeaner ergibt das Piktogramm keinen Sinn. Soviel Sho davon versteht, stammt die Darstellung nicht von Arimea. Beim genaueren Betrachten überkommt er den Eindruck, dass die Gravur während des Glättens sichtbar wurde. Erhebungen im Gestein verdeutlichen dies. Ein endgültiger Beweis ist es zwar nicht, aber es lässt darauf schließen.

Doch Sho beschäftigt mehr die Herkunft des Piktogramms. Wenn es nicht von Arimea stammt, woher dann? Die erste Intelligenz waren die Arimeaner; das konnte zweifelsfrei bewiesen werden. Von großen Katastrophen verschont, entfaltete sich das Leben explosionsartig. Daraus hervor ging der huminide Arimeaner.

Sollte er Recht behalten, dann würde die Geschichte umgeschrieben werden müssen.

»Sho?«

Aus den Gedanken gerissen, erschrickt er.

»Entschuldige ... die Tür ... sie stand offen ...«

»Du brauchst dich nicht zu entschuldigen, Sho. Ich freue mich über deinen Besuch, wenn ich auch nicht darauf vorbereitet bin.«

Sie lächelt verlegen.

»Diese Gravur … Woher …«

»War nur eine Frage der Zeit, dass sie jemand entdeckt«, sagt sie. Sho-Ril kommt es vor, eine gewisse Erleichterung in ihrer Stimme herauszuhören.

»Was meinst du?«

»Es wird dir nicht gefallen.«

»Magst du erzählen?«

»Gern, Sho. Aber …«

»Was aber?«

»Es ist schon seltsam, dass du mich gerade jetzt aufsuchst. Was führt dich her?«

»Wegen einer deiner Fähigkeiten, Sulantrea.«

»Oh.«

»Überrascht?«

»Das bin ich wirklich. Woher …«

Sho-Ril teilt Sulantrea mit, was er vom Rogalit erfahren hatte. Anfänglich stockend sprudelt es bald aus ihm nur so heraus. Endlich hat er die Möglichkeit sich mitzuteilen. Und das nutzt er gnadenlos aus.

Danach wird es still. Sulantrea versucht in seinen Augen zu lesen. Oft liegt die Wahrheit tief im Inneren verborgen. Dort sucht sie und wird fündig.

»Es hat dich Überwindung gekostet, zu mir zu kommen. Unser *Verhältnis* zueinander war oft von Irrtümern und Misstrauen bestimmt. Ich gebe zu, ich hab dich nie richtig gemocht. Umso erstaunter bin ich jetzt, dass ich meine Meinung revidieren sollte.«

»Mir ergeht es ebenso«, erwidert er beschämt. Schon komisch, wie Dinge und Ansichten sich ändern können.

»Selbstverständlich helfe ich dir, Sho. Bleibt ja nichts anderes übrig. Wir sollten alle zusammenhalten. Für die *Anderen* sind wir doch nur Ballast.«

Insgeheim stimmt er Sulantrea zu. Noch traut er ihr nicht

ganz. Vielleicht liegt es auch nur an die neue Situation, an der er sich erst noch gewöhnen muss. Der erste Schritt ist jedenfalls getan.

»Die Zeit wird uns helfen. Da bin ich mir sicher.«

Langsam geht Sulantrea auf das eingravierte Symbol zu.

»Die Enge hier hat mich verrückt gemacht«, beginnt sie leise. »Mein Leben verlief ganz normal. Bis eines Tages dann alles auf den Kopf gestellt wurde. Abgestempelt zeigten alle mit dem Finger auf mir. Das war zu viel! Ich kam damit nicht zurecht. – Nach dem Zwischenfall fand ich mich hier wieder. Abgeschoben, auf mich allein gestellt. Vergessen.

Tag und Nacht hab ich gegrübelt. Ich wollte zurück. Naiv, nicht?! Doch es ging nicht. Um mich zu beschäftigen, begann ich mein neues Zuhause umzugestalten. Eine eigene Note setzen. Aber das reichte mir nicht. Ich bin fast wahnsinnig geworden. So beschloss ich, mein Reich zu erweitern. Das Gestein ist weicher, als der übrige Fels. Und dann stieß ich auf die Einkerbungen.«

»Ich dachte, da gäbe es eine Tür ...«

Sulantrea nickt. »Es ist eine. Was dahinter verborgen ist, bedarf nur einer genaueren Prüfung.«

»Was ist da?«

»Schwer zu beschreiben. Aber es muss etwas *Großes* sein.«

Ihre Stimme bewirkt, dass sich Sho-Rils Nackenhärchen aufstellen. Von der Gravur geht plötzlich etwas aus, was nicht greifbar ist und die Atmosphäre beeinflusst.

Dass niemand – und Sho-Ril nimmt sich davon nicht aus – von Sulantreas Treiben etwas mitbekommen hat, ist beschämend. Sie alle sind eben nur mit sich selbst beschäftigt. Tragen eigene Lasten, die schwer bürden. Es ist an der Zeit, die Kräfte zu bündeln ...

Fünfundzwanzig

Inselenklave Methua, Gegenwart.

Fassungslos starrt Callum den Dakota an. Das kann nicht sein! Unmöglich! Dem Alten hätte er niemals zugetraut, dass er den inneren Kreis angehört haben soll. Noch dazu, weil er von einem anderen Planeten kommt. Das geht nicht! Nein!

Dako hadert. Seit er Rebecca in die Geheimnisse eingeweiht hatte, zog er sich zurück. Er fühlte sich der Verantwortung nicht länger gewachsen. Dass er nun wieder damit konfrontiert wird, passt ihm ganz und gar nicht. Mit der einhergehenden Erinnerung setzen auch die damaligen Ängste wieder ein. Ihm wird mulmig. Allein Callums Blick und Waylons Anwesenheit hindern Dako daran, einfach aufzustehen und zu gehen. Der Tag ist gekommen, sich mit Vergangenem auseinanderzusetzen.

»Es ist seitdem viel geschehen«, wendet Dako mit brüchiger Stimme ein. »Ich kann nicht einmal sagen, was von alldem noch Bestand hat.«

Callums Augen weiten sich.

»Was hast du getan?!«, zischt er, ungeheures erahnend, mit unterschwelliger Feindseligkeit.

»Nichts hat er getan«, mischt sich Waylon ein. »Er diente ausschließlich dem Kodex.«

»Way, lass gut sein. Ich habe versagt. Auf ganzer Linie.«

Was Callum jetzt erfährt macht die Sache nicht einfacher. Erstaunt darüber, dass auf der weit entfernten Erde ein Gewahrer existiert, verschlägt dem *Wächter* glatt die Sprache. Es ist noch gar nicht so lange her, da erfuhr er erstmalig von dem Planeten der Menschen.

Der verstört wirkende *Wächter* unterbricht Dako nicht.

›Was geht dem Kerl bloß durch den Kopf?‹, denkt Waylon, der den Arimeaner aus den Augenwinkeln beobachtet. Gesichtszüge und Körperhaltung sind angespannt, die sich jederzeit entladen können.

»Wenn du wirklich ein Gewahrer gewesen bist, dann obliegt es auch dir, das Rätsel des Behälters zu lösen.« Callum betont jedes Wort. Den skeptischen Blick Dakos ignoriert er. Stattdessen schiebt Callum demonstrativ das Artefakt auf des Dakotas Seite. »Zeige mir, dass du würdig bist.«

Sichtlich überfordert nimmt Dako das Behältnis des Neunten Kristalls in die Hände. Das Zeichen ist ihm fremd. Er zählt fünf Knöpfe an der Längsseite. Daneben sind vier flache Einwölbungen angebracht. Die freigelegten Linien ergeben ein unfertiges Muster; mehrfach unterbrochen sind nur kleine Teile eingefärbt. Er erkennt fünf Bereiche mit abweichender Farbnuance. Vorsichtig wischt Dako mit einer sauberen Stelle seines Hemdes über die Fläche. Zwischen den Linien werden hauchdünne Spalten sichtbar, die hauptverantwortlich sind für die nahtlose Weiterführung der Gravur.

Auf den Knöpfen sind ebenfalls Einkerbungen angebracht, die nach einer gründlicheren Reinigung zum Vorschein kommen. Darin erkennt Dako fünf Richtungsangaben; mittig ist jeweils eine senkrechte Kerbe angebracht, also beschreibt sie die jeweilige Richtung. Auf dem linken Knopf gibt es neben der senkrechten eine um 45 Grad nach links versetzte kleinere Kerbe, mit darunter liegendem Halbkreis. Beim Zweiten wird das erste Abbild horizontal gespiegelt und auf den rechten Knöpfen sind die Kerben rechtsseitig, wobei der Halbkreis beim Letzten fehlt.

Dako atmet tief ein. Eine Ahnung bekommt langsam Gestalt. Ohne aufzusehen betätigt der alte Gewahrer den mittleren Knopf. Nichts.

›Denk nach!‹, spukt es durch seinem Kopf. ›Du hast nur *eine* Chance!‹

Winzige Schweißtropfen rinnen an seiner Stirn entlang, vereinen sich an der vom Wetter gegerbten Stirn und werden zum Sturzbach. Steht er vor einem unlösbaren Rätsel?

›Diese Einwölbungen … Wofür sollen die gut sein …‹

Dako hält den Behälter waagerecht und legt vier Finger der

linken Hand in die Einwölbung, der Daumen kommt dadurch auf einen Punkt zu liegen, den er erst jetzt wahrnimmt. Dieser Punkt ist eine Darstellung eines Kreises, mit erdähnlichen Kontinenten aus der Frühzeit. Sein Herz beginnt in einem erwartungsvollen Rhythmus heftig zu schlagen. Jetzt drückt er noch einmal den mittleren Knopf. Ein leichtes Kribbeln durchströmt seinen Körper und die feinen Linien verändern die Position. Dann betätigt er links beginnend die Knöpfe der Reihe nach, lässt jedoch den Mittleren aus. Das Kribbeln wird stärker. Aus der unterbrochenen Linienstruktur wird ein farbenprächtiges Muster. Innerlich triumphiert Dako bereits. Aber irgendetwas stimmt nicht!

Was nun?

Aufmerksam folgt er der Linienführung. Soweit er es einschätzen kann, sind alle miteinander verbunden. Aber warum öffnet sich der Behälter nicht? Hat er etwas übersehen? So muss es sein! Im unteren Teil des Linienbildes fehlt ein Anschluss. An der Stelle kleben noch winzige Schlammrückstände, die wellenförmig eine ungenaue senkrechte Linie ergeben. Ist dies der entscheidende Hinweis?

Dakos rechter Zeigefinger nähert sich leicht zitternd dem Knopf in der Mitte.

* * *

Ausgelaugt kann Lokar nicht mehr. Inzwischen hat er jeden Winkel abgesucht. Vom ›Raum-Zeit-Gleiter‹ fehlt jede Spur. Anstelle des Gefährts findet Lokar die toten Wartungsleute. Geruch und Anblick lassen ihn panisch hinaus laufen. Er kommt nur einige Schritte, dann übergibt er sich.

Schwankend bringt er Distanz zwischen sich und den Toten. Die Bilder wollen nicht weichen; schaut er länger auf etwas, treten sie gnadenlos hervor und überlagern hartnäckig das Sichtfeld.

Zufällig kommt Lokar am Schott vorbei, hinter dem er einen Ausgang dieser Hölle vermutet. Umständlich versucht er es zu öffnen, was sich schwieriger erweist, als erhofft, und dementsprechend ziemlich langwierig ist. Unkonzentriert und mit fahrigen, unkontrollierten Handgriffen gelingt es Lokar schließlich doch.

Hektisch springt er hindurch, kommt unglücklich auf, wobei der linke Knöchel umknickt. Schmerz durchflutet ihn. Vom Adrenalin aufgeputscht, ignoriert er die Pein. Ebenso stressig verschließt er das Schott.

Allmählich kommt Lokar zu sich. Die blaue Färbung des einfallenden Lichts beruhigt ihn. Eine große durchsichtige Wand gibt die Sicht auf die unendliche Weite arimeanischer Unterwasserwelt frei. Lichtspiegelungen tänzeln an den Innenwänden. Teilweise wirken sie befreiend auf den Gezeichneten, andererseits engen sie ein.

Unterhalb der Panoramawand gibt es mehrere Andock-Schleusen, von denen drei geöffnet sind. Vor Lokar erstreckt sich ein schmaler, röhrenförmiger Korridor. Das Ende liegt im Dunklen und ist daher nicht erkennbar.

Lokar steuert humpelnd das am nächsten liegende Schott an. Jeder Schritt bereitet ihm unsägliche Qualen. Dennoch treibt ihn eine Mischung aus Unruhe und Neugier weiter.

»Ein Unterwasser-Shuttle«, stellt er fest. Plötzlich wird ihm klar, dass er sich irgendwo auf dem Meeresboden befindet. Kein Wunder, dass kein Ausgang zu finden ist!

Er steigt mit einem weiten Schritt über. Paranoid wie er ist, schließt Lokar auch dieses Schott. Nachdem er sich eingehend überzeugt hat, dass es geschlossen ist, überkommt ihn die geballte Ladung Emotion. Kurz aufstöhnend bricht er auf der Stelle zusammen. Tränen rinnen ungehindert über seine Wangen. Er schluchzt. Die Knie zittern und er verliert zusehends den Halt. Sich den Schmerz hingebend, sinkt er langsam zu Boden. Dort nimmt er die ursichere Stellung eines Fötusses ein …

Die Zeit verstreicht. Lokar hat keinen Bezug zu ihr. Für ihn gilt nur der Moment des Augenblicks. Was einmal war oder noch sein wird, gelangt nicht mehr in sein Bewusstsein. Er fühlt den intensiven seelischen Schmerz, geht in ihm auf. So können Minuten, Stunden oder sogar Tage vergangen sein, als er sich endlich erhebt.

* * *

Kaum hat der Finger Kontakt, verebbt das Kribbeln im Körper. Die letzte Linie des Musters verändert die bisherige starre Position und vervollständigt das Bild. Ein Leuchten setzt ein, das Dako und die Umstehenden umhüllt. Angenehme Wärme erfasst sie. Von einem Schwall Glücksgefühl erfasst, sind sie außerstande, sich zu regen, geschweige denn etwas zu sagen.

Klack.

Das Leuchten verschwindet. Ebenso das farbige Muster.

»Was ist?«, durchbricht Waylon das anhaltende Schweigen.

Unsicher legt Dako den Behälter vor sich auf den Boden.

»Callum wird es uns sagen.«

Der *Wächter* überlegt. Im Taumel des eben Erfahrenen spürt er eine ungeahnte Präsenz. Ehrerbietig kniet er nieder. Öffnet langsam den aufgesprungenen Deckel.

»Du bist *der* Gewahrer«, flüstert Callum leise, aber klar vernehmlich. »Nimm meine Abbitte in Empfang.«

Dako kniet ebenfalls nieder.

»Es gibt nichts, für was du um Vergebung bitten musst. Vielleicht bin ich es wirklich. Doch du bist der würdigste Wächter, den ich jemals begegnet bin.«

»Du beschämst mich …«

»Nein, mein Freund. Ich zolle dir nur den angemessenen Respekt.«

Der Kristall-Behälter offenbart seinen gut behüteten Inhalt. Neben dem Kristall, der einer blühenden Lilie nachempfunden ist, beinhaltet er noch drei weitere, in der Form sich gleichende, Kleinkristalle.

»Wozu sind die denn?« Waylon ist ein wenig enttäuscht. Unter den Neunten Kristall hat er sich etwas anderes, spektakuläreres vorgestellt.

»Das, Waylon, sind Speicher-Rogaliten«, erklärt Callum bereitwillig. »Darauf ist die gesamte Geschichte gespeichert.«

»Ein Geschichtsbuch?«

»Nicht ganz. Es sind bewegte Bilder.«

»Ein Video?«

Dako wirft Waylon einen warnenden Blick zu.

»Wir sind am Ziel, *micinksi*. Nur das zählt.«

Sechsundzwanzig

Arimea, 154 Millionen Jahre vorher.

Patriarch Dharidma kocht vor Wut. Nirgends sind seine Aufzeichnungen auffindbar, die er jetzt, mit den notwendigen Mitteln ausgestattet, verwirklichen will. Die Idee eines revolutionierenden Gefährtes ist ein für alle Mal verloren. Damit hätte er seine Macht weiter ausbauen und stärken können. Wenn er nur wüsste, wen er dafür zur Rechenschaft ziehen könnte! Aber die Erinnerung daran ist wie ausgelöscht, als hat es sie nie gegeben!

Auch die Skizzen verblassen. In der Retrospektive sind es nicht mehr als unvollständiges Gekrakel eines jugendlichen Möchtegern-Erfinders. Dabei sagt Dharidma die innere Stimme, dass da mehr war als Einbildung.

»Wo bleibt Orinario?!«, brüllt er erbost.

Es ist niemand da, der antworten könnte. Außer dem eigenen Echo, welches von den Wänden plappernd widerhallt, ist der Herrscher allein.

Das Eingangsportal wird geöffnet. Laut hallen eilige Schritte.

»Na endlich!«, tönt Dharidma.

»Ich kam, so schnell ich konnte«, entgegnet Orinario ge-hetzt.

»Du kommst allein?«

»Ja, Majestät.«

Wohlwollend lächelt Dharidma.

»Gehen wir spazieren. Es gibt einiges zu klären, das unauf-schiebbar ist.«

Durch eine Geheimtür in der Wand gelangen sie in einen Tunnel, der unweit des Palastes ins Freie führt. Dichtes Buschwerk grenzt eine Wiese ein. Hier können sie ungestört reden.

Inselenklave Methua.

Zu viert sitzen sie in gelockerter Atmosphäre beieinander in Sulantreas Unterkunft. Sho-Ril hat sie gebeten, alle einzuladen und hier zu empfangen. Der Grund ist simpel: Die Gravur-Tür!

Für das leibliche Wohl sorgt Urio. Es gibt geschmorte Wurzel mit Areel, eine sehr schmackhafte Beere. Dazu reicht sie einen säuerlichen Kräutersud, der durch mehrfaches Aufko-chen sein aromatisches Aroma voll entfaltet und heiß serviert berauschend wirkt.

Mit Sulantreas Einverständnis kommt Sho anschließend zur Sache. Er betont ihr einsames Leben und die dazu geführten Umstände. Seine wortgewandte Beschreibung trifft voll ins Schwarze. Dann umreißt er kurz die einzelnen Schicksale der Anwesenden.

»Und deshalb sollten wir zukünftig zusammenhalten«, schließt er den ersten Teil der Ansprache. »Die Herrschaften wollen uns nicht. Also werden sie auf uns generell verzichten müssen. Und zwar in jeder Hinsicht.«

»Die sind doch froh, dass sie uns los sind«, lallt Rho.

»Richtig«, ruft Urio.

»Also können wir tun und lassen was wir wollen!«

Die Zustimmung ist ihm gewiss. Gemeinsam stoßen sie an.

»Wir zeigen 's denen!«, johlt Roh.

»Wie wär's, wenn wir gleich jetzt damit anfangen?«

Der Tumult verstummt augenblicklich.

»Wie willst du das bewerkstelligen?«

Sho-Ril macht eine Kunstpause.

»Deswegen seid ihr hier. Sulantrea, gehst du vor?«

Die Hausherrin erhebt sich. Alle folgen ihr mit den Augen.

»Kommt schon«, ermuntert Sulantrea ihre Gäste.

Interessiert folgen sie und versammeln sich im Halbkreis vor der unscheinbaren Tür. Sulantrea übernimmt weitere Erläuterungen. Sie beschreibt, wie es zu der Entdeckung kam. Erwähnt ehrlich und ungeschönt die dazu geführten Gründe. Dass sie mehr Platz schaffen wollte und das weiche Gestein vorfand.

»Und dann fand ich das vor …«

Sulantrea stößt die Tür auf. Dunkelheit schlägt ihnen entgegen, als sie eintreten. Dies ändert sich schlagartig, nachdem Sulantrea die Tür von innen schließt. Äonen von winzigen Lichtpunkten erstrahlen an der Decke. Vertraute Sternbilder sind zu sehen und Planetenkonstellationen aus dem erforschten Universum.

Nachdem das erste Staunen abklingt, verändern sich die Punkte. Die Hellsten werden größer und man erkennt, dass es nicht nur Sterne sind, sondern Galaxien. Eine kommt im rasanten Tempo näher. Rho steht ihr am nächsten und weicht einen Schritt zurück. Eine Armlänge vor ihm im Raum kreisen Planeten um eine Sonne. Detailreich erkennt man jede Einzelheit über die Himmelskörper.

»Eine Sternenkarte?«

»So was ähnliches«, antwortet Sulantrea. »Es ist ein Observatorium.«

»Wer hat es gebaut?« Auf diese Frage hat Sho-Ril gewartet.

»Die Darstellung des Universum ist einzigartig«, beginnt er. »Wie ihr sehen könnt, haben wir unser System vor uns.

Schaut mal genau hin, vielleicht fällt es euch auf.«

»Das da ist Arimea mit seinen Monden. Die Sonne und die inneren heißen Planeten.«

»Stimmt. Wie viele Monde umkreisen Arimea?«

»Neun«, sagt Urio.

»Wirklich?«

»Ich weiß, dass es neun sind, Sho.«

»Meine Frage läuft nicht darauf hinaus, was du weißt, Urio. Sondern wie viel du *jetzt* zählst.«

Ein leiser Aufschrei folgt.

»Das sind mehr als ein Dutzend«, murmelt Rhobal.

»Und was können wir daraus schließen?«

»Die Darstellung wird wohl nicht die Zukunft zeigen. Wir haben derzeit aber neun Monde. Die Wissenschaft ist dich darüber einig, dass unser Heimatplanet immer neun Monde hatte. Stimmt das Abbild hier, dann muss es aus einer längst vergessenen Zeit stammen.«

»Besser hätte ich es nicht sagen können, Rho. Es muss viele Jahrmillionen alt sein.«

Zeitgleich im Palast des Patriarchen.

Dharidma und Orinario diskutieren teils heftig miteinander. Keiner von beiden hat passende Antworten parat. In einem sind sie sich einig: Etwas Unvorstellbares geht vor!

»Mein Erinnerungsvermögen war immer ausgezeichnet. Jetzt glaub ich, es spielt mir Streiche.«

»Patriarch, mit deinem Gedächtnis ist alles in Ordnung.«

»Aber einiges ist nicht mehr so … so … greifbar. Fast wie nach einem intensiven Traum … wenn alles verblasst …«

Orinario versteht Dharidma nur allzu gut. Ähnlich geht es den Ältesten. Doch darüber schweigt er.

»Ich erinnere mich an Dinge, die vielleicht gar nicht geschehen sind, Orinario! Was geht hier vor? Bin ich senil?«

»So darfst du nicht reden, Patriarch.«

»Wie denn dann?! Wie soll ich unterscheiden, was wahr und was falsch ist?«

Am gestrigen Abend noch dachte Orinario, alles im Griff zu haben. Die Welt war in Ordnung. Alles verlief wie erwartet. Heute Morgen dann der Schock. Hintergründige Gefühle drängen sich auf, die nicht deutbar sind. Dharidmas Worte treffen also auch auf ihn, Orinario, zu.

»Ich sag's dir, Ältester: Es liegt was in der Luft, und das gefällt mir ganz und gar nicht.«

Auf Methua hat man indes andere Probleme. Diese sind ein Ergebnis der Begehung in Sulantreas Unterkunft. Ein Disput über das Alter des Fundes ist im vollen Gange. Auch als Ausgestoßene sind sie doch tief verwurzelt im System. Es ist auch ihre Heimat, um die es geht. Funktioniert auch die Gesellschaft nicht so, wie man es gern hätte, so bleiben Arimeaner doch die erste intellektuelle Lebensform überhaupt. Daran zu rütteln ist Frevel und gehört sich nicht.

Sho-Ril fühlt eigene Überlegungen bestätigt. Bestätigt sich die These, käme es einem Affront gleich. Eine Art *Gotteslästerung* steht im Raume, wie es bei niederen Kulturen üblich ist, Herkunft und Unerklärliches einem Gott zuzuschreiben. Arimeaner haben kein personifiziertes Überwesen, das angebetet wird. Glaubt man alten Überlieferungen entwickelte sich Shos Art konstant zu der wissbegierigen, forschenden und verstehenden Spezies, die heute den Planeten beherrscht.

»Mit einem Schlag können wir den *Großen* und *Mächtigen* zeigen, wie fehlbar sie sind«, sagt Sho in die Diskussion hinein.

»Und stellen uns damit selbst infrage«, kommentiert kratzbürstig Urio.

»Es ist doch offensichtlich, dass dies hier nicht von unseren

Vorfahren kommt.«

»Warum nicht?« Urio steigert sich hinein. »Vielleicht haben sie sich geirrt bei der Zählung der Monde, und es wurde später klammheimlich revidiert. Wenn das alles ist …«

»Ist es nicht«, sagt Sulantrea leise, die bisher auffällig still dem Disput folgte.

Selbst für Sho-Ril kommen die Worte überraschend.

»Jetzt schaut mich nicht so an! Klar gibt es mehr!«

Rhobal entgleitet ein erstauntes Pfeifen.

»Unter dem Boden existiert eine ganze Anlage.«

Die Unterredung mit Patriarch Dharidma setzt ihm zu. Es ist ungewohnt, Probleme nicht enträtseln zu können. Was bleibt, sind nagende Zweifel; Zweifel an der eigenen Intelligenz. Orinario spürt wie alles zerbricht. Besonders seine Stellung wankt. Muss er fürchten, in ein tiefes Seelenloch zu fallen?

Geräuschlos bringt der Kurzstreckengleiter ihn nach Arkonim. Dort wird er sich in seine Gemächer zurückziehen und nachdenken.

Siebenundzwanzig

Inselenklave Methua, Gegenwart.

Am Rumpf des Raumschiffes angekommen, geht Dako vor und führt sie über den Erdwall sicher auf die andere Seite. Kurzerhand brennt Callum mit einem Laserstrahl seiner Waffe in den Pflanzenvorhang einen Durchgang. Dann sehen sie es: Das offene Eingangsschott und die drei Abdrücke.

»Ob das jemand überlebt hat?«

»Die Spur führt vom Rumpf weg«, denkt Waylon laut. »Der Aufprall war zwar heftig, doch es ist durchaus denkbar.«

»Allzu tief scheint der Tümpel an der Stelle nicht zu sein.« Callum sieht sich nach geeignetem Material für einen Steg um. Er will nicht Dakos Schicksal teilen. Genügend Bruchholz liegt ja herum.

»Wo mag er hingegangen sein?«

»Wer sagt, dass es ein Mann war?«

Waylon schaut auf.

»Eine Frau?«

»Ich glaube, du solltest gewisse Vorbehalte gegenüber dem ›schwachen Geschlecht‹ langsam ablegen, Way.«

»Wie kommst du darauf?«

»Die Spuren sind nicht tief. Daraus schließe ich, dass die Person relativ leicht ist. Die Abdrücke selbst sind zierlich, nicht massiv genug, um von einem Mann zu stammen. Da wir ein Kind ausschließen, tippe ich auf eine weibliche Insassin.«

»Einen kleinen Denkfehler deckt deine Theorie aber nicht ab.«

»Welchen?«

»Was, wenn der oder die Ankömmlinge von kleinen Wuchs sind?«

»Ziemlich scharfsinnig, *micinksi*«, lächelt Dako.

Inzwischen hat Callum einige Holzreste ausgelegt, auf denen sie trocken zum Eingangsschott gelangen. Vorsichtig überquert Dako die provisorische Brücke und kommt als Letzter hinüber.

Wieder ist es der *Wächter*, der vorgeht. Diesmal hält er seinen Strahler offen in der Hand. Waylon wird mulmig. Der finstere Schlund des Schotts hat einen eigenartigen bedrohlichen Effekt. Sein Brustkorb zieht sich zusammen, und das Atmen fällt schwerer. Ein Anflug von panischer Beklemmung will übermächtig werden. Hörbar zieht er die Luft ein.

Es riecht seltsam. Keine Ahnung nach was. Süßlich? Nicht ganz treffend, auch wenn etwas Derartiges den Molekülen anhaftet. Bei jedem Atemzug glaubt er ein anderes Aroma identifiziert zu haben. Thymian? Minze?

Seltsam ruhig und ebenso verängstigt verhält sich Wihakayda auf Dakos Schulter. Das Äffchen schnüffelt auffällig intensiv.

In Waylons Stirnhöhlen beginnt ein Ziehen. So, als würde er eine Kräutermischung inhalieren, um den Schnupfen zu kurieren. Unbewusst fasst er sich an die Stirn.

Es sieht wüst aus. Zerfetzte Apparaturen, deren Sinn wohl für alle Ewigkeiten verborgen bleiben wird. Überall hängen Kabel heraus. Zerborstenes Glas liegt über den Boden verstreut. Der Aufprall hat ganze Arbeit geleistet!

»Heftig. Da ist nicht viel heil geblieben …«, resümiert Waylon. »Das kann doch keiner überlebt haben.«

Ein zerfetztes Innenschott versperrt den Weg. Scharfkantige Metalltrümmer machen es unmöglich, diesen Bereich zu betreten. Auf der gegenüberliegenden Seite ist ein weiteres Schott verschlossen. Daneben ragen flexible Schläuche aus der Wand.

»Die Hydraulik ist unbrauchbar. Und Strom gibt's auch nicht.«

Callum legt Hand an. Hoffnungslos. Auch mit vereinten Kräften keine Chance.

Unverrichteter Dinge machen sie kehrt.

»Wenn wir nur Licht hätten …«

»Hier ist nichts, Waylon.«

»Mich interessiert, was sich da dahinter befindet. Eine Taschenlampe wäre nicht schlecht.« Eine Idee kommt auf. »Kannst du damit leuchten?«

Verblüfft folgt Callum Waylons Fingerzeig.

»Ich kann den ›kalten Strahl‹ aktivieren«, antwortet der *Wächter* verdutzt.

»Kalten Strahl. Was immer das auch sein möge.«

»›Kalt‹ bedeutet, der Strahler verursacht keine Schäden.«

»Okay. Tu es …«

Callum verändert die Einstellung. Dann reicht er den handtellergroßen Apparat Waylon mit den Worten: »Nimm, Sohn des Gewahrers.«

Waylons Irritation ist perfekt.

»Aber … ich … Woher weißt du …«

»Ich bin nicht blind.« Als ob der Arimeaner die Gedanken lesen könnte, fügt er noch rasch hinzu: »Der Strahler beißt nicht.«

Interessanterweise nimmt Waylon kommentarlos die Waffe. Da er jetzt sicher sein kann, niemanden verletzen zu können, empfindet er keinerlei Skrupel.

Vergeblich sucht Waylon den Einschaltknopf.

»Und wie funktioniert es?«

»Denk das, was du tun möchtest.«

Da ist es wieder, dieses unbeschreibliche Gefühl, die arimeanische Technik nie begreifen zu können.

»Halte es in die Richtung, die dich interessiert«, fügt Callum lapidar hinzu.

»Aber du sagtest doch, es könne nichts passieren?!«

»Man kann nie sicher sein.« Das begleitende Augenzwinkern des *Wächters* nimmt Waylon gar nicht erst wahr.

Einige zaghafte Versuche geistiger Übermittlungen später, erhellt ein weißblauer Lichtkegel den in Dunkelheit liegenden Bereich. Die Zerstörung setzt sich fort. Von einstigen Gerätschaften blieben nur winzig kleine Überreste. Zentimeterweise wandert das Licht weiter.

»Schrecklich, einfach nur schrecklich«, murmelt er betrübt.

Schläuche, Rohrfetzen, ausgerissene Kabel, Knochen, Glassplitter. Nichts als Verwüstung …

Knochen? Hat er richtig gesehen?

Hastig leuchtet Waylon zurück. Knochen! Und noch einer! Ihm wird speiübel. Sich zusammenreißend, folgt er den Knochen. Eine Hand. Reste von Kleidung. Ist das ein Knie? Jedenfalls könnte es eines gewesen sein. Abscheulich! Widerlich! Etwas im Hintergrund widerspiegelt den Lichtstrahl. Deutlich ist die Form eines Kopfes erkennbar.

Die Faszination des Anblicks führt seine Hand zu weiteren gespenstischen Details. Wie ein Voyeur ergötzt sich Waylon am geschundenen Körper des Insassen, der hier den Tod fand.

»Siehst du was?«

Waylon reagiert nicht. Erst nachdem Dako die Frage zum dritten Mal stellt, schaut er auf.

Da er nichts sagt und seine Gesichtszüge auch nichts Gutes erahnen lassen, nimmt Callum den Strahler Waylon ab. Wenige Augenblicke vergehen, dann schickt er beide ohne eine Begründung hinaus.

Blass und mit in weite Ferne gerichteten Augen steht Waylon vor dem Rumpf. Dako ist vollkommen klar: Sein Sohn hat eine schreckliche Entdeckung gemacht.

Drinnen ertönen mehrere zischende Schüsse. Eine leichte Erschütterung folgt. Rumoren wird laut. Schleifgeräusche. Stille. Nach endlos erscheinenden Momenten vollendeter Ruhe erscheint Callum in der Luke. In Händen hält er einen weiteren Behälter.

»Was war das für eine Erschütterung?«

»Der Laser«, sagt Callum. »Ich hab das Loch vergrößert, weil ich das haben wollte.« Er reckt den Behälter empor.

Ehe Waylon nachhaken kann, dringt aus den Tiefen unter ihnen ein dumpfes Grollen. Die ausgelegten Stämme verrutschen. Pflanzen zittern. Das Wrack ächzt.

Ein Erdbeben!

Bange Augenblicke des Wartens vergehen. Der Maki beginnt unruhig zu werden, vollführt einen regelrechten Tanz. Seine dabei kurz hintereinander ausgestoßenen Schreie erreichen, dass die Männer das Terrain verlassen. Gehetzt laufen sie zum Erdwall zurück. Auf der dünnen Wasserschicht des Tümpels blubbern Blasen. Ein untrügliches Zeichen geologischer Aktivität!

Von innerlicher Angst getrieben, versuchen sie, soweit wie möglich von hier wegzukommen. Während der überstürzten Flucht entgeht ihnen eine Kleinigkeit: Die Erde beruhigt sich wieder. Callum wird langsamer. Von Waylons und Dakos plötzlichen Davonlaufens angesteckt, erobert Logik sein Denken.

»Rennt doch nicht so«, ruft er.

»Aber das Beben …« Auf Waylons Gesicht steht die pure Angst geschrieben.

»So etwas gibt's hier nicht.«

Mitten im Lauf bremst Waylon ab.

»Und wie nennst du das?«

»Ich werde es ausgelöst haben.«

Baff stemmt Waylon die Hände in die Seiten. Doch anstatt eines bösen Blickes erbleicht er wieder.

Die aufsteigenden Luftblasen blubbern unaufhörlich. Unterirdisch knirscht Fels. Wenn es kein Erdbeben ist, dann droht ein Bergsturz!

Ein Ruck geht durchs Wrack. Metall reibt auf Metall. Abwartend und das Schlimmste befürchtend, stehen sie auf dem Fleck, jederzeit bereit, dem Unausweichlichen zu begegnen.

»Seht nur!« Der Dakota zeigt aufs Wasser, das eindeutig an Volumen verliert. Im freigelegten Schlamm werden erste Risse sichtbar.

Unter ihren Füßen nimmt die Spannung zu. Wihakayda zetert wie wild. Springt aus dem Stand auf und ab wie eine Feder. Derweil ist das Wasser ganz abgeflossen. Nur eine Lache bleibt zurück.

Wiedereinsetzendes Getöse übertönt alle anderen Geräusche. Die Vibrationen sind oberflächennah. Mit Mühe kann sich Waylon auf den Beinen halten. Jeder Stoß fällt heftiger aus.

Plötzlich reißt mit ohrenbetäubendem Lärm die Erde auf.

Achtundzwanzig

Inselenklave Methua vor 154 Millionen Jahren.

Eine schmale, ungesicherte Steintreppe führt hinab in unvorstellbarer Tiefe. Ebenso unvorstellbar, dass das Ganze nicht einfach zusammenbricht. Allein der Bau ist ein gelungener Mix aus natürlich entstandener Höhle und architektonischer Meisterleistung.

Ihnen schlägt warme, trockene Luft entgegen. Die Anlage, wie Sulantrea das Areal nennt, ist auf den ersten Blick nichts weiter, als ein finstrer Schlund, der regelmäßig durch eine unbekannte Lichtquelle in den Stufen aufgehellt wird. So viel sich Sho-Ril auch Mühe gibt, das Geheimnis zu lüften, bleibt es ein unverständliches Mysterium. Weder eine externe, noch interne Energiequelle ist erkennbar. Sho denkt an ein fluoreszierendes Gas, kann jedoch keine derartigen Beweise finden. Ist das Licht auch nicht grell, reicht es dennoch aus, um sicher und unversehrt hinabzusteigen.

Urio hat einige Probleme mit der Höhe. Die Treppe ist gerade mal so breit, dass eine Person passieren kann. Und das auf eine unüberschaubare Distanz. Solange der Fels ihr eine Stütze gibt, ist noch alles in Ordnung. Schwieriger wird es, nachdem der Fels gähnender Leere weicht. Bis hierher hat sich Sulantrea vorgewagt.

Oftmals schlängelt sich die Treppe scheinbar wahllos durch die Richtungen. Die Neigung bleibt dabei konstant.

»Wie weit ist es noch?«

»Soweit bin ich auch noch nicht gewesen, Rhobal.«

»Nein?!«

»Allein fand ich nicht den Mut«, gesteht Sulantrea.

»Also ich versteh das«, sagt Urio. »Hier kann man sich ja den Hals brechen …«

»Ich hab mal etwas fallen gelassen. Nur um zu wissen, wie tief es ist.«

»Und?«

»Ließ sich nicht ermitteln …«

»Du meinst …«

»Was war es denn?«

»Ein kopfgroßer Stein, Sho. Den Aufprall hätte ich hören müssen.«

Mittlerweile haben sie, im Gänsemarsch gehend, einen Höhenunterschied von zweihundert Metern überwunden.

»Kommt einen gar nicht so viel vor«, meint Rhobal.

»Wenn wir nur schon wieder oben wären.«

»Der Aufstieg ist nicht schwerer, als das hier, Urio.«

»Ich nehme dich beim Wort, Sulantrea. Sonst darfst du mich gerne tragen.«

Jetzt erreicht Sho-Ril, der den kleinen Trupp anführt, eine neunzig Grad Kurve. Das Konstrukt macht keinen stabilen Eindruck. Die Ränder sind teilweise ausgebrochen und Staub bedeckt die Stufen. Notgedrungen bleibt er stehen.

Urio schwankt wegen des abrupten Halts. Ihr Gleichgewichtssinn kommt durcheinander. Beide Arme ausstreckend, balanciert Urio. Links und rechts den Abgrund vor Augen – der Grund ist nach wie vor nicht zu sehen –, wird ihr schwindelig. Ein Aufschrei verlässt ihre Kehle.

Rhobal der hinter ihr herging, erfasst Urios Taille.

»Ich halte dich«, sagt er im beruhigenden Ton. »Sieh einfach nur geradeaus.«

»Ich war … noch nie … gut … über … über Abgründe zu … zu gehen …«

»Du machst das sehr gut. Achte einfach auf Sho. Der ist

jetzt *dein* Horizont.«

Es hilft. Urio bekommt festeren Stand.

»Tust du mir noch einen Gefallen, Rho?«

»Wenn ich das kann …«

»Nur du kannst es. Jedenfalls im Augenblick. Lass mich einfach nicht los. Versprochen?«

»Keine Sorge. Ich lass nicht los.« Seine Mundwinkel umspielt ein sanftes Lächeln.

Sho-Ril setzt einen Fuß vor, um die Festigkeit zu testen. Trotz des kräftigen Auftretens ist die Steintreppenbrücke stabil. Einige Meter weiter bleibt er stehen, stampft etwas derber auf. Er dreht sich um.

»Gehen wir weiter. Seid aber vorsichtig.«

»Ich tu nichts anderes«, lacht Urio auf.

Schritt für Schritt geht es weiter. Der Staub hinterlässt Spuren; die Hintermänner treten vorsichtshalber in die Stapfen des Vordermannes. Urio schlägt sich tapfer und wächst über sich hinaus. Sie lässt Sho-Ril nicht aus den Augen, nutzt dessen Kontur als imaginäres Halteseil.

Das Gefälle der Kurve ist um ein Grad steiler; am Ende verschwinden die Stufen und es geht waagerecht weiter. Langsam ändert sich der bisher von Dunkelheit dominierte Schlund. Immer mehr Lichter nehmen den Schrecken, obwohl jetzt die wahre Höhe der Treppe ersichtlich wird. Aus Rücksicht auf Urio schweigen sie allerdings, verlieren darüber kein einziges Wort.

»Seht mal!«, stößt Rhobal aus.

Wenige Armlängen entfernt, schwebt ein Stein, der Schwerkraft trotzend, auf Treppenhöhe in der Luft. Sulantrea glaubt, den Brocken zu erkennen, gleicht er doch dem, den sie hinab geworfen hatte. Sho-Ril bleibt stehen. Kurz nachsinnend, sucht er etwas in seiner Hosentasche.

»Was ist?«

»Gleich, Urio. Ich hab eine Idee.«

»Hält uns *deine* Idee länger auf?«

»Oh nein, keineswegs. Bin gleich soweit.«

Er findet, wonach er suchte. Aus der Tasche holt er ein kugelartiges Objekt. Den Stein anvisierend, wirft Sho-Ril diesen. Ein leises Geräusch verrät den Treffer.

»Was soll das denn?«, fragt Rhobal genervt. »Wir sind doch nicht auf der Spielwiese!«

»Das nicht. Aber schau doch mal genau hin. Was siehst du?«

»Was soll ich schon sehen! Einen Felsbrocken und eine Murmel …«

Sogar Urio wagt einen Blick, der sie kurzzeitig die Angst vergessen lässt. Denn was sich ihnen bietet, ist wider der Vernunft.

Neben dem Stein pendelt die eben geworfene Kugel.

»Ein Kraftfeld«, murmelt Sho-Ril. Und an die anderen gewandt: »Hat noch jemand einen Gegenstand?«

Allgemeines Suchen beginnt, an der auch Urio nicht nachstehen will. Bald darauf schweben unzählige Dinge in Nähe des Steins.

»Was bedeutet das?«

»Ganz einfach, Rhobal. Das ist eine unsichtbare Absturzsicherung.«

»Du meinst …«

»Spürt ihr denn nicht, wie leicht es sich geht?«

Seine Mitstreiter sind verblüfft. Bisher ist es nicht aufgefallen, doch Sho-Ril hat Recht.

»Du meinst … mir … ich meine … *uns* kann nichts … ?«

»Außer einen Schrecken – nein.«

Hörbar atmet Urio auf. Mit der Zeit gehen sie immer schneller, seitdem das Energiepolster bekannt ist. Somit verlagert sich das Interesse auf die nähere Umgebung. Ins besonders steigt die Spannung, was denn die ›Anlage‹ so bietet.

Sprachlos bestaunen und bewundern die *Methelems* eine befremdliche Maschinerie. Unverkennbar sind nur die glatten

Säulen, die die Energie liefern. Alles andere entzieht sich jeglicher Vorstellungskraft.

Fantasielos sind Arimeaner keineswegs. Eifrig suchen sie Erklärungen für den Nutzeffekt. Von diffus bis irrational verträumt entstehen diverse Thesen. Keine erscheint logisch. Wie die Wahrheit auch aussehen mag, sie werden ohne entsprechendes Wissen niemals weiterkommen. Wie auch, gibt es doch nichts Vergleichbares!

»Wie weit unten sind wir eigentlich?«

Eine berechtigte Frage. Rings um die Enklave ist nur Wasser. Welche Technologie ist in der Lage, solchen Massen zu trotzen? Zudem ist es angenehm warm. Eigentlich könnte man meinen, dass zumindest eine hohe Luftfeuchtigkeit vorhanden sein muss. Aber nichts dergleichen ist der Fall.

Niemand der Anwesenden kann die Frage beantworten. Sho-Ril geht ein paar Schritte durch einen der vielen Gänge, zu den auf beiden Seiten Apparaturen flankieren.

»Wie eine Fabrik. Nur – was wurde hergestellt?«

Zwischen einzelnen, in Blöcken montierten, Apparaturen findet Sho-Ril so etwas wie ein Terminal.

»Endlich was Vertrautes.«

Sulantrea, Urio und Rhobal versammeln sich darum.

»Keine Tasten … Stimmensteuerung?«

»Wir kennen nicht deren Sprache«, wendet Rhobal ein.

Sho-Ril denkt nach. Da fällt ihm etwas ein. Seitdem er mit dem Rogaliten in Kontakt steht, trägt Sho einen Kristallsplitter bei sich. Diesen fand er außerhalb der Höhle. Damals hat er sich noch gewundert, wie ein Stück Rogalit dorthin kommt.

Er zieht den Splitter aus der Tasche. Ob es etwas bringt ist fraglich. Kaum in der Hand, beginnt das Material sich zu verfärben. Einen Schritt nur steht Sho-Ril vom Terminal entfernt. Keinem fällt auf, dass er den Splitter weiter heran hält.

Die Verfärbung nimmt zu. Und dann erklingt eine helle Stimme. Am Terminal beginnen Dioden aufzublinken. Oberhalb entsteht ein Digital-Hexaeder – ein *Sechsflächler* – mit dem bewegten Abbild einer hellhäutigen Frau.

«Sei gegrüßt, Bewohner des Planeten. Mein Name ist Khrill. Ich komme vom weit entfernten Sternensystem Mondrëum.»

Sho-Ril weicht zurück.

»Habt ihr das gehört?!«

Aufgeregt dreht er sich um. Zu seinem Erstaunen sind alle mit anderem beschäftigt. Nur Urio schaut herüber.

»Was sollen wir gehört haben?«

»Das Bild spricht!«

Sie runzelt die Stirn. »Welches *Bild*?«

»Na, das da!«

Von Urios Standort ausgesehen, zeigt Sho-Ril ins Leere, das als einziges über den brusthohen Terminal thront.

Schulterzuckend sagt sie nur: »Da ist nichts« und setzt ihrerseits die Erkundung fort.

»Aber …«

Die *Methelem* hört gar nicht mehr zu. Rhobal schwadroniert in zwanzig Meter Entfernung durch die Apparaturen-Gasse. Sulantrea ist nirgends zu sehen.

Spinnt er etwa? Sho-Ril wiederholt die Prozedur. Wieder erscheint das Bild und die Fremde beginnt das Gleiche zu sagen.

«… Von dort aus sind wir aufgebrochen, um einen neuen Lebensraum zu finden. Eine Sternenexplosion wird in drei Generationen unser System vernichten.»

Khrill macht eine Pause. Es ist ihr anzusehen, wie die drohenden Ereignisse sie mitnehmen.

«Ich gehörte zur Vorhut. Wir bauten diese Anlage, um diesen Planeten unseren Bedürfnissen anzupassen. Klima und Atmosphäre werden hierdurch stabilisiert. Außerdem verringern wir gerade die Distanz zur Sonne. In der nächsten Generation bringen wir unsere siebzehn Monde mit.»

Siebzehn? Er denkt an die Darstellung oben. Waren es siebzehn Monde?

Ein kalter Schauer überzieht seinen Rücken.

»Träumst du?«

Plötzlich steht Sulantrea neben ihm.

»Was?«

»Fantastisch, nicht wahr? Was hältst du von der Anlage?«

Sho-Ril muss sich erst wieder zurechtfinden. Vollkommen neben der Spur, kann er Sulantrea nicht folgen.

Unbeirrt schwärmt sie weiter. »Es ist einfach nur wundervoll. Diese Gigantomanie! Herrlich …«

Noch immer schweigt Sho-Ril. Fragen stürmen auf ihn ein. Wieso versteht er Khrill? Ist sie vielleicht doch eine Arimeanerin gewesen? Das wäre *die* Entdeckung! Aber warum hat Urio nichts mitbekommen?

Ein Entschluss bahnt sich einen Weg.

»Und ich hab sie entdeckt …«, endet Sulantrea beschwingt.

»Ja, dass hast du.«

Sie nickt überglücklich. Ihren Zustand ausnutzend, legt er Sulantrea den Arm um die Schulter und leitet sie sanft ans Terminal heran.

»Hey, Sho! Was hast denn vor?« Grinsend erwidert sie seine vermeintlichen Annäherungsversuche. Sho-Ril ergreift zärtlich Sulantreas Hand, drückt ihr den Rogalitsplitter hinein und presst sie zur Faust zusammen.

Neunundzwanzig

Gegenwart, Methua.

Die Einbruchstelle umfasst etwas mehr als Länge und Breite des Wracks. Genaugenommen passt es exakt in die Spalte. Durch die Wucht, die der Absturz inne gehabt hat, wurde so viel Energie freigesetzt, dass die darunter liegende Erdformation instabil wurde. Durch Callums Schuss geriet letzten Endes alles in Bewegung.

Mit äußerster Vorsicht gehen sie zurück. Anstelle des Wracks klafft ein tiefes Loch. Der Rumpf ist darin vollständig versunken. Bis knapp an den Rand wagen sie sich vor. Feuchte, stinkende Luft entweicht der Erdspalte.

Das ist's also! Sie haben den Rumpf zwar gefunden, dennoch kann nicht geklärt werden, woher das Schiff gekommen ist. Einen Anhaltspunkt könnten die Überreste des verbliebenen Insassen liefern. Doch auch die sind vermutlich mit versunken.

»Kehren wir um?« Waylon klingt niedergeschlagen.

Betroffen sehen die Männer hinunter. Es ist verdammt knapp gewesen. Viel hat nicht gefehlt …

Einzig Callum kann einen Kleinerfolg verzeichnen.

»Wenigstens haben wir was gefunden«, sagt er, ebenfalls bedrückt. Der zweite Behälter gleicht einer Phiole. Auch ist er nicht gesichert, was auf einen bedeutungslosen Fund schließen lässt. Wie bedeutungslos, wird sich noch herausstellen. »Wollen wir gleich nachsehen?«

Dako nickt. Eine gute Gelegenheit, wenigstens etwas die Hintergründe zu beleuchten.

»Wo ist überhaupt der Kristall?«

Waylons Frage kommt unerwartet. Im ganzen Stress hat Dako den Überblick verloren. Deswegen schlägt die Frage ein wie eine Bombe. Er wird bleich.

»Ich habe den Neunten drüben neben einen Stamm gelegt«, klärt sie Callum auf.

Der Schreck will nicht weichen.

»Ohne Aufsicht?« Es will Waylon nicht in den Kopf, wie nachlässig der *Wächter* eigentlich ist.

»Es ist niemand hier«, verteidigt sich Callum gelassen. »Außerdem hab ich ihn abgedeckt.«

Misstrauisch wirft Waylon dem Arimeaner einen Blick zu, der feindseliger nicht sein kann, lässt es aber dabei bewenden. Zugunsten des Friedens geht er ein Stück weiter. Sollen die Zwei doch machen, er hat jetzt keine Lust zum Streiten.

Demonstrativ bringt Waylon eine große Distanz zwischen sich und den Beiden. Heimlich beobachtet er sie. Er fühlt sich als fünftes Rad am Wagen. Das braucht Waylon jetzt nicht! Da ist ihm diese Erdspalte schon lieber.

Glatter Durchbruch. Saubere Ränder. Das Loch ist so tief, dass der Rumpf nur andeutungsweise zu sehen ist. Waylon schätzt auf eine Tiefe um die dreißig Meter. Heftig. Sie hätten mitgerissen werden können und keine Chance gehabt.

In Gedanken versunken umrundet er das entstandene Erdloch. Dabei fallen ihm die unterschiedlichen Erdschichten auf. Neugierig hockt er sich nieder. Die Erde ist bereits ausgetrocknet. Nichts ist mehr da.

Callum und Dako haben die Phiole geöffnet. Wie sie das Ding jetzt halten, scheint es doch wichtig zu sein. Jedenfalls wichtig genug, um daraus ein Thema zu machen. Waylon schüttelt den Kopf. Schon eigenartig, wie erwachsene Männer debattieren können. Und komisch, wie sehr es ihn selbst kaum berührt. Er ist müde geworden. Schwindendes Interesse am Abenteuer. Wie sehr sehnt er sich doch nach Ruhe und Erholung! Nach seinem Heim. Vertraute Umgebung. Nach Land und Leuten.

Langsam macht Waylon kehrt. Der Abgrund macht ihn nachdenklich, stimmt traurig. Das liegt daran, weil das Loch bodenlos wirkt. Wie sein Innerstes. Vor lauter Aufgaben und Ziele hat er sich selbst aus den Augen verloren. Hat sich verzettelt. Und nun wird ihm die Rechnung präsentiert.

Lustlos kickt er einen kleinen Stein, folgt gelangweilt dessen Flug. Am gegenüberliegenden Rand prallt er ab und stürzt in die Tiefe. Naturgemäß ist das menschliche Auge träge und die Fallgeschwindigkeit höher, als ein kleines Objekt länger zu verfolgen. Der Stein ist schon längst außer Sichtweite, als Waylon von etwas anderen abgelenkt wird. Kann das sein, was seine müden Augen da sehen? Ist das eine … Stufe?

»Way? Willst du nicht wissen, was in der Phiole ist?«

Er hebt den Kopf.

»Wollt ihr nicht sehen, was ich hier habe?« Es soll trotzig klingen, misslingt aber völlig.

»Warte … wir kommen …«

Callum schließt die Phiole und steckt sie ein.

Gemeinsam untersuchen sie die Neuentdeckung. Und Waylon analysiert eifrig mit. Vergessen ist der depressive Anflug von eben.

»Zu weit weg«, sagt Dako. »Da kommen wir nicht heran.«

»Vorschläge?«

Der *Wächter* holt den Strahler hervor.

»Tretet beiseite!«

»Löst du alles mit Gewalt?«

Zischend verlässt der Laser das Handgerät. Staub wirbelt auf. Ein weiterer, tiefer angelegter Schuss. Wie ein Revolverheld aus einem Western blinzelt Callum aufs Ergebnis und befindet es als gut.

»Nur, wenn's nicht anders geht, Waylon.«

Die Strahlenwaffe hat sauber gearbeitet und ein Teilstück einer freitragenden Treppe freigelegt; für den Einstieg Platz genug.

»Wenn ihr mich fragt, mach ich den Anfang.«

Natürlich will Waylon dem *Wächter* in nichts nachstehen. Behäbig klettert er den entstandenen Abhang hinunter. Kurz *flippernd* springt der Maki hinterher. Am Übergang zu den Stufen dauert es länger, festen Stand zu bekommen. Drinnen ist es erwartungsgemäß finster und die Augen benötigen einige

Zeit der Gewöhnung. Dann verschwinden beide aus der Sicht.

»Kommt ihr?!«, hallt es. »Ich geh schon mal vor!«

In Etappen geht Waylon über die freischwingende Steintreppe. Er muss sich zusammen reißen. Die schmalen Stufen suggerieren jederzeit abzustürzen. Und es ist nicht einmal der Boden zu sehen. Als er merkt, dass Dako ihm folgt, geht Waylon einfach konzentriert weiter.

»Ich hätte mich darauf nicht einlassen dürfen«, brummt er. »Ich und meine große Schnauze!«

Die vorauseilende Wihakayda dreht sich zu ihm um, und *flippert* zustimmend.

»Du hast gut lachen, *Kleine*. Komm erst mal in mein Alter!« Alte Verhaltens- und Denkmuster brechen hervor. »Du machst ja auch den ganzen Tag nichts anderes …«

Der Mohrenmaki gackert.

»Ja, ja. Mach nur weiter so …«

Als Letzter betritt Callum nach einer Weile die Treppe. Angstfrei holen sie Waylon schnell ein, der wie ein Seiltänzer die Arme schwingt.

»Geh ganz normal, *micinksi*«, raunt Dako. »Stell dir einfach vor, unter dir fließt ein Bach.«

In diesem Moment setzt der Maki zu einem Sprung an. Es ist ein riesiger Satz, den er macht. Waylon ist verblüfft. Das Tier scheint Gefallen daran zu finden, denn es springt von nun an öfters. Graziös fliegt Wihakayda durch die Luft, überwindet auf diese Art fast fünfzehn Meter.

»Herrscht hier eine andere Schwerkraft?«

»Das finden wir heraus«, antwortet Callum Waylon. »Wohin diese Treppe uns auch führen mag, die Antwort ist dort zu finden.«

»Wenn wir dort je ankommen …«, murmelt er zähneknirschend.

»Was meinst du?«

»Ach nix, Callum«, ruft er nach hinten. »War nur so dahin gesagt.«

Dank der akrobatischen Einlagen des Äffchens getraut sich Waylon mehr zu und wird lockerer. Unterwegs wundert er sich des Öfteren, wie die Treppe so frei schweben kann. Derartiges sieht in der Planung ganz nett aus. In der Umsetzung allerdings würde es allein wegen der Statik scheitern. Dazu kommen die zahlreichen Kurven.

Ebenso beschleicht ein paradoxes Gefühl von Leichtigkeit die Männer, je weiter sie nach unten kommen. Das Einzige was Waylon als störend empfindet ist die enorm hohe Luftfeuchtigkeit. Wie in einer Sauna! Dadurch ist die Luft ziemlich zäh und das Atmen fällt schwer. Liegt da unten etwa ein unterirdischer See?

Die Zeit verstreicht. Langsam ärgert der langwierige Abstieg Waylon.

»Warum gibt's denn keinen Aufzug! Auf eurer Welt wimmelt es doch von Gleitern und Schwebern.«

»Falls es dich interessiert, Waylon: Ich hatte keine Ahnung von dieser Höhle. Die Enklave ist so was wie ein Sperrgebiet.«

»Verfluchte Geheimniskrämerei«, meint Waylon abwertend. »Ihr seid nicht besser, als unsere Geheimdienste.«

Der Wächter seufzt.

»Methua ist nur schwer zugänglich. Von Natur aus besiedelten unsere Ahnen das Stück Land nicht. Weder zu Fuß noch über dem Wasser ist es erreichbar. Und die ersten Gleiter waren zu groß. Man beschloss, die Insel im ursprünglichen Zustand zu belassen.«

»Ein Naturschutzgebiet also.«

»So ähnlich.«

»Auf der Erde kaum vorstellbar. Da ist fast jedes Stückchen bewohnbares Land besiedelt.«

»Ihr Menschen müsst ja unendliche Ressourcen haben.«

»Wieso?«

»Wenn ihr den Planeten so dicht besiedelt habt, braucht ihr doch genügend an Nahrung und Energie.«

Ein heikles Thema. Callum glaubt tatsächlich, dass der

Mensch alles bestens im Griff hat! Wie kommt Waylon nur wieder aus dieser Nummer heraus? Der Zufall eilt ihn zu Hilfe. Sie erreichen den Boden.

Dreißig

Inselenklave Methua, 154 Millionen Jahre zuvor.

Sulantreas Aufschrei alarmiert Urio und Rhobal, die sofort herbeieilen. Sie finden Sulantrea in Sho-Rils fester Umklammerung. Eine pikante Situation, wie sie erst meinen. Doch dann sehen sie Sulantreas Antlitz. Die Frau starrt mit offenem Mund auf einer Stelle über dem Terminal. Nur – dort ist nichts zu sehen!

Sho-Ril hebt die Hand. Das soll bedeuten, einen Augenblick zu warten. Er will unbedingt Sulantrea als Zeugin haben. Und sie scheint die gleichen Bilder zu sehen wie er.

»Das … das …« Sulantrea findet keine Beschreibung. Das, was sie gerade erfahren hat, entlarvt den Anspruch Arimeas auf Erstintelligenz als Irrtum.

»Hast du's gesehen?!«

Sulantrea reagiert nicht. Er hält sie noch immer am Arm fest. Ihre Mimik verrät eine imponierende Erfahrung.

»Sag was!«

Die *Methelem* ist weit der Realität entrückt. Sho-Ril erreicht sie nicht. Verunsichert lässt er sie los.

»Was hat sie?«, fragt Urio.

»Sie hat eine Botschaft erhalten.«

»Sulantrea hat was?!«

»Das Terminal … ein Bericht … von Fremden …«

Sho-Rils Gestammel wirkt konfus; Urio und Rhobal werden daraus nicht schlau.

»Welche Fremden? Von was sprichst du?«

Sulantrea starrt ins Leere. Den Splitter fest umschlungen, versucht sie die empfangenen Information zu verarbeiten. Gedanken toben ihr durch den Kopf. Kein einziger davon ist fassbar. Einmal aufgetaucht, entgleitet er sofort wieder wie Sandkörner in der Hand. Sie fühlt das Besondere, doch erfasst nicht wirklich deren Bedeutung. Am geistigen Horizont wabern die Gedanken im Meer noch zu entdeckender Eindrücke. Wie soll Sulantrea sich darin zurecht finden? Oder sich davor schützen? Mit Erschrecken nimmt sie ein Detail wahr, was die so gar nicht einordnen kann. Eine Mauer dieses Gedankenmeeres wird größer. Sie kann den Blick nicht abwenden. Gebannt beobachtet sie das Aufbäumen. Noch kann Sulantrea den drohenden Gedankentsunami zurückhalten. Die Masse pulsiert. Einzelne auffällige Punkte beginnen zu glimmen. Strukturen eines Netzes werden erkennbar, deren Knotenpunkte hell aufleuchten.

Donnerhallend erklingt Khrills Stimme: «Eine Sternenexplosion wird in drei Generationen unser System vernichten.»

Kaum verhallen ihre Worte, bricht der Tsunami über Sulantrea herein. Dem nicht gewachsen, verliert sie das Bewusstsein. Gerade noch rechtzeitig fängt Sho-Ril Sulantrea auf, um einen Sturz zu vermeiden.

»Helft mir …«

Rhobal ist blass geworden. Die beiden Männer bringen Sulantrea in eine Sitzposition.

»Und jetzt klär uns endlich auf!«

Als Sulantrea zusammenbrach, entglitt ihr der Rogalitsplitter aus ihrer erschlafften Hand. Sho-Ril nimmt diesen an sich, reicht ihn Rhobal.

»Mach dich auf was gefasst«, sagt er ernst.

Erschöpft öffnet Orinario die Augen. Er benötigt einige Zeit, bis er sich orientiert hat. Das Kristallgewölbe beschleunigt sein Wohlgefühl; er ist in Sicherheit. Sicherheit? Wie kommt er darauf? Schließlich ist die Grotte der sicherste Ort überhaupt! Nur ihm bekannt.

Zweifelsohne überkommt Orinario ein Gefühl, *erwischt* worden zu sein. Und dabei tut er nichts generell Verbotenes. Es geht einzig und allein ums Ansehen. Dennoch fühlt er eine aufkeimende Schuld.

Träge verlässt er den Zellerneuerer. Schlaff hat er Mühe, sich aufzurichten. Was ist bloß los? Hat der Erneuerer versagt?

Ihm ist schwindlig. Mit den Händen Halt suchend, atmet er durch. Der Schwindel will nicht weichen. Und hinzu kommt heimtückisch hintergründige Übelkeit.

Schwach sinkt der Älteste in den Erneuerer. Die Zeit wird eine Freundin sein.

Alle *Methelems* – einschließlich Sho-Ril, der den Rest bisher noch nicht kennt – sehen Khrills Bericht. Tief beeindruckt beginnt anschließend eine Zeit selbstvergessenen Schweigens.

Inzwischen ist Sulantrea wieder bei Besinnung. Schwerfällig steht sie auf. Nirgends sieht sie einen der Ihren.

»Sho?«, ruft sie mit heiserer Stimme. »Rhobal? Urio? – Wo seid ihr?«

Von weit her hallen Schritte. Irgendwo tropft Wasser. Stimmen schwellen an, verebben wieder.

»Sho!«

Ihr Ruf scheint nicht weit genug zu reichen, gleichwohl Sulantreas Stimme, für ihr Verständnis, sehr klar und zudem laut ist.

Offensichtlich ›schlucken‹ die ganzen Apparaturen den Schall. Die Akustik kommt ihr schon ein wenig merkwürdig vor. Wieso ist das Plätschern des Wassertropfens so vordergründig? Zwangsläufig bekommt Sulantrea Durst. Und was für einen! Einen ganzen Bottich könnte sie jetzt leeren.

»Hier bist du ja.« Urio kommt gerade um die Ecke.

»Wo wart ihr? Habt ihr mich nicht rufen hören?«

»Wir sind gleich dort drüben, Sulantrea. Du hast gerufen?«

Ohne Antwort geht Sulantrea in die ihr gedeutete Richtung. Und wirklich: Etwa fünf Meter weiter stehen Sho-Ril und Rhobal im anregenden Gespräch.

»Seid ihr etwa taub?!«, schreit sie aus Leibeskräften. »Mir hätte sonst was passiert sein können!«

Weder Sho noch Rhobal scheinen sie zu hören.

»Du warst besinnungslos, Sulantrea. Dir fehlte nichts, außer ein wenig Ruhe.«

»Wieso hören die mich nicht …«

»Genau darüber diskutieren unsere Männer. Innerhalb weniger Meter verebbt der Schall.«

Während Urio erklärt, geht Sulantrea weiter auf die Männer zu. Und tatsächlich hört die plötzlich, was sie sagen. Zur Probe macht sie einen Schritt zurück. Die Stimmen sind wie abgeschnitten. Sulantrea tritt aus dem Akustikschatten heraus.

Langsam weicht das Schwindelgefühl. Sicherheitshalber bleibt Orinario noch etwas liegen. Er will kein unnötiges Risiko eingehen. Das ist das, was er jetzt nicht gebrauchen kann. Schlimm genug, dass in letzter Zeit alles drunter und drüber geht. Immer öfter bekommt er den Eindruck, etwas vergessen zu haben. Das Gefühl ist manchmal so stark, dass er glaubt, den Gedanken fassen zu können. Doch so sehr er sich anstrengt, es gelingt nicht. Orinario wird derartiges in Zukunft wohl ignorieren.

Mit behutsamen Bewegungen gelingt es ihm, das Kristallgewölbe zu verlassen; schweißgebadet erreicht er die darüber liegende Wabe. Sorgfältig verschließt er die geheime Öffnung und stellt den Zustand wieder her, der nichts verrät. Er rechnet zwar nicht mit Besuch, will aber darauf vorbereitet sein. Zwei voneinander unabhängig arbeitende Türen verriegeln, die im normalen Abstand der Wände zweier Waben so angebracht sind, wie normal aneinander gebaute Wohnwaben; auf diese Weise ist der Zugang optimal getarnt.

Nach einer Stärkung macht sich Orinario auf den Weg nach draußen.

◎

Rhobal sondert sich ab. Während der Diskussion mit Sho-Ril kann einfach kein Konsens erzielt werden. Nun zählt er die Terminals und untersucht deren Anordnung. Endlich kann er sein phänomenales Gedächtnis einbringen. Damit wird er eine Weile beschäftigt sein.

Sho-Ril hingegen sucht nach Computern oder etwas vergleichbaren. Vielleicht gelingt es, die Anlage in Betrieb zu nehmen, oder wenigstens die Funktionsweise verstehen.

Stunden vergehen. Genauso bleiben die Frauen nicht untätig. Urio schaut sich nach analogen Hinterlassenschaften um, wie handschriftliche oder gedruckte Schriften. Es ist denkbar, das solches viele Jahrhunderte überstehen kann, wenn die Lagerung stimmt. Viel verspricht sie sich nicht. Wer kann schon sagen, wann die Anlage entstand.

Sulantrea versucht ihr Glück an den Terminals. Drei hat sie bereits entdeckt, wovon aber nur einer, und zwar der Erste, funktioniert. Es ist also Zufall, die – für arimeanische Verhältnisse – brisanten Informationen von Khrill erhalten zu haben. Später wird klar, dass es das einzige Terminal ist, das von der Anordnung her am ehesten gefunden wird. Eine technisch und mental sehr hoch entwickelte Intelligenz, die darauf aus ist, *gefunden* zu werden. Und das über einen außerordentlich langen Zeitraum. Genial!

»Habt ihr auch Hunger?«

All die Eindrücke haben sie die Zeit vergessen lassen. Allmählich melden sich die ureigenen Bedürfnisse. Eine Weile können diese verdrängt und hintenan geschoben werden; wird dann davon gesprochen, drängen sie mit aller Macht hervor.

»Hier bekommen wir nichts«, sagt Urio. »Dafür müssen wir wieder hoch.«

Rhobal bläst die Wangen auf.

»Das dauert ja eine Ewigkeit«, murrt er.

»Was haltet ihr davon, wenn wir uns aufteilen? Ihr Männer bleibt und Sulantrea und ich holen etwas zu essen.«

Nach reiflichen Überlegungen brechen die Vier schließlich gemeinsam auf. Sich zu trennen berge zu viele Gefahren.

Frische Luft und Sonne bewirken oft Wunder. Bis eben noch etwas schwach auf den Beinen, findet Orinario bald Kraft. Gedankenabwesend geht er ein Stück. So bemerkt er nicht den Arimeaner-Auflauf am Ufer. Bedächtig schreitet der Älteste den Pfad empor, der zu dem am West-Hang ruhig gelegenen Plateau führt. Dorthin zieht es Orinario. Dieser Platz ist ein Rückzugsort auf der ansonsten überlaufenen Insel. Kaum jemand verirrt sich dorthin.

Heute aber ist es anders. Alle Angehörigen des *Kreises* scheinen auf den Beinen zu sein. Schon von weitem sieht Orinario die Ansammlung. Als man ihn bemerkt, wird eine ehrfürchtige Gasse gebildet. Fragende Gesichter schauen auf ihn, wechseln dann aber den Blick gen Himmel.

Es herrscht gespenstische Ruhe. Etwas Drohendes liegt in der Luft. All die Versammelten folgen dem Gesetz des Gruppenzwanges. Dem kann auch der Älteste sich nicht länger verwehren.

Er erstarrt. Kurz über dem Horizont taucht die Sichel eines Mondes auf. Doch dort befindet sich kein Himmelskörper, der Arimea begleitenden Monde! Gebannt starrt Orinario auf das Spektakel. Die sichtbare Sichel schimmert blau, lässt eine

Wolkendecke erahnen. Von der Größe her ist das kein Mond, sondern ein Planet!

Ein Raunen geht durch die Arimeaner. Hinter der undeutlichen Blauen Sichel erscheint ein weniger prägnantes Himmelsgebilde. Orinario erbleicht. Für einen Augenblick sieht er klarer. Auch wenn dieser Moment sogleich wieder vergehen wird, bleibt das Gefühl von Wissen.

Beide Himmelskörper gehören nicht dem arimeanischen System an, ja noch nicht einmal der Galaxie! Lichtjahre voneinander entfernt und nun sichtbar, kann nur eines bedeuten: Ein Zeitenbeben!

Einunddreißig

Inselenklave Methua, Gegenwart.

Ein dünner, stinkender Wasserfilm überdeckt den Boden. Sie müssen aufpassen, denn jeder Fehltritt hat unweigerlich einen Sturz zur Folge.

Im fahlen, diffusen Licht wirkt die fremdartige Anlage noch geheimnisvoller. Sie will so ganz und gar nicht hierher passen. Fügt sich widerwillig den begrenzten Gegebenheiten. Wurde die Anlage etwa erst viel später eingeschlossen?

Waylon verwirft diesen Gedanken, als zu absurd und unwahrscheinlich. Doch ganz bekommt er den Eindruck nicht los. Natürlich stellt sich auch ihnen die Frage, welche Funktion die gewaltige Höhle innehatte. Hier ist Callum gefragt und dessen Geschichtskenntnisse. Wie so oft im Leben, versagt dem *Wächter* an dieser Stelle sein Wissen. Nirgends sei davon die Rede gewesen, nichts in einschlägigen Büchern verzeichnet. Methua galt stets als unerreichbar und unberührt. Daran änderte sich auch nichts, nachdem die *Methelems* hierher abgeschoben worden sind und mit einem Federstrich die Insel zur Enklave erklärt wurde.

»Mehr ist mir nicht bekannt. Ich bin genau so überrascht wir ihr.«

»Ich kann mir nicht vorstellen«, meint Waylon, »dass niemand davon gewusst hat. So was kann nicht geheim gehalten werden! Nicht über eine längeren Zeit.«

»Unzugängliches Gebiet. Urwald. Kann ich mir schon vorstellen.« Dako denkt dabei an die Inka-Ruinen auf der Erde, die über Jahrtausende hinweg als verschollen galten. Nicht auszudenken, was die Pyramiden beherbergen könnten!

Überall ist der Boden nass und glitschig. An einigen Stellen steht das Wasser knöchelhoch und ist mit einem Algenteppich überzogen. Demzufolge sehen auch die Apparate aus. Rost blättert ab. Überall wohin man schaut wuchert Schimmel.

Wo ist denn das Moosgeflecht? Der Verfall ist inzwischen unumkehrbar. Ernüchtert halten sie inne, hatten sie doch mehr erwartet, als nutzlosen Schrott.

* * *

Nach einer Erholungsphase, in der Lokar ein bleierner Schlaf ereilte, geht er auf Entdeckungstour. Bald ist er sicher: er ist in einem unterseeischen Schiff, einem Tauchboot mit Panoramaglas. Zu seiner Zeit gab es nur eine Handvoll davon, und die waren klobig und nicht so geräumig. Ein weiterer Hinweis, dass er weit in der Zukunft gelandet ist.

Eine Idee gewinnt die Oberhand. Wenn es ihm gelänge, aufzutauchen und ans Festland zu kommen, stünden seine Chancen nicht schlecht. Den ›RZG‹ bereits abgeschrieben, geht es nun in erster Linie ums nackte Überleben. Noch jung und kräftig, kann Lokar es schaffen, in dieser Zeitebene Fuß zu fassen. Und mit etwas Glück gelangt er vielleicht sogar bis nach Arkonim. Er zweifelt nicht im Geringsten, dort einen kompetenten Magistrat vorzufinden. Nur er kann ihm helfen!

Neuen Mut fassend, sucht Lokar nach der Steuerung. Wer

ein Raumschiff fliegen kann, kann auch ein Tauchboot steuern. Viel Unterschied wird es nicht geben.

Schneller als erhofft sitzt er im Steuerraum. Schon länger dauert es, sich mit der Bedienung vertraut zu machen. Nach anfänglichen Fehlschlägen, gelingt es schließlich. Das Tauchboot startet. Beflügelt vom Erfolg beginnt Lokar die Unterwasserfahrt. Etwas schwerfällig bugsiert er das Boot von der Andockstelle.

Kristallklare Sicht erleichtert die Navigation. Im virtuellen Bedienelement leuchtet eine Warnung auf. Die starke Strömung zwingt ihn gegenzusteuern. Ein Riff kommt steuerbord bedrohlich näher. Lokar gibt die Korrektur ein. Es wird knapp. Der Alarm blinkt unübersehbar. Die Abstandssensoren melden höchste Warnstufe. Ängstlich beobachtet Lokar, wie das Riff näher kommt. Gleich werden sie kollidieren! Jeden Augenblick kann es soweit sein. Hoffentlich hält die Außenhaut! Er zieht den Kopf ein.

Nur Millimeter bleiben, bevor die Ruderdüsen greifen.

»Geht doch«, atmet Lokar erleichtert aus.

Vor dem Tauchboot öffnet sich die unendliche Weite des Ozeans. Genügend Zeit, um das Boot besser kennenzulernen. Lokar ruft das Menü auf. Er sucht die Logfile, das automatisch angelegte Logbuch der letzten Fahrten. Demzufolge dockte das Tauchboot vor mehr als einhundert Jahren an die Unterwasserstadt an. Seither gibt es keine Einträge.

Lokar wählt die Suchmaske. Es kann nicht schaden, in der bordeigenen Bibliothek zu stöbern. Eine Rückkehr schließt der Paladin aus, da ist es von Vorteil, mehr über die jetzigen Gepflogenheiten zu erfahren.

Zu seinem Entsetzen findet Lokar keine geschichtlichen Daten. Überhaupt fehlen sämtliche relevante Unterlagen, die – wenigsten zu seiner Zeit – in jedem Gefährt abrufbar sein mussten. Kurz überlegend, ruft er den kompletten Speicher auf. Die Auslastung liegt unter acht Prozent!

Auf diesem Wege kommt er also nicht weiter. Schon komisch. Hat da jemand ganze Arbeit geleistet und Relevantes gelöscht? Die Kristallspeicher arbeiten zuverlässig. Grundlos geht nichts verloren. Eine andere Ursache muss der Auslöser sein. Nur welcher? Vorläufig kann Lokar es nur als unabänderlich akzeptieren.

Die Geschwindigkeit beträgt dreißig Knoten. Lokar erhöht auf vierzig. Hindernisse werden von der Automatik erkannt, da braucht er nicht zu trödeln. Hauptsache schnell weg von der Unterwasserstadt und den Toten! Sofort jagen Lokar eiskalte Schauer über den Rücken, die ihn schaudern.

* * *

»Und du bist dir ganz sicher, Callum?«

»So sicher ich nur sein kann.«

Waylon ist anderer Meinung, doch die interessiert nicht.

»Okay, tu es.«

Der *Wächter* führt die acht Kabelenden-Paare zusammen. Eigentlich hätte jetzt der Strom fließen sollen. Es tut sich jedoch nichts. Noch einmal überprüft Callum die Verbindungen.

»Der Fehler liegt woanders.«

Seitdem er einen funktionstüchtigen Akkumulator gefunden hat, will Callum unbedingt eines der Terminals zum Laufen bringen. Er kann es nicht ausstehen, ohne ein Ergebnis die Exkursion abzubrechen. Trotz der hohen Luftfeuchtigkeit setzt er alles in Bewegung. Sogar den technisch nicht so versierten Dako hat er eingespannt.

Vom Terminal erwartet Callum einiges. Allerdings sträubt sich das Teil mit allen Mitteln.

»Alles ist nass oder wenigstens klamm, Callum. Das wird nie klappen!«

»Gibst du immer so schnell auf? Kein Wunder, dass dir vieles misslingt …«

Waylon liegt eine scharfe Bemerkung auf der Zunge, schluckt sie aber doch hinunter. Objektiv betrachtet, hat Callum Recht, auch wenn es Waylon an die Nieren geht. Von der eigenen Sicht aus überlagern subjektive Eindrücke.

»Ich hab's«, ruft Callum. »Aufpassen!«

Wie angewurzelt verharren Waylon und Dako in der Bewegung und halten gespannt die Luft an.

Ein leichtes Summen ertönt. Erwartungsvoll lässt keiner der Drei das Terminal aus den Augen. Fehlanzeige! Callum tritt an das Gerät, berührt es.

»Es arbeitet«, stellt er fest.

»Wär ein Wunder«, stichelt Waylon mürrisch.

* * *

Das Tauchboot wechselt mehrmalig selbstständig den Kurs. Lokar hat den Überblick schon längst verloren, welche Richtung ursprünglich eingeschlagen worden ist. Und ohne genaue Kenntnisse, wo die Unterwasserstadt liegt, ein Unding! Er kann nur hoffen, überhaupt irgendwo anzukommen.

Abermals leuchtet ein Warnsymbol auf. Daneben einen Code, die Lokar sehr bekannt ist: Defektes Filtersystem! Hektisch tippt er die Zahl an. Siebzig Prozent Leistung, abfallend. Das reicht keine viertel Stunde mehr! Sofort verringert er die Geschwindigkeit.

Alle anderen Systeme laufen einwandfrei.

Der Antrieb stottert. Leistungsabfall um weitere fünfundzwanzig Prozent.

Lokar schellt sich einen Naivling. Wie dumm kann man nur sein, unvorbereitet in ein unbekanntes Gefährt zu steigen! Er wird die Kontrolle verlieren. Und dann käme er niemals weg! Die rettende Kapsel würde zu seinem schwimmenden Sarkophag werden …

* * *

Über dem Terminal entstehen flackernd die Seiten eines virtuellen 3D-Hexaeders. Dazwischen versucht die Software ein Hologramm aufzubauen, was nur teilweise gelingt. Personen werden verpixelt und farblos dargestellt. Der Hintergrund ist gar nicht zu sehen. Im Sieben-Sekunden-Takt erfolgt eine diagonale Störung, die das Bild blitzartig zusammenfallen lässt, sich anschließend aber wieder beruhigt.

In der linken oberen Ecke schwebt ein transparenter Rundbutton. Waylon ist er gar nicht aufgefallen, als ihn Callum berührt. Sogleich verschwindet die Aufzeichnung und ein Rollmenü füllt den Bereich voll aus. Die Zeichen ähneln denen der Arimeaner, sind jedoch eindeutig älterer Herkunft.

Darüber zu sinnieren steht Waylon nicht der Sinn. Dies überlässt er liebend gern dem *Wächter*, der sich anscheinend zurechtfindet. Zweifelsohne besteht zwischen beiden Schriftzeichen ein unmittelbarer Zusammenhang. Sieht man von minimalen Abweichungen in der Symbolik ab, ist eine Verwandtschaft nicht zu leugnen.

»Was tust du?«

»Ich versuche in die Datenstruktur vorzudringen. Gelingt mir aber nicht.«

»War das eine Aufzeichnung?«

»Glaub schon.«

»Sicher bist du dir nicht, Callum?«

»Nein, Dako. Warum?«

»Es kam mir vor, dass die Szene hier in der Höhle sich abspielte …«

Der *Wächter* schaut verblüfft auf. Verstehend nicken sich die Männer zu. Einige Fingerzeige später, startet wieder das Hologramm.

* * *

Unglücklicherweise ist keine Rettungskapsel oder ähnliches zu finden. Ein Notfall kam für Lokars Nachfahren wahrscheinlich nicht infrage. Langsam wird die Situation brenzlig. Im letzten

Moment leitet er das Auftauchen ein. Durch die Panoramaverglasung beobachtet er den rasanten Auftrieb. Nur noch dumpf kann er Geräusche hören. Spät erkennt er seine bedrohliche Lage. Mit zitternder Hand drosselt Lokar die Geschwindigkeit. Dann legt er sich erschlafft zurück und schaut auf die langsam näherkommende Wasseroberfläche. Seltsames ist dort zu sehen. Ein unförmiges, schwarzes Gebilde wird als Schattenriss dargestellt, dessen ausgebreitete Arme ihn umschlingen wollen.

Zweiunddreißig

Inselenklave Methua vor 154 Millionen Jahren. Unterkunft Sulantreas.

Die Nacht bricht herein. Nach dem Aufstieg über die Steinbrücke, stellen sie fest, dass ihr Forschungsausflug sehr lang gedauert hat. Etwas müde und froh, wieder oben zu sein, bestimmen die Eindrücke den weiteren Tagesverlauf. Es ist ein einschneidendes Erlebnis, das ihr Leben tiefgreifend verändert hat.

Bisherige Denkweisen sind von einem Moment auf den Anderen zu Fall gebracht worden. Die einzig gültige und propagierte Weltanschauung zerplatzt wie eine Seifenblase. Und ähnlich wie diese, geschieht es einfach ohne Vorwarnung. Es ist noch nicht absehbar, welch Ausmaß die Informationen annehmen werden. Bis jetzt wissen nur die *Methelems* davon. Und als Ausgestoßene, unwillkommene Mitglieder einer elitären Gesellschaft, die sich anmaßt, alleinigen Anspruch auf den Status ›Erstintelligenz‹ zu erheben, gilt es, dass neu erworbene Wissen zum richtigen Zeitpunkt als Pfand einzusetzen. In Zukunft wird sich das Räderwerk andersherum drehen!

Keiner denkt daran jetzt schlafen zu gehen. Zum allerersten Mal verbringen die Vier die Nacht gemeinsam in freundschaftlicher Diskussionsrunde. Sulantrea hat vor ihrer Behausung ein Lagerfeuer entfacht und einen Kessel des köstlichen Kräutersuds aufgesetzt. Das süffige Heißgetränk ist so begehrt, dass Urio losgegangen ist, um neue Kräuter zu holen.

Als neue Erfahrung kann auch die ausgelassene Atmosphäre bezeichnet werden. Einsam verbrachten sie die meiste Zeit zurückgezogen ohne jeglichen Kontakt. Schmerzhaft verdaut Jeder den Teil der Biographie, der für alle Zeit verloren ist.

Ab heute wird alles ganz anders werden!

Hauptthema ist und bleibt Khills Bericht. Die tollkühnsten Theorien werden geradezu kreiert und ausgiebig gegeneinander abgewogen. Fast scheint ein Wettbewerb ausgebrochen zu sein, was natürlich der frohen Laune keinen Abbruch tut.

Kurz vor dem Morgengrauen verabschieden sie sich voneinander. Zusammengeschweißt durch einen Zufallsfund mit verbesserter Zukunftsperspektive gehen sie schlafen.

Auch für Orinario ist die Nacht zum Tag geworden. Geistesabwesend lässt er wieder und wieder die Aufnahmen der Überwachungskameras im Hexaeder abspielen. Zwei nicht systemzugehörige Himmelskörper – einer als Mond und der Andere als Planet klassifiziert – erscheinen am Firmament. Sogleich hat Patriarch Dharidma ein Bataillon Raumsonden losgesandt, um erste Analysen zu erhalten. Bis jetzt haben ihn noch keine Daten erreicht. Die Warterei macht mürbe. Aufgewühlt und schlecht gelaunt beginnt Orinario zu schimpfen.

»Wann kommen denn nun mal die Daten! Das kann doch wohl nicht wahr sein!«

Entnervt wandert er schwer auftretend durch seine Wohnwabe.

»Verdammt«, flucht er. Sein Ansehen würde schlagartig sinken, wenn er in der Öffentlichkeit derartige Wörter benutzen würde. Immer strahlt er überlegene Ruhe und weise Gelassenheit aus. Dafür ist Orinario beliebt.

»Arbeiten die ›Dinger‹ überhaupt?«

Sie arbeiten, würdiger Orinario.

Was war das?!

Der Älteste sieht sich mit hektischen Kopfbewegungen um. Das fehlte noch, ungebetenen Besuch bekommen zu haben! Indes vollführt sein Körper fahrige Bewegungen besonderer Art.

Er ist allein … Eine Sinnestäuschung! Das muss es sein. Wenigstens ist die gröbste Wut verraucht.

Das Hexaederbild verändert sich. Nicht viel, aber durch das permanente Abspielen fällt es sofort auf. Vor Aufregung bemerkt er nicht, dass es gar nicht mehr die Aufzeichnung ist, sondern ein Live-Bild. Bei Neuigkeiten erfolgt eine sofortige Umschaltung.

»Interessant«, flüstert er.

Zwischen blauer Halbsichel und unscharfen Mond erscheint noch ein fremdes Objekt. Anfangs denkt Orinario an einen Schattenwurf, verwirft dies aber wieder; dafür sind die Kanten zu sauber. Und woher soll der Schatten auch kommen! Nein, das ist es nicht …

Atmosphärische Störung schließt er ebenfalls aus. Bleibt nicht mehr viel. Der Form nach … ja … das ist künstlichen Ursprungs! Erschaffen von einer unbekannten Spezies. Ein Raumschiff! Urigoren?

Erschrocken springt er auf. Ein Angriff! Das muss sofort Dharidma erfahren! Wenn es diese verdammten Urigoren sind, ist es schlecht um Arimea bestellt. Das bedeutet Krieg!

Beruhige dich, Orinario.

Abermals rotiert sein Kopf.

Spielt ihm jemand einen Streich? Da hat garantiert irgendjemand einen Empfänger versteckt. Unmöglich! Die Wabe verfügt über eine neunfach Sicherung! Nur er selbst kennt den Code. Oder liegen einfach nur die Nerven blank? Wundern würde er sich nicht, bei all dem Trubel der letzten Zeit …

Doch warum hört er dann eine Stimme?

Weil ich dir meine Gedanken schenken möchte, Ältester, und nur auf einen geeigneten Zeitpunkt gewartet habe.

›Das gibt's doch nicht! Kann nur ein Traum sein!‹

Schon zwickt er sich heftig in den Arm.

»Ah«, stöhnt Orinario, als der Schmerz sein Bewusstsein erreicht.

Du musst dich nicht peinigen. Öffne deinen Geist!

»Geist öffnen? Ich mach nichts anderes!« Er fühlt sich verhöhnt und verspottet. Von wem auch immer! Nun gut.

Dein Geist ist nicht frei, Orinario.

Quatsch!

Du weigerst dich, das Naheliegende zu erkennen, als das, was es ist.

»Und was ist das ›Naheliegende‹, deiner Meinung nach?!«

An was dachtest du, als du die Erscheinungen bemerkt hast?

Eine unendliche Leere findet er in seinem Kopf diesbezüglich vor. Was war das nochmal?

Zwischenzeitlich ist soviel geschehen, dass das Kurzzeitgedächtnis nicht mehr hinterher kommt, die Erinnerung chronologisch abzulegen. Insgeheim hofft Orinario auf die Stimme, die ihm offenkundig anheim gefallen ist. Doch sie schweigt.

Konzentriert schließt er die Augen und ruft sich den Moment ins Gedächtnis. Der retrospektive Anblick erschaudert ihn erneut. Orinario erfasst eine heftige Gefühlswallung. Darauf ist er nicht vorbereitet gewesen; die Emotionsflut droht dem Ältesten schlichtweg zu übermannen. Es kostet einiges, dem entgegenzusteuern.

Lass Gefühlsregungen zu. Willst du allein sein?

Stumm nickt er nur.

Sein Sekretär weckt Patriarch Dharidma unsanft und unterrichtet ihn über die neuen Ereignisse. Sogleich eilt Dharidma zum Hexaeder, der ein dreidimensionales Abbild als Hologramm darstellt.

»Schon bekannt, was das ist?«

Der Sekretär verneint wahrheitsgemäß.

»Ruf Orinario!«

»Tut mir leid, Majestät. Der Älteste ist unerreichbar …«

Dharidmas Miene versteinert.

»Tuteno?«

»Ebenfalls nicht.«

Das gab's noch nie, dass keiner der Beiden erreichbar ist.

»Versuch es weiter, Fuggarol. Ich brauche einen Entscheider des Magistrats.«

Fuggarol verbeugt sich unterwürfig und verlässt das Gemach.

Unruhig steht Sho-Ril noch einmal auf. Er findet keinen Schlaf, obwohl die Müdigkeit ihn eigentlich übermannen sollte. Der Kräutersud hat eine ungewohnt berauschende Nachwirkung. Hat er doch zu viel davon getrunken? Leichtes Kopfweh deutet darauf hin.

Frische Luft wird ihm guttun! Deswegen geht er vor die Tür und saugt die Nachtluft genussvoll ein. Dabei fällt sein Blick auf ein nie da gewesenes, spektakuläres Himmelsphänomen …

Ganz Arkonim ist auf den Beinen. Tuteno ist damit beschäftigt, endlich aussagekräftige Daten zu bekommen. Doch die entsandten Sonden schweigen.

Alle Anwesenden des *Wächter*-Magistrats haben sich in der Haupthalle versammelt. Ein Disput ist entstanden, der für diese

Tageszeit sehr ungewöhnlich anmutet. Man wartet sehnsüchtig auf klare Aussagen. Begriffe wie Angriff und Krieg machen die Runde. Einige vermuten sogar das Ende des Universums, wenigstens jedoch eine bevorstehende Katastrophe.

Thesen, die Tuteno jetzt noch nervöser werden lassen. Zu allem Überdruss kann er Orinario nicht erreichen.

Unheil erahnend tritt der Vorsitzende des Magistrats vor die Versammelten. Als dringend notwendig erachtet Tuteno die Einhaltung der Ruhe. Viel kann er nicht mitteilen. Das Einzige was in seiner Macht steht ist, den Seinen eine brennende Ansprache zu halten.

»Hast du so etwas schon einmal gesehen?«

Eliwor geht unruhig vornweg. Die Nachrichten des arimeanischen Fernsehens sind mehr als beunruhigend. Alle Sender, auch die, die mit den *Blendern* sympathisieren, zeigen dieselben Bilder.

Sie hat es im Röhrengebäude nicht länger ausgehalten. Sie muss raus und es mit eigenen Augen sehen. Eliwor hat die Tageszeit völlig außer Acht gelassen – denn es ist mitten in der Nacht! Dieses Ereignis aber ist so brisant, dass sie einfach Amerona unsanft aus den Schlaf holt.

Jetzt jagen beide sensationsfiebrig durch die Dunkelheit. Wegen des Kesselgebirges rund um Burali, müssen sie, um etwas zu sehen, eine erhöhte Stelle aufsuchen.

Das Licht des Illuminationswerfers tanzt wild über den Erdboden.

»Gleich … gleich haben … wir es … geschafft …«, ruft Eliwor atemlos. Trotz guter körperlichen Verfassung kämpft sie tapfer gegen buralische Unannehmlichkeiten an. In dieser Gegend sind keine der sonst installierten Luftduschen vorhanden. Und vor lauter Hektik, haben sie die mobilen Kapseln schlichtweg vergessen. Nun rächt sich bitterlich ihr übereilter

Aufbruch.

»Mach … langsam, Eli«, mahnt die Freundin. »Sonst … machst du … schlapp …« Auch Amerona ist aus der Puste.

»Gleich … Rona … gleich …«

Mit überarimeanischen Kraftaufwand erreicht Eliwor entkräftet, aber überglücklich die Erhöhung. Von hier aus ist der Blick frei auf das absonderliche Spektakel. Erst als ein älterer Einheimischer auf sie zukommt, um Eliwor eine Luftkapsel reicht, gewahrt sie die anderen Leute. Dankbar nimmt sie einige Tiefe Atemzüge.

»Sie sollten besser auf sich aufpassen«, spricht der Mann sie an. »Burali hat seine Tücken, junge Frau.«

»Ich weiß … und bin … Ihnen dankbar … dass wenigstens Sie … daran … gedacht haben … Aber … «

»Die Erscheinung ließ Sie kopflos handeln. Ja, jung müsste man nochmal sein …«

Eliwor gibt der Freundin, die nun auch ankommt, die Kapsel weiter. Dann sieht sie fasziniert und ängstlich zugleich in den glimmenden Himmel.

»Man sagt«, beginnt der Alte von eben, »dass der ›Wanderer‹ heimkehrt.«

»Der ›Wanderer‹?«

»Er erscheint ohne ersichtlichen Grund«, spricht er im verschwörerischen Tonfall weiter, »und fordert seinen rechtmäßigen Platz.«

Amerona fasst Eliwor derb unter.

»Geh nicht darauf ein«, wispert sie. »Er will dir nur Angst machen, mit diesem alten Märchen.«

Orinario hat sich mehr oder weniger wieder im Griff. Die Flut auf ihn einbrechender Emotionen war gewaltig und überwältigend. Solch einen Ausbruch hat er schon lange nicht mehr gekannt. Allein daran zu denken, macht unendlich traurig.

Vernehme nun, was ich mit dir teilen möchte. Von Wissen, das deine Art so nicht kennt. Wenn du dazu bereit bist, gib mir ein Zeichen.

Der Kreisälteste nickt apathisch. So erfährt er alles, was den Rogalit auszeichnet. Orinario hört regungslos zu, nimmt auf, was seine Ohren wahrnehmen, dass Gehirn jedoch nur schwer einordnen kann. Da der Rogalit direkt über die Gehirnschwingungen kommuniziert, empfängt er auch die Gedankenfetzen seines *Gesprächspartners*. Geduldig und wortreich erklärt das Kristallwesen die Zusammenhänge. Über den Direktkontakt ist es möglich, auch Gefühle anzuregen. Auf diese Weise lernt Orinario eine neue, unbekannte Welt kennen, von der er stets geglaubt hat, dass er sie versteht.

Dreiunddreißig

Inselenklave Methua, Gegenwart.

Sie sind einstimmig der Meinung, dass die Aufnahmen dieselbe Stelle zeigen, an der sich Callum, Dako und Waylon im Moment befinden. Der schlechte Zustand des Videohologramms lässt kaum Details erkennen. Einen länglichen Gegenstand scheint eine der Frauen in der Hand zu halten, und Waylon glaubt zu wissen, was es ist.

»Ein Kristall?«, haucht Waylon skeptisch. So richtig will er es nicht wahrhaben.

Der *Wächter* versucht unentwegt die Qualität zu verbessern. Kurz kommt es zu Bildaussetzern. Grummelnd flucht Callum. Doch nach wenigen Sekunden können die Drei dem Geschehen weiter folgen. Im zwölf-Sekunden-Takt erscheinen vertikale Störstreifen.

»Besser geht es nicht.«

Die Szenen wirken etwas plastischer als zuvor. Callum hantiert weiter an den Einstellungen herum. Der Hexaeder wird schwarz. Dann ein blitzartiges Aufleuchten der gesamten Hologrammfläche. Nochmal stößt er einen heftigen Fluch aus.

»Wer mögen sie sein?«, fragt leise Dako.

»Können nur Ausgestoßene sein«, antwortet Waylon ebenso leise.

»Sie waren die einzigen Bewohner hier«, erinnert Dako.

Waylon schaut den Dakota prüfend in die Augen.

»Was, wenn diese Vier etwas herausgefunden haben? Zum Beispiel, wie das alles hier funktioniert?«

»Halte ich für ausgeschlossen«, mischt sich der *Wächter*, der aufmerksam zugehört hat, sich ein.

»Warum? Wäre doch möglich!«

»Theoretisch vielleicht, aber nicht in der Praxis.«

»Weil?«

»Das ist faktisch keine arimeanische Technologie!«

* * *

Innerhalb von Augenblicken muss Lokar eine Entscheidung treffen. Entweder sein Leben riskieren oder langsamer auftauchen, dadurch aber in Kauf nehmen, langsam zu ersticken. Er spürt bereits die fehlende Durchblutung des Gehirns, denn das Denken fällt bereits ungemein schwer. Dagegen hat sich die Herzfrequenz um ein Vielfaches erhöht und die Beine sind schwer wie Blei. Lokar wählt den Mittelweg. Die Muskeln bis zum Äußersten gespannt und mit ungebrochener Willenskraft gelingt ihm fast unmögliches. Er schafft es, den Auftrieb um die Hälfte zu verlangsamen.

* * *

Der Hexaeder zeigt eigenwillige, ineinander verschlungene Symbole. Selbst Callum hat absolut keine Ahnung, um was für welche es sich handeln könnte. Seltsam berührt, weicht er zurück.

»Was ist?«, fragt Waylon, dem des *Wächters* Reaktion suspekt ist. Doch etwas sagt ihm, dass er keine Antwort darauf erhalten wird.

Im Gegensatz zur Videosequenz ist die Darstellung der Sinnbilder exakt und farbenfroh. Es gibt nichts vergleichbares auf den zwei Welten. Unstrukturiert und keiner bekannten Logik folgend, lässt sich nichts daraus deuten oder hinein interpretieren.

»Wenn man wüsste, was wohin gehört«, meint Dako nachdenklich.

»Ohne jeglichen Anhaltspunkt?« Waylon schüttelt kategorisch mit den Kopf. »Für mich ist es eher ein schlechter Versuch, eines misslungenen Stereobildes.«

Dako wird noch ruhiger, als er schon ist.

»Wiederhol das noch mal«, fordert er Waylon mit unterschwelliger Stimme.

»Was soll ich wiederholen?«

»Das, was du hast gerade gesagt hast!«

Waylon versteht jetzt gar nichts mehr. Hört Dako schlecht?!

»Es wirkt auf mich wie gewollt, aber nicht gekonnt!«

»Wortwörtlich … bitte …«

Eigentlich haben Sie anderes zu tun, als sich über Gesagtes oder Nichtgesagtes auseinanderzusetzen. Und jetzt will es Waylon partout nicht einfallen, was er gerade eben verlauten ließ! In seinem Kopf herrscht eines von diesem mysteriösen Vakuums, das sich immer dann einstellt, wenn es darauf ankommt. Oder, wenn eine Idee einem fasziniert und im nächsten Augenblick einfach verschwunden ist.

»Stereoskopie«, murmelt Dako vor sich hin. »Du erwähntest Stereobilder …«

»Du meinst diese bunten Fantasiebilder?«

Dako nickt, hebt aber gleichzeitig die Hand, um anzuzeigen, in Ruhe gelassen zu werden.

Callum und Waylon wechseln fragende Blicke.

Der Dakota geht ganz nah an den Hexaeder heran. Ändert mehrmals den horizontalen Abstand und starrt auf die miteinander verwundenen Symbole. Die Augen entspannend, sucht er nach dem imaginären Horizont, also den Punkt, der am weitesten im Hintergrund des Bildnisses liegt. Kurzzeitig hat er den Eindruck, etwas zu erkennen, was frei vor den Symbolen schwebt. Allerdings verschwindet der Eindruck sofort wieder. Es gehört schon einiges an Übung dazu, im Gewirr der Linien und Punkte Verborgenes zu erkennen, das trotz zweidimensionaler Darstellung einen dreidimensionalen Effekt bewirkt. Hinzu kommt, dass er nicht weiß, wonach er sucht! Außerdem strengt diese Art des Sehens unwahrscheinlich an.

Dako reibt sich die Augen. Dann wiederholt er das Ganze nochmal.

Eine räumliche Tiefe entsteht vor ihm. An den Rändern flimmert es, was an der ungeübten Fokussierung liegen mag. Davon lässt er sich nicht stören. Und tatsächlich erwächst für Sekunden ein Emblem oder Logo hervor.

Er lacht auf, was Waylon wiederum skeptisch als Halberfolg deutet.

»Und?!«

»Du hattest Recht, *micinksi*. Es funktioniert wie ein Stereobild …«

⚹ ⚹ ⚹

Lokar bekommt kaum noch Luft. Quälend langsam kommt das schwarze Ungetüm näher. Leichter Wellengang verzerrt dessen Ränder, das sich da oben aufhält. Lauernd wartet es auf seine Beute. Was es ist, kann Lokar nicht sagen. Aber er benutzt es als Anhaltspunkt, des ansonsten nicht erkennbaren endlosen Wasserhorizonts.

Vom Sauerstoffmangel ermüdet, schafft es Lokar nicht länger, die Augen offen zu halten. Erschöpft ergibt er sich ins unausweichliche, ihn vorbehaltenem Schicksal …

* * *

Dako erkennt sieben Objekte in der Symbolstruktur. Drei ›schweben‹ oben auf, die restlichen, jeweils versetzt, darunter. Irritierend ist eine nicht zu leugnende Beweglichkeit der Objekte, die mit den Augenbewegungen auch ihre Positionen zu verändern scheinen. Erst glaubt er an eine Sinnestäuschung, jedoch gelingt es ihn bald eines der oben liegenden Objekte ruckweise zu bewegen.

Augensteuerung!

Das ist es! Von Augen gesteuerte Gesten übernimmt das System und wandelt es um. Genial wäre untertrieben. Das ist ausgeklügelter Perfektionismus pur! Unvergleichbare intelligente Umsetzung einer Schnittstelle zwischen biologischen Wesen und Technologie! Überwältigend!

Dako tritt vom Hexaeder zurück. Auf seine Begleiter wirkt er erschöpft und desorientiert. Die rotunterlaufenden Augen sprechen für sich.

* * *

Der Ruck ist heftig. Lokar reißt die Augen auf. Das Tauchboot schippert auf den Wellen. Über ihn erstrahlt der Himmel. Doch die Sonne wird verdeckt. Ein stehender Schatten verdeckt größtenteils die Sonne.

Zum Glück springen seitlich angebrachte Luken selbstständig auf und gewährleisten ungehindert den Luftaustausch.

Ziemlich schnell verfliegt Lokars Müdigkeit. Die Anzeige des fehlerhaften Filters prangt mahnend auf dem Schirm. Daneben die Meldung, gefahrlos aussteigen zu können.

In seinen Beinen kribbelt es unangenehm. Jede Regung verursacht einen kurzen, aber sehr intensiven Schmerz. Mühevoll legt er die Beine hoch.

›Nochmal gut gegangen‹, denkt Lokar erleichtert, und

macht einen tiefen Atemzug. Er spürt, wie das Blut in den Oberkörper zurückfließt. Lauscht seinem sich beruhigenden Herzschlag. Versunken in Gedanken, die die letzten Minuten betreffen, pumpt er unbewusst mit den Händen; ein automatischer Reflex des Körpers.

Kühle Meeresluft vertreibt endgültig die mit Kohlendioxid belastete Luft. Die frische, würzige Brise liefert den Impuls, wieder klarer zu denken.

›Was bist du?‹

Die stille Frage ist an das die Sonne abschirmende Objekt am Himmel gerichtet. Daneben ist im von Dunst umgeben, eine Planetensichel zu sehen.

Der ungewöhnliche Anblick bringt Lokar auf die Beine. Wenn er es nicht besser wüsste, würde er annehmen, dass dieser Planet nicht Arimea sein kann. Solch nahen Begleiter besitzt der Heimatplanet nicht. Jedenfalls nicht zu seiner Zeit!

Hat irgendeine Katastrophe in der Vergangenheit stattgefunden, die aus seiner Sicht dennoch in der Zukunft liegt, und Arimea aus der Bahn geworfen? Dies würde die Toten in der Unterwasserstadt erklären, vor denen er Hals über Kopf *geflüchtet* ist. Und dabei kam er von einem Extrem ins Andere.

Dagegen spricht der Fortbestand des Planeten. Die Luftqualität ist ausgesprochen gut. Ebenso funktioniert die Schwerkraft.

Lokar erhebt sich. Noch zittern ihm die Beine, aber mit bedachtsam ausgeführten Schritten kommt er sicher ans Panoramafenster.

* * *

Dakos unermüdliche Experimentierfreudigkeit verblüfft. Je öfter er probiert und je länger die Hexaederprojektion betrachtet, umso mehr Einzelheiten macht er aus. Haben die Erbauer des Konstrukts hier so etwas wie ein Betriebssystem eines Rechners entwickelt? Das liegt nahe, lässt sich doch eine gewisse Menüführung nicht ganz ableugnen.

Alle Aufmerksamkeit ist auf den Hexaeder und Dako gerichtet. Keiner achtet auf den Maki, der gelangweilt in die Gegend starrt. Dem Äffchen ist jede Apparatur egal. Hier unten gibt es nicht einmal Bäume, an deren Ästen genagt werden könnte. Dem Geruch nach zu urteilen, ist das Loch schlichtweg eine stinkende Kloake. Was die Menschen daran finden, ist Wihakayda schleierhaft. Stundenlang begaffen sie das Ding.

Unbemerkt macht die *Kleine* sich aus dem Staub. Irgendwo gibt es bestimmt interessanteres und vielleicht etwas zum Fressen. Den Zweibeinern wird es nicht auffallen; die sind ja immer so sehr mit sich beschäftigt und ergeben sich in unendlich langem zeterndem Palaver.

Wenigstens feuchtes Moos gibt es. Wo Moos wächst, sind meist Bäume nicht weit! Angespornt der vielversprechenden Aussicht, überwindet Wihakayda die künstlichen Schluchten in weiten Sätzen.

* * *

Unweit des jetzigen Standortes erhebt sich ein Bergmassiv aus den Fluten. Rund um die Felseninsel ist das Wasser charakteristisch dunkler, ähnelt einer schlammigen Masse.

»Methua«, entfährt es Lokar respektvoll. »Die sagenumwobene Insel, die niemals ein Arimeaner betreten kann.«

Es rankten sich seit Beginn der Besiedelung unzählige Gerüchte darum. Die Meisten waren weit hergeholt und allein überschwänglichen Fantasien entsprungen. Nun befindet er sich ganz in der Nähe. Ein Zufall?

Lokars Blick geht gen Himmel. Vage glimmen die Ränder der Objekte auf. Nun weiß er, was zu tun ist …

* * *

Während Dako weiter versucht, die Symbole seinen Mitstreitern halbwegs zu beschreiben, bekommt er einen noch besseren Einblick in die zweidimensionalen Tiefenwirkung. Insgesamt kann er drei Ebenen unterscheiden. Auch gibt es einen Zusammenhang zwischen sehen und denken. Will er eine ›Schaltfläche‹ betätigen, braucht Dako sich nur vorzustellen, was er tun will.

Callum fragt in Abständen nach, ob er richtig verstanden hat. Im Geiste entsteht so ein ebenbürtiges Abbild von dem, was der ehemalige Gewahrer sieht. Dabei kann jedes Detail von größter Bedeutung sein.

Plötzlich ein Knall. Dako zuckt auffällig zusammen, verändert ruckartig um ein Zehntel die Blickrichtung. Abrupt erlöschen die drei Ebenen und an ihrer Stelle erscheint großflächig ein Piktogramm. Dahinter zuckt und blitzt es unentwegt.

Vierunddreißig

Arimea vor 154 Millionen Jahre, Inselenklave Methua.

Die Himmelserscheinung bringt Unruhe über Gesamt-Arimea. Auf der Insel sind die *Methelems* geradezu schockiert. In der Nacht leuchtete das Firmament eigenartig. Blitzende Flammen züngelten an den Konturen. Vom Sternenhimmel war nichts zu sehen. Jetzt, bei Tageslicht, wird das glimmende Leuchten blasser, bleibt allerdings vorherrschend.

Rhobal schaut unentwegt in den Himmel. Er hat schon vieles gesehen. Doch dies sprengt alles Dagewesene. Besondere Aufmerksamkeit fordert ihn das schwarze Raumgefährt ab. Nach außen hin scheint es ein Schiff zu sein, erschaffen von einer überdurchschnittlich hohen Intelligenz. Aber etwas stört Rhobal. Nur was?

Sind es die flüssigen Bewegungen der riesigen Teleskop-Arme? Zu flüssig, empfindet er! Viel mehr wirkt das Ding eigenartig *lebendig.*

Ein lebender Organismus in dieser Größe? Unwahrscheinlich. Wovon sollte das Geschöpf denn leben? Außer kosmischer Strahlung existiert da draußen nur Leere. Einige der aufstrebenden modernen Wissenschaftler behaupten zwar, dass noch eine universelle Macht vorhanden sein *muss*; Beweise bleiben allerdings aus.

In der Rogaliten-Höhle sitzt Sho-Ril, der Kristallflüsterer. Zu seinem Leidwesen bleibt der Kontakt aus. Er braucht Antworten. Warum reagiert der Rogalit nicht? Ist daran etwa die Anomalie schuld?

Eine Verbindung kommt im Moment nicht zustande. Geknickt verlässt der Flüsterer die Grotte. Ihm geht es mental schlecht. Wenn er wenigstens den Grund kennen würde, weshalb der Kristall schweigt …

Provinz Arkonim.

Er spürt, dass er allein ist. Nie hätte er sich träumen lassen, so etwas jemals zu erleben. Gefühlsmäßig *durchlebt* er selbst die Geschichte, in die ihn der Rogalit einführt. Nicht in irgendeiner, dies wäre kein Grund, affektiv zu reagieren. Es ist *die* Geschichte schlechthin, über die Entstehung Arimeas. Und er mittendrin …

Orinario ist tief beeindruckt. Seine Meinung über die Anfänge sowie derer der *Methelems* hat sich grundlegend geändert. Plötzlich versteht er die enge Verquickung. Die Geschicke Arimeas werden bestimmt, durch die Verflechtung aller Dinge dieser Welt, nicht durch einzelne Denker. Diese können zwar einen Weg ebnen, doch wenn ihnen keiner folgt, dann ist es verlorene Liebesmüh. Jeder übernimmt die Aufgabe eines winzig kleinen Zahnrades.

Nicht alles ist mit Logik erklärbar. Eine neuartige Erfahrung, die Orinario bisher komplett vernachlässigte oder gar arrogant ignorierte. In den letzten Stunden hat ihn der Rogalit auf unkonventioneller Weise die Augen geöffnet.

Um zu verstehen, muss man die Vergangenheit kennen, um mutig Schlussfolgerungen daraus zu ziehen, dann kann die Gegenwart gestaltet werden und man ist für die Zukunft gerüstet.

Orinario begreift sein altes und gegenwärtiges Handeln, welches im unmittelbaren Zusammenhang steht. Und ihm wird bewußt, was er getan hat.

Deine Erkenntnis trifft zu. Ohne es bemerkt zu haben, ist die Stimme des allgegenwärtigen Rogaliten wieder da.

»Welche meinst du?«

Die des Zeitbebens.

Was hat er nur getan? Hat es etwas damit zu tun, dass er stets das Gefühl hat, etwas vergessen zu haben?

Die Weichen wurden neu gestellt, somit wurde die Zukunft verändert.

»Wann? Von wem?«

Das ist nicht relevant, Orinario.

»Für mich schon. Man könnte …«

Das ist nicht mehr möglich. Jedenfalls nicht hier von Arimea aus.

»Ich versteh nicht …«

Du wirst begreifen.

»Sprich nicht in Rätseln, Kristall! Hilf mir lieber!«

Habe ich das nicht bereits?

»Schon … ja … Aber es gibt noch mehr, dass ich wissen muss …«

Bist du des Wissens würdig, wirst du es ohne mein Zutun herausfinden.

Sich darüber einig, der Anomalie nichts entgegensetzen zu können, folgen sie Rhobals Vorschlag, weiter das unterirdische Arsenal zu untersuchen. Besser vorbereitet und gut versorgt, legen die *Methelems* den Weg über die steinerne Treppe zügig zurück.

»Kommt es nur mir so vor, oder sind wir wirklich schneller?«

»Wir sind schneller, Sulantrea.«

Dies als Tatsache im Hinterkopf, erreichen sie den Boden. Sofort nimmt jeder seine zuletzt ausgeführte Tätigkeit auf. Sie schlüpfen in die Rolle eines Forschers, Archäologen oder Amateurgelehrten.

Rhobal untersucht einen koffergroßen Gegenstand, der ihn das letzte Mal aufgefallen war. Um die fünfhundert Gramm schwer, ist der ovale Kasten eher unscheinbar. Keine Öffnungen, keine Verschraubungen. Rhobal fällt es schwer herauszufinden, was oben und was unten ist. Dann erkennt er auf der einen Fläche in der Mitte ein Loch. Schnell wird ihm klar, was er da in Händen hält.

Jählings blitzt es in der Höhle auf, gefolgt vom ärgerlichen Schimpfen Sho-Rils. Der Blitz war so grell, dass auf der Netz-

haut längere Zeit ein weißer Punkt das Sehvermögen ein-
schränkt.

»Sho?!«

»Nichts passiert«, beteuert der. »Gleich hab ich's …«

»Was machst du?«

Rhobal ist verstimmt, haben sie doch vereinbart, nichts ohne Absprache zu unternehmen. Offensichtlich hält sich Sho-Ril
nicht daran; anders ist es nicht zu erklären.

Als Rhobal vergeblich auf Antwort wartet, wird es wie
durch Zauberhand hell. Diesmal erfolgt kein Schimpfen.

»Werte Anwesende«, donnert Sho-Ril mit verstellter Stimme, »willkommen im Reiche des Lichts!«

Soweit das Auge reicht erstrahlt es Taghell. Von diesem
Ausmaß der unterirdischen Anlage der fremden Spezies sind
sie einfach nur grandios überwältigt. Sprachlos von dieser
gewaltigen Ansammlung außerirdischer Apparaturen, bleibt
nur fassungsloses Staunen.

Die nächsten Stunden bleibt der Rogalit stumm. Orinario nutzt
die Zeit, sich zu sammeln. Eine kaum lösbare Aufgabe hat ihm
der Kristall aufgetragen. Er, Orinario, solle sich als würdig
erweisen! Je länger er darüber nachdenkt, umso irrealer kommt
es ihm vor. Hat das Gespräch tatsächlich stattgefunden?
Schließlich spielte sich alles nur im Kopf ab!

Der Älteste atmet tief ein und aus. Auf dem Schwebebild-
schirm prangt unverändert die Anomalie. Es erwächst der Eindruck, als ob die Objekte wachsen. Die blaue Sichel wird bau-
chiger. Noch verhindert Dunst die klare Sicht, doch auch der
erscheint durchlässiger geworden zu sein.

Ein dringendes Bedürfnis bemächtigt sich seiner; kurzentschlossen verlässt er seine Wohnwabe.

Es sind jetzt weniger Arimeaner draußen, was nicht weiter
verwundert, wird doch ein Live-Bild rund um die Uhr gesen-

det. Rasch erklimmt Orinario den Westhang hochschlängelnden Pfad und erreicht, ein bisschen außer Atem, das Plateau.

Am Geländer sich abstützend, richtet er den prüfenden Blick empor. Die Himmelskörper wirken bedrohend nah. Ihm kommt es vor, als brauche er nur den Arm auszustrecken und könne sie berühren.

Ich spüre deine Furcht, erklingt die Stimme.

»Ja, die fühle ich …«, sagt er mit heißerer Stimme.

Fürchte dich nicht, Orinario! Es besteht keine Gefahr. Nenne es ein Trugbild.

»Trugbild?«

Das Zeitbeben macht sie sichtbar. Sie stehen für Vergangenes und Zukünftiges. Deine Art wird in Abertausenden von Jahren von einer Zeitirritation sprechen. Auch sie werden über diesen Anblick erstaunt sein.

»Wie ist das möglich?«

Es klingt ungeheuerlich!

Ihr habt in die Zeit maßgeblich eingegriffen, und habt sie dadurch destabilisiert. Du hast daran keine Erinnerung. Der Riss in der Zeit verselbstständigte sich. Alle aufgetauchten Himmelskörper sind davon betroffen. Den Mond Uridräo werden Arimeaner in weit entfernter Zukunft zu ihren Stützpunkt machen. Der Blaue Planet ist ein Relikt aus dieser Zukunft. Dort lebende Menschen sind das Ergebnis einer Unvorsichtigkeit, die kurz bevorsteht.

»Und das unförmige Gebilde …«

… ist ein Raumschiff deiner Vorfahren …

Orinario schluckt.

Vor 52.000 Jahren besiedelten galaktische Flüchtlinge den Planeten. Sie nannten ihn Arimurius, was so viel wie ›Rettende Welt‹ bedeutet.

Der Älteste umklammert fest das Geländer, um nicht umzukippen. Vom Schock gezeichnet wird er bleich. Monoton und beinahe gleichgültig fährt die Stimme fort: *Ihr seid die direkten Nachfahren dieser Spezies. Durch die ›Große Kata-*

strophe‹ wurde Arimurius verwüstet. Nur wenige überlebten. Daraus seid ihr entwachsen.

Der Rogalit macht eine Pause, um seine Worte wirken zu lassen. Wieder ereilen Orinario emotionale Ausbrüche. Unbeirrt berichtet der Rogalit weiter.

◎

Sho-Ril hat den Generator in Gang gesetzt! Davon selbst überrascht, bricht er in ein kindlich schallendes Gelächter aus. Vor Freude könnte er Luftsprünge vollführen, beherrscht sich aber.

»Das funktioniert!« Urio findet als Erste ihre Sprache wieder. »Elektrizität! Und es hieß immer, das ist auf der Insel unmöglich!«

»Und *wie* das funktioniert«, ruft Sho-Ril stolz.

»Und wozu dient die Anlage?«, fragt besorgt Sulantrea. »Damit wird doch bestimmt etwas betrieben!«

Unverzüglich kehrt Betroffene Stille ein. Auf Sho-Rils Stirn bildet sich eine tiefe Sorgenfalte. Hat er einen Fehler begangen? Nicht auszudenken, wenn Sulantreas Vermutung zuträfe!

»Nun seht mal nicht zu schwarz«, beruhigt Rhobal. »Ich kann mir nicht vorstellen, dass die Erbauer keine Sicherungen eingebaut haben. Wir haben Strom, das ist alles.«

»Was meinst du mit *Sicherungen*?«

»Das ich ausschließe, dass mit der Energiezufuhr gleich sämtliche Geräte anspringen.« Rhobal sagt dies mit einem Selbstverständnis, dass es logisch klingt und jeden einleuchtet.

Durch die perfekte Ausleuchtung erhalten sie rasch einen Gesamtüberblick. Bald steht fest, dass sich die Anlage fast unter der gesamten Insel erstreckt.

Natürlich wird Neugier geweckt. Nur wenige Minuten später sind sie ausgeschwärmt. Rhobal bleibt an Ort und Stelle, denn das vor ihm liegende Oval ist zum Leben erwacht.

◎

Was kann er bloß tun? Etwas muss getan werden, da besteht gar keine Frage. Orinario kann doch nicht einfach die Hände in den Schoß legen und so tun, als wäre nichts geschehen. Er erahnt die Tragweite. Die Worte des Rogaliten versetzen ihn auch jetzt, wenn er daran denkt, einen Stich im Herzen.

Seine Welt bricht zusammen. Alte Ideale lösen sich in einem zähen Nebel auf. Doch eine bessere Sicht bekommt Orinario deswegen auf die Dinge noch lange nicht. Sollte wirklich alles falsch gewesen sein? War alles vergebens?

Die Ziele der ›Sternenbruderschaft‹ stehen auf dem Prüfstand. Bleibt die Frage, wieviel weiß der politische Gegner?

»Ich werde mit Tuteno darüber sprechen«, murmelt er.

Er wird dir nicht glauben. Er wird dich einen Scharlatan schimpfen.

»Warum sollte er? Wir kennen uns ziemlich lang.«

Mag sein. Dennoch wäre ich an deiner Stelle vorsichtig. Wähle mit Bedacht deine Worte.

◎

Über dem ovalen Körper schwebt ein virtueller Schirm. Seltsame Bildzeichen füllen die Fläche. Rhobal schaut sich nach den Anderen um – doch er ist allein. Konzentriert starrt er auf die Anzeige.

Die vom Gerät ausgehende Wirkung ist beträchtlich. Er ist nicht in der Lage, den Blick abzuwenden. Von der Darstellung in einen eigenwilligen Bann gezogen, versteinert Rhogals Gesicht.

Aus dem Apparat dringt ein dumpfes Summen. Gleichzeitig beginnen die Ränder zu flackern. Im Zentrum erscheinen sich drehende, pulsierende Muster, die den Eindruck erwecken, in einen Strudel hineingezogen zu werden. Davon wird Rhobal paralysiert.

In der Mitte der Höhle baut sich ein mehrere Quadratmeter großes Hologramm auf. Es zeigt einen Ausschnitt, der die Fremdartigkeit einer alten Kultur unterstreicht. Ein Mann betritt das Sichtfeld. Er ist reich geschmückt und trägt einen nicht minder auffälligen Talar.

«Es ist an der Zeit zum Handeln», schallt seine kräftige Stimme. «Vernehmt meine Entscheidung! Angesichts der erfolgreichen Umgestaltung Arimurius' werden wir mit der Umsiedlung umgehend beginnen. Uns erwartet eine neue Welt, die uns alles bietet, was wir brauchen. Diese Welt ist für uns gemacht. Aus eigener Kraft haben wir bewiesen, wozu wir imstande sind. Unsere Kultur wird überleben! *Wir* werden überleben!»

Der aufbrandende Jubel bestätigt die dem Manne aufgetragene Führungsrolle. Im Hintergrund läuft ein Timer; jedenfalls glaubt Sho-Ril dies zu erkennen.

«Die Zukunft ist gesichert. Alle werden ein neues Zuhause finden; keiner bleibt zurück.»

Neben dem Redner fährt eine glänzende Säule aus dem Boden. Auf Brusthöhe bleibt sie stehen und der obere Teil öffnet sich. Zum Vorschein kommt ein handgroßer Kristall. Wieder setzt Jubel ein. Als der Mann seine Hand hebt, verstummen die Rufe. Gebannt folgt Sho-Ril der vollführten Bewegung.

«Dieses Mineral ist der Schlüssel», spricht der Mann betonend langsam. Auf wenige Zentimeter hat sich seine Hand dem Stein genähert.

»Leuchtet der Kristall etwa?«

Von Sho-Ril unbemerkt haben sich Urio und Sulantrea neben ihm eingefunden. Tatsächlich durchziehen leuchtende Linien das Mineral.

«Die Transformation beginnt!»

Der Mann umfasst den Stein. Sofort umgibt beide eine türkisene Korona. Das Leuchten nimmt stetig zu, bis das Objektiv überfordert ist und alles im grellen Weiß überstrahlt.

Parallel dazu steht Rhobal auf, geht zu einem Schaltschrank und öffnet diesen. Unzählige Lämpchen flimmern. Ganz unten schwebt ein ähnliches Mineral, wie das im Hologramm gezeigte, durch ein Minikraftfeld positioniert. Rechts daneben ist ein Schalthebel angebracht. Ohne Zeit zu verlieren, zieht Rhobal ihn nach oben …

Auf dem höchsten Berg der Insel öffnet sich ein Krater, der bis jetzt von einer Steinplatte verdeckt worden ist. Durch Rhobals Aktivierung nimmt die Anlage die Arbeit auf, und ein Energie-Netzwerk wird aufgebaut. Über ausgeklügelte Kanäle, die die natürlichen Hohlräume ausnutzt, beginnt der Atommeiler in der Höhle mit der Energieproduktion. Im vorprogrammierten Intervallen bündelt der diese in einem kalten Laserstrahl. Diese köhärente Lichtbündelung wird über Spiegel in den Orbit umgeleitet. Dort trifft es Sekunden später auf die Rogalitmonde. Nach einer halben Minute steht das Netzwerk.

Doch etwas stimmt nicht. Die Lichtbündelung gerät ins Stocken. Einer der Arimea begleitenden Monde trudelt. Über die Jahrtausende hinweg hat sich dessen Umlaufbahn um wenige Grad verändert. Dadurch gerät der etwa zehn Kilometer im Durchmesser große Trabant außer Kontrolle. Trudelnd verlässt er vollends die Umlaufbahn und entschwindet ins All. In neunundachtzig Millionen Jahren wird er seine ungeplante Reise vollenden und auf dem Randplaneten Aremodon einschlagen. Siebenundneunzig Prozent allen Lebens werden ausgelöscht werden. Aber es wird eine neue Spezies entstehen, die in der Intelligenz der Arimeaner in nicht nachstehen werden.

Sobald der Laserstrahl unterbrochen wird, fährt die Anlage wieder herunter. Weder die *Methelems* noch die Arimeaner werden jemals erfahren, was soeben wirklich vorging.

Fünfunddreißig

Arimea, Inselenklave.

Breiig schwappt der Ozean schwer gegen das Tauchboot. Ruckelnd treibt es die Strömung zur Felseninsel. Schwarze Klippen in Ufernähe verhindern das Anlegemanöver. Im sicheren Abstand steuert Lokar das Tauchboot um Methua herum.

Im Angesicht des Massivs fühlt er sich klein und unscheinbar. Es wundert Lokar nicht, dass die Insel unbewohnt ist. Steil steigen die Wände senkrecht bis zur Wolkendecke empor. Soweit es der Ozeansud zulässt, glaubt er zu erkennen, dass sie ebenso bis in die unermessliche Tiefe abfallen.

Langsam lässt Lokar das Tauchboot treiben. An der Südspitze muss er weiträumiger ausweichen, damit das Boot nicht leckschlägt. Besonders viele spitze Klippen ragen hier aus dem Ozean. Lokar nennt es ›Höllenmaul‹, was in Anbetracht der hohen Anzahl von Felsauswüchsen gut passt.

Nachdem Lokar diese Schwierigkeit bravourös gemeistert hat, schippert er langsam weiter. Die Strömung kommt jetzt von Backbord. Um auf Kurs zu bleiben muss er gegensteuern. Das Ufer fest im Blick, gewahrt Lokar erst recht spät das riesige Loch im Felsen. Beinahe kreisrund wirkt es wie hineingeschnitten. Weit kann er nicht hindurchschauen, da die Öffnung sich nicht auf Meeresniveau befindet, sondern mehrere Meter weiter oben. Einzig hochgewachsene Pflanzen kann Lokar erkennen.

Überraschend ist, dass es unterhalb keine Klippen zu geben scheint. Ein möglicher Platz um zu Ankern.

* * *

Dem ohrenbetäubenden Knall folgt ein greller Lichtblitz. Außer dem gleißenden Hell, das unweigerlich die Netzhaut überbeansprucht, sehen sie nichts. Der Maki hat sich erschrocken und in einem schmalen Zwischenraum des Technik-Mobiliars verkrochen. Minutenlang wirken Lichtblitz und Lärm nach.

Dako hat es nur indirekt erwischt. Demzufolge erlangt er sein Sehvermögen als Erster wieder. Callum und Waylon dagegen reiben sich verzweifelt die schmerzenden Augen.

Nachdem Dako wieder halbwegs sehen kann, sieht er verwirrt auf ein bekanntes Gesicht, welches den Hexaeder voll ausfüllt. Zuerst glaubt Dako an eine Täuschung. Kann das sein?

»Rebecca«, wispert er ungläubig. Er mustert das Gesicht, sucht in ihrem Blick nach Auffälligkeiten. Kein Zweifel: es ist Rebecca, die von ihm auserkorene Nachfolgerin!

Verblüfft kommt er ins Wanken, tritt torkelnd einige Schritte zurück.

An diese Szene erinnert er sich. Es war eine ihrer ersten Begegnungen. Das muss gewesen, als sie seinen alten Geschichten lauschte. Oh ist das lang her …

Die Sequenz ändert sich. Ein kleiner Junge wird von seiner Mutter im Arm gehalten. Auch die Frau lächelt ihn zärtlich an.

»Abhilasha!«

Ein heftiger Schwindelanfall erfasst Dako. Nur weil er mit dem Rücken an einem Apparat steht, stürzt er nicht hin.

Der kleine Junge ist kein anderer als Waylon, etwa dreijährig mit seiner Mutter, *Abhilasha* (Sehnsucht), wie er sie liebevoll nannte.

»Nein, nein, nein«, schreit Dako aus Leibeskräften. »Das kann nicht sein!«

»Oh Gott«, ruft Waylon. »Was ist denn passiert?«

Inzwischen ist seine Sehkraft ebenfalls wieder hergestellt. Man kann sich sein Entsetzen vorstellen, als er den Dakota völlig aufgelöst vorfindet.

»Das ist doch nicht möglich?!«

»Was ist nicht möglich? Beruhige dich, Dako!«

Ihm ist bisher das entgangen, was der Hexaeder darstellt. Dako zeigt mit dem Finger auf das Hologramm, und zwar so, wie man auf einem Geist deuten würde. Waylon folgt der Geste und – erstarrt!

* * *

Die Landung ist geglückt. Jetzt muss Lokar nur noch ans Land springen. Allerdings trennen den Arimeaner zwei meterbreit breiiges Wasser. An dieser Stelle erkennt er nicht die Tiefe. Sich deshalb scheuend, aufs Geratewohl loszuspringen, sucht er nach einer Art Planke. Das Risiko zu ertrinken, will Lokar von vorn herein ausschließen.

Lang braucht er auch nicht zu suchen. Er entfernt einfach die Oberschale eines Sitzbereichs und legt diese als Steg aus. Vorsichtig setzt Lokar einen Fuß darauf und testet so die Tragfähigkeit. Die Oberschale hält. Langsam verlagert er das Gewicht nach vorn. Mit jedem Schritt lotet er die verbleibende Entfernung aus.

Es geht gut. Seit seiner Landung auf Arimea setzt er zufrieden den Fuß aufs Festland. Endlich ist Lokar angekommen.

* * *

Der Dakota ist ruhiger geworden. Langsam setzt die Logik wieder ein. Callum ist dabei eine sehr große Hilfe. Der stellt auch gleich einen Zusammenhang her.

»Deiner Beschreibung nach scannte das Gerät dein Gehirn«, vermutet der *Wächter*.

»Sowas gibt's?«

Callum nickt.

»Unsere Wissenschaft hat ebenfalls einen Weg gefunden, über die Synapsen Erinnerungen abzurufen. Über einen komplizierten Prozess können dann Bilder ausgegeben werden.«

»Und wozu soll das gut sein?«

»Es ist wie ein Tagebuch, dass sich jemand anlegt, um die schönsten Erinnerungen aufzubewahren.«

Waylon überkommt ein komisches Gefühl.

»Es wäre ein willkommenes Werkzeug für unsere Geheimdienste«, sagt er kühl. »Dann wäre nichts mehr sicher.«

»Deswegen erlangte das Gerät auch nie die Serienreife. Außerdem könnte man dann auch umgekehrt ins Gehirn eingreifen und manipulieren.«

Waylon schüttelt sich. Erschreckend, dass andere, hochintelligente Spezies ähnliche Gedanken haben, wie der Mensch.

»Überwachung auf höchster Ebene.«

Was die Drei nur erahnen können, trifft tatsächlich zu. Der Apparat ist ein Erinnerungs-Visualisator, also ein Terminal, das das Gehirn des Benutzers nach Erinnerungen abscannt und diese im Hexaeder darstellt. Jedoch diente das Gerät nicht zur Spionage, sondern war ein beliebtes Übermittlungssystem. Wäre nicht die ›Große Katastrophe‹ eingetreten, hätte es sich garantiert in der neuen Welt etablieren können. So geriet es in Vergessenheit.

Sie lassen es dabei bewenden. Nach mehreren Versuchen gelingt es Callum, den Visualisator auszuschalten.

»Bleibt ein Problem«, erinnert Waylon. »Was war das für ein Knall?«

»Gegenfrage!« Waylon schaut sich auffällig um. »Wo ist eigentlich unsere *Kleine*?«

* * *

Körperlich fit und gut trainiert klettert Lokar etwa fünfzehn Meter an der Felswand empor. Überstehende Gesteinsschichten und Vertiefungen nutzt er wie eine Leiter. Gefährlicher wird es am Übergang, denn am Lochausschnitt ist die Oberfläche spiegelglatt. Mehrfach droht Lokar abzurutschen. Auf der anderen Seite ragt ein dicker Ast ein Stück heraus. Langsam verlassen ihn die Kräfte, doch er kommt sicher hinüber. Dort ergreift Lokar den Ast und zieht sich zentimeterweise vollends über die Hürde.

Geschafft!

Von hier oben empfindet er es als ziemlich hoch. Auf diesen Weg wird er nur schwer wieder zum Tauchboot gelangen. Aber soweit ist es ja noch nicht. Bis dahin wird er wohl um einiges klüger sein. Sich überhaupt nicht im klaren, weshalb er die Insel betreten wollte, oder erhoffte, hier zu finden, geht er ein gutes Stück weiter.

Lokar begutachtet interessiert die Schneise. Voller Gedanken bleibt er wie angewurzelt stehen, und kann sein Glück erst einmal nicht fassen.

»Ein Kurzstreckengleiter!«

Unwillkürlich zieht er den Kopf ein. Wo ein Gleiter ist, da sind auch Arimeaner! Dieser Grundsatz gilt zu jeder Zeit. Warum nicht in der Zukunft?

Lokar lässt Vorsicht walten. Man kann ja nie wissen, wem man da begegnet! Gewandt schleicht er geduckt zum Rand der Schneise. Hier bieten zersplitterte Baumreste den besten Schutz. Gleichzeitig kann er selbst die Umgebung in Ruhe beobachten.

* * *

Zögernd verlässt Wihakayda ihr Versteck. Elektrizität liegt in der Luft und es riecht verbrannt. Die gesamte Front einer Apparaturenzeile fehlt. Das Innenleben ist großflächig verschmort. An den heißesten Stellen steigen dünne Rauchsäulen auf. Ein irreparabler Schaden und unwiederbringliche Zerstörung.

Schuld daran ist der Maki nicht. Es liegt an der Überlagerung der unterschiedlichen Zeitebenen, also Vergangenheit, Gegenwart und Zukunft, die die Explosion auslösten. Durch diese Gleichzeitigkeit erhielt das System die Energie und sprang an. Feuchtigkeit und über die Jahrtausende einhergehende Korrosion und Alterung überforderten die Anlage.

Dies wissen die Anwesenden natürlich nicht, und ohne einschlägige Informationen wird es auch niemand mehr erfahren.

Dem Maki-Weibchen sind technische Sachen sowieso egal, was Wihakaydas Neugier aber nicht im geringsten mindert, wenn etwas glitzert und blinkt. Und solch ein Teil fordert nun ihre Aufmerksamkeit.

Durch die fehlenden Abdeckungen erstrahlt der im Minikraftfeld gehaltene Kristall besonders. Wihakayda hoppelt hin und setzt sich. Fasziniert schaut sie ins magisch-mystische Licht.

Waylon glaubt, das Äffchen vorhin gesehen zu haben, wie es durch den weiterführenden Gang gerannt ist. Allerdings ist er sich nicht ganz sicher.

»Wir sollten nachschauen«, sagt Dako. »Nicht, dass sie noch etwas anstellt.«

Ohne besonderen Grund – eigentlich unbewusst –, greift Waylon nach dem Behälter mit dem ›Neunten Kristall‹. Vermutlich will er einfach nur alles parat haben. Vorsorglich steckt er ihn in den Hosenbund. Dann folgt er Callum und Dako, die sich umschauend bereits auf den Weg gemacht haben.

Keine Minute später hört man Dako rufen, dass er den Maki gefunden hat. Es folgen Geräusche von schneller werdenden Schritten. Die plötzlich eintretende Hektik erfasst auch Waylon, der nun selbst auch beschleunigt. Es liegt etwas in der Luft, was er nicht einzuschätzen weis. Etwas sie alle betreffendes. Seine Intuition schreit förmlich, sich zu beeilen!

Und er beginnt zu rennen, fordert Callum barsch auf, es ihm gleichzutun.

Leise hört er Dako mit der *Kleinen* sprechen. Aber irgendwas ist anders als sonst. Dakos Stimme klingt – flehend! Es vergehen nur einige Sekunden, die Waylon wie Stunden vorkommen. Hinter sich hört er Callum laut atmen. Gleich haben beide Dako eingeholt.

Vom Dakota halb verdeckt, sieht er den schwebenden Kristall und ein nach vorn schnellendes, dünnes Ärmchen.

Er schreit »NEIN!«, doch hört die eigene Stimme nicht.

Dann gleißt der Kristall auf. Ein flammender Lichtbogen

dehnt sich in Bruchteile aus, erfasst alles Umstehende …

* * *

Soweit er es richtig einschätzt, ist niemand im Gleiter. Weiter Deckung suchend, schleicht er sich näher heran. Kein verräterisches Geräusch dringt an seine Ohren. Es ist eindeutig – er ist allein!

Im Schatten der Bäume kommt er zügig vorwärts. Seltsamerweise steht das Schott weit offen. Nochmals sucht Lokars Blick nach Spuren. Nichts!

Zaghaft traut er sich aus der Deckung. Sollte jemand im Gleiter sein, würde dieser Lokar jetzt sehen können. Er bleibt stehen. Überdenkt kurz das weitere Vorgehen. Ihm bleibt nichts anderes übrig, als weiter zu gehen. Jetzt ist es eh zu spät.

Mit weiten Schritten geht Lokar auf den Gleiter zu. Er ist so konzentriert, dass er die augenblickliche Veränderung nicht bemerkt. Auf halbem Weg überkommen ihn Zweifel, und er wird langsamer. Zuweilen bekommt man Angst vor der eigenen Courage. Und wenn sie einen trifft, dann mit brachialer Macht.

Doch darüber kann Lokar jetzt nicht mehr nachdenken. In der Atmosphäre spielen die Moleküle verrückt. Ein flimmernder Kreis elektrisch geladener Teilchen umschließt den Paladin.

Sechsunddreißig

Wegen der Lichtfülle desorientiert, harren sie geduldig in ihrer jeweiligen Position aus. Sie kennen genau das Gefühl der Entmaterialisierung und wissen damit umzugehen. Dennoch ist es diesmal viel intensiver. Jede Faser ihrer Körper nehmen das Ereignis bewußt in sich auf, speichern es für alle Zeit.

Nachdem die Helligkeit abgenommen hat, beendet jeder die vorher begonnene Bewegung. Dako redet mit dem Maki, Waylon hört seinen Schrei und Callum kann gerade rechtzeitig bremsen, um nicht gegen die Wand zu rennen.

Nach und nach realisieren sie den vollzogenen Ortswechsel. Einzig Wihakayda *Flippern* ist zu hören.

»Sind wir wieder im Glocken-Raum?«

»Ja«, bestätigt Callum. Ohne weiter zu warten, geht er zur Wendeltreppe.

»Wohin gehst du?«

»Weshalb sind wir denn hier?«, stellt er streng die Gegenfrage.

Waylon dämmert's. Der unvorhergesehene *Transport* durch Zeit und Raum hat wohl die Wahrnehmung stärker beeinflusst, als sonst. Alles erscheint so unwahr …

»Ja, geh'n wir«, entgegnet er nachdenklich.

Vertraut und doch fremd empfängt sie Uridräo an der Oberfläche. Die Sonne wärmt die etwas unterkühlten Ankömmlinge. Es war zwar nicht sehr kühl in der Höhle, aber sie merken schon den Unterschied.

Automatisch schlagen Sie den Weg zur Pyramide ein. Der Mohrenmaki folgt anderen Interessen und verschwindet *flippernd* im Urwald.

»Das war's dann also«, stellt Dako fest.

»Scheint so.«

Waylon spürt eine gewisse Wehmut. Wie oft dachten sie, man wäre am Ziel! Und wie oft wurden sie eines Besseren belehrt!

Erinnerungen erwachen. Waylon sieht sich am Strand liegen – damals, als alles begann. Erlebt noch einmal die Freude, als er das Pinienhaus fand. Die erste Begegnung des *Kleinen*, der sich später als eine SIE entpuppte. Dann das erhabene Gefühl, als er die Pyramide betrat und all die geheimnisvolle Technologie, einer längst untergegangen geglaubten Zivilisation, sah.

Inzwischen hat der kleine Trupp die Stufen erreicht.

»Was wirst du tun, wenn das alles vorbei ist?«

Die Frage richtet Dako an den *Wächter*.

»Wir haben auf den Kodex geschworen. Es ändert sich also nichts … Und bei euch?«

»Ich werde wieder in meine Heimat gehen«, antwortet der Dakota. »Dort gibt es ein schönes Plätzchen für mich.«

Währenddessen eilt Waylon vornweg und ist fast oben.

»Und du Waylon? Was hast du vor?«

Callums Ruf klingt hier oben leiser.

»Lasst uns erst die Aufgabe erfüllen, dann sehen wir weiter!«

»Weshalb die Eile?«

Waylon bleibt stehen und dreht sich um.

»Wer weiß denn schon, was uns noch erwartet!«, antwortet er im Gehen. »Erst die Arbeit, dann das Vergnügen.«

Er ist auch der Erste am Tor.

»Es ist verschlossen!«

Callum schließt zu Waylon auf.

»Hm«, macht er nur und zieht die Phiole hervor. Jetzt sieht Waylon sie das erste Mal genau an. Genaugenommen ist es gar keine echte Phiole, sondern eine aus irgendeinem Holz gefertigte Nachbildung. Auf der einen Längsseite sind zwei Messingscharniere angebracht worden. Im Querschnitt gegenüber ein einfaches Schloss.

Der *Wächter* entnimmt den Kristall, der dem ähnelt, den Waylon damals unter dem Baum fand, und setzt ihn in die Rundöffnung. Sogleich beginnt der Kristall die Form zu ändern. Aus nicht erklärbaren Gründen entsteht eine wundervolle Kristallblüte. Das bekannte Schleifgeräusch ertönt und der Steinquader gleitet in den Fels.

Die Vorhalle empfängt sie mit dem der Pyramide eigenem Halbdunkel und der matt glänzenden Lauffläche. Bis zur Treppe geht Waylon vor, bleibt stehen und dreht sich zu Dako.

»Ich glaube, dir gehört die Ehre …«, sagt er feierlich und mit einladender Geste.

Sichtlich erstaunt senkt der sein Haupt.

»Nein, *micinski*. Dieser Ehre bin ich unwürdig …«

Damit hat Waylon nicht gerechnet. Seiner Überzeugung nach obliegt es dem Dakota, sie nach unten zu führen und den ›Neunten Kristall‹ auf den vorgesehenen Sockel zu platzieren. Verlegen holt er das wertvolle Artefakt hervor und überreicht es nich weniger feierlich seinen Vater.

»Ich wüsste niemand besseren, als dich. Ohne dein Engagement und deine Sturheit, wären wir nicht hier.«

Dako wird unwohl zumute.

»Du hast die meiste Arbeit gehabt, *micinski*. Du hast uns gezeigt, was wahre Opferbereitschaft ist. Du bist zäh, bliebst stets auf den richtigen Weg. – Du bist der wahrere *ahbleza* von uns beiden.«

Hilflos und unangenehm berührt, senkt nun Waylon den Kopf.

»Ich stimme Dako zu, Erdenmensch«, ergänzt Callum. »Werden wir auch nie Freunde, achte ich deinen Verstand und dein Können. Dako hat Recht. Führe uns!«

Ergriffen stiehlt sich eine Träne aus den Augen, die er unmöglich weg blinzeln kann. Aufgewühlt bekämpft er die aufwallende Emotion durch tiefes, gleichmäßiges Atmen. Wortlos steckt er den Behälter zurück in den Hosenbund und schreitet mit zittrigen Knien die Stufen hinab.

Die silbernen Sterne schwirren nach wie vor schwerelos im Raum, und begleiten den Trupp bis in die Halle. Hier stehen sie nun, die neun Säulen, aufgereiht und warten auf ihre Vervollkommnung, die mit dem ›Neunten Kristall‹ abgeschlossen sein wird.

Unterhalb der gewölbten Decke streben die Silbersterne einen virtuellen Wirbel zu, werden aufgesaugt und erlöschen. Im Wirbelinneren vermengen sie sich zu neuen, abstrakten Konstellationen.

Waylon kniet vor der leeren Säule nieder und legt sanft den Behälter auf den Steinboden. Sein Herz hämmert gegen die Brust. Waylon sucht Dakos Blick, der wohlwollend lächelt. Er zaudert, weiß er doch, was passiert, wenn der Kristall mit bloßer Hand angefasst wird.

Es kostet Überwindung. Im Stillen hofft er auf eine *ungefährliche* Lösung. Doch dann denkt er, dass es schon nicht so schlimm kommen wird und fasst beherzt zu.

Der Kristall beginnt zu glimmen. Ein wohliges Kribbeln durchströmt Waylon. Er schließt die Augen, um das unvermeidbare tapfer zu ertragen. Es bleibt beim leichten Kribbeln.

Beidhändig umschließt Waylon das Artefakt. Hebt es an und stellt den Kristall in die vorgesehene Vertiefung. Angespannt tritt er zurück.

Abwechselnd beginnen die Kristalle zu leuchten; jeder in einer anderen Farbe. Waylon erkennt einen gewissen Rhythmus, wird aber gleich eines Besseren belehrt. Scheinbar wahllos gehen einige dazu über, die Leuchtintensität zu ändern, andere blinken unkontrolliert. Mehrere Minuten vergehen. Die Anwesenden schirmen ihre Augen ab, da der Lichtorgelstiel sie ungemein blendet.

Kaum haben sie sich daran gewöhnt, erlischt einer nach dem Anderen. Nur noch der ›Neunte‹ strahlt gleichmäßig.

Mit einem Mal pulsiert er im Viervierteltakt. Glimmt, leuchtet Matt, anschließend hell, dann gleißend. Immer wieder. Unwillkürlich zählt Waylon mit. Beim neunten Mal erlischt auch er.

Silberne Punkte drängen aus dem Wirbel unter der Decke.

Sammeln sich im kreisrund, während der Wirbel in ihrer Mitte verschwindet. Stattdessen wird ein Universum holographisch dargestellt. Ein Planet tritt in den Vordergrund, dann ein Zweiter. Deutlich erkennbar, dass der Letzte die Erde darstellt, deren Blau unverkennbar ist.

Beide Planeten kommen in Bewegung. Die virtuell nachgestellte Kamerafahrt folgt der Erde. Anfangs wird sie immer kleiner, bis erkennbar wird, dass sie in ihren Heimatsystem angekommen ist.

Es folgt eine Totale. Nunmehr entspricht jeder Punkt einer Galaxy. Gleichzeitig senden die Kristalle einen Strahl aus, der jeweils auf einen Galaxypunkt trifft. Nachdem jeder Strahl ein Ziel gefunden hat, senden die Punkte jeweils neun weitere aus. Ein Gewirr von Laserlinien Überziehen den *Himmel*. Aus diesem Chaos entsteht mit der Zeit ein leuchtender Thetaether, ein neunseitiges Symbol. Callum erkennt sofort das alte dreidimensionale Zeichen eines Thetaró, den Meister-Rogaliten.

Um eine imaginäre Längsachse kommt der Thetaró horizontal ins Rotieren. Bald sind keine Einzelheiten mehr erkennbar. Neben der sich erhöhenden Geschwindigkeit pulsiert das Gebilde mit koronalen Ausbrüchen. Mit der erhöhten Rotation bekommt man den Eindruck eines wirklichen, überdimensionierten Kristalls.

Feinheiten des Materials werden sichtbar. Es entsteht immer mehr ein fein geschliffener Rogalit, mit allen facettenreichen Besonderheiten eines kunstvoll ausgeführten Schliffs.

Inmitten des Thetarós erscheinen Bild- und Videoeindrücke vergangener Ereignisse. Vieles vom Gezeigten haben sie selbst erlebt. Blitze zucken. Waylon bekommt es nur am Rande mit. Er ist gefesselt und innerlich aufgewühlt. Sie haben es wahrhaftig geschafft! Kaum zu glauben. Nach all der Zeit des Hoffen und Bangen steht er nun hier und wird Zeuge eines unglaublichen Spektakels. Ein tiefes Glücksgefühl beseelt ihn.

Plötzlich explodiert der Meister-Rogalit in Millionen von Stücken …

Siebenunddreißig

Seit kurzem ist Waylon Rentner. Zeit seines Lebens bestand sein Dasein aus Arbeit, Arbeit und Arbeit. Nun, es ist auf einer Seite sehr schön, sich einzubringen. Manchmal nervig, um nicht zu sagen: Es war stressig!

Dann wechselte eines Tages das Management. Zwei Monate hatte er noch. Eigentlich … Eine allgemeine *Verjüngungskur* stand auf der Tagesordnung. Ob's am neuen Chef lag, der vielleicht mit dem Alter an sich auf Kriegsfuß stand, wurde zwar gemunkelt, aber nie bewiesen. Wozu auch! Somit hatten Waylon und sechs seiner Kollegen schlechte Karten. In einem Anfall von Galgenhumor nannten sie sich die Gefallenen Sieben, in Anlehnung des erfolgreichen Spielfilm in den Siebzigern. Ach ja, war ja im alten Jahrhundert. Seltsam, dass Filme – je älter sie werden – zu Klassikern werden …

Sobald seine Gedanken in diese Richtung gehen, überfällt Waylon Wehmut. Nur selten gesteht er sich ein, in solchen depressiven Anfällen, nutz- und wertlos geworden zu sein. Plötzlich ist der Sinn des Lebens infrage gestellt.

Es ist schon eine Sache mit dem Alter. Erst kann man nicht schnell genug erwachsen werden und dann …

»Großvater! Großvater!«

Die Tür springt auf und zwei kleine Kinder stürmen ins Haus.

»Hallo Kinder«, lacht Waylon vor Freude. »Ihr seid schon da?«

»Ma hat uns gefahren«, erklärt Amelia, die Jüngste. »Sollte eine Überraschung werden!«

»Das ist ja fantastisch. Da wird sich aber Großmutter freuen. Wie lange dürft ihr denn bleiben?«

»Eine ganze Woche«, ruft Jason, dabei auf und ab hüpfend. »Eine Woche!«

Liebevoll umarmt Waylon seine Enkel und herzt sie.

»Da muss ich doch mal nachdenken, was ich mit euch so anstelle.«

»Dürfen wir in den Garten?«

Waylon tut so, als denke er nach.

»Na geht schon! – Wo ist denn überhaupt eure Ma?«

»Sie bringt unsere Sachen rein!«, presst Amelie hervor und eilt ihren Bruder nach. »Jason! Du bist gemein …«

Der lacht nur, weil er der Erste an der neuen Schaukel sein wird.

Im Vorgarten hört Waylon zwei Stimmen. Karoline unterhält sich mit Olivia. Vorsichtig schiebt er die Tür auf. Beide stehen mit dem Rücken zu ihm. Den Schalk im Nacken, schleicht er sich an. Dann, aus heiterem Himmel, legt er seiner Frau und seiner Tochter den Arm um die Schulter und hält sie fest.

»Hab ich euch schon wieder beim Tratschen erwischt?!«

Olivia entfährt ein heller Schrei des Erschreckens, Karo unterdrückt diesen, fast sich stattdessen an die Brust.

»Way! Wie oft habe ich dir gesagt, du sollst das lassen!«

Schelmisch grinsend drückt er seiner Frau einen dicken Kuss auf die Wange.

Olivia lässt die schwere Tasche der Kinder fallen und fällt Waylon um den Hals.

»Hi Dad! Immer für eine *Überraschungen* gut!«

»Schön das du da bist«, erwidert er sanft. »Kennst doch deinen Vater, sonst wäre es ja langweilig.«

»Geht es in Ordnung, wenn ich die Kinder für eine Woche da lasse?«

»Fahrt ihr weg?«

»Benjamin hat kurzfristig frei bekommen«, erklärt Olivia glücklich. »Und hat mich zu einer Überraschungsreise eingeladen.« Seine Tochter löst sich aus der Umarmung und deutet mit den Händen Gänsefüßchen an.

»Und wohin soll's gehen?«

»Nun löchre sie doch nicht, mit deiner albernen Fragerei«,

unterbricht Karoline.

»Ich muss doch wissen, wie es meiner Lieblingstochter geht«, verteidigt sich Waylon augenzwinkernd.

»Vor allem, weil ich deine einzige Tochter bin …«

»Na ja«, grient Waylon schelmisch. »Wir arbeiten noch dran.«

»WAY«, ruft Karoline verlegen, aber ebenfalls mit einem Schmunzeln aus. »Was sollen denn die Nachbarn denken …«

»Also das liegt außerhalb meines Zuständigkeitbereiches. Übrigens: Rot steht dir sehr gut.«

Sie versetzt ihn ein Klaps und schiebt ihn demonstrativ von sich.

»Also, ich muss dann auch los. Packen.«

»Schönen Urlaub und grüß Benjamin.«

»Mach ich. – Bye Dad. Bye Mom.«

»Pass auf dich auf, hörst du?!«

An ihrem freien Tag hat sie einige Besorgungen zu erledigen. Es ist nicht leicht, als Single alles unter einem Hut zu bringen. Einkaufen, Fitnessstudio, waschen, Hausputz, kochen. Da bleibt nicht viel Zeit für einen selbst.

Deborah liebt ihren Job. Er ist ihr ein und alles, füllt sie aus. Jeden Morgen geht die sportliche junge Frau eine Stunde lang joggen. Am heutigen Morgen ist sie spät dran. Schlecht geschlafen, will sie so gar nicht in die *Gänge* kommen. Alles hat sich um dreißig Minuten nach hinten verschoben. Deborah nimmt's gelassen. Sie kürzt einfach das Jogging-Programm und nimmt einen anderen Weg.

Auf Schleichpfaden gelangt sie um einiges früher als gedacht auf die Hauptstraße. Es sind nur wenige Fußgänger unterwegs und der Verkehr ist überschaubar. In gleichbleibender Geschwindigkeit läuft Deborah weiter. An einer Kreuzung fällt ihr ein Wagen auf. Nicht das Auto selbst, eher dem Fahrer gilt

Deborahs Aufmerksamkeit. Irgendwoher kennt sie diese Gesichtszüge. Abrupt stoppt sie. Fast aufdringlich mustert sie den älteren, wirklich gut aussehenden Herren.

Die Ampel zeigt Grün, der Wagen rollt an, beschleunigt. Sie kann den Blick nicht abwende. Im Halbkreis der Linksabbiegerspur folgend, haften ihre Augen auf das Profil des Fahrers. Flüchtig schaut er rüber zu Deborah, und für Millisekunden treffen sich ihre Blicke. Diese Augen! Woher kennt sie diesen Mann?

Fragmente von Bildern blitzen auf. Langer Zopf, geflochtener Bart. Gleiche Statur.

Deborah Sheffield verliert den Augenkontakt. Bestand der nur eine Lidschlaglänge, kommt es ihr doch vor wie eine Ewigkeit. Jetzt lenkt der Wagen auf die Hauptstraße. Im Wagen sitzt eine gleichaltrige Frau und auf dem Rücksitz zwei Kleinkinder. Gedankenvoll schaut Deborah ihnen noch eine Weile nach.

Immer wieder wollen Bilder in ihr Bewusstsein dringen, die es nie gegeben hat und es niemals geben wird. Oder etwa doch?

Der Wagen ist längst außer Sichtweite. Sie findet in die Gegenwart zurück. Senkt den Kopf. Flüchtig glaubt Deborah der Lösung nah gekommen zu sein, doch wie so oft in solch einer Situation, entgleitet der Gedanke den ihn erheischen wollenden Griff und wird wie Staub davongetragen.

Deborah Sheffield wendet auf der Stelle um hundertachtzig Grad. Dann setzt sie ihren Weg Lauf fort.

Am Nachmittag ist es draußen ungewohnt schön. Amelie und Jason toben im Garten. Mal spielen sie verstecken, dann klettert der Junge den Baum hoch, was seiner Schwester gar nicht passt. Karoline ruft sie mehrmals zur Ordnung, woraufhin für fünf Minuten es gediegener zugeht. Gegen fünf Uhr kehrt Ruhe ein. Es fällt den Großeltern nicht sofort auf, sind sie doch im Hause beschäftigt. Als die ungewöhnliche Stille aber anhält, macht sich Waylon dann doch seine Gedanken. Fürsorglich schaut er nach und betritt den gepflegten Garten.

Von den Kindern fehlt jede Spur. Weder auf noch unter dem Baum sieht er sie, auch die Schaukel ist leer.

»Amelie? Jason?«

Keine Antwort. Er hält nervös den Atem an.

»Amelie!«

War das eben nicht Amelies Stimme?

»AMELIE!«

Wispern. Es knarrt leise. Schritte.

Waylon bemerkt die leicht im Wind hin und her pendelnde Schuppentür. Daher rührt das Knarren, dem ein unterschwelliges Quietschen folgt.

»Seid ihr da drin?!«

Das Wispern ist verschwunden. Ebenfalls schweigen die längst überfällig zu ölenden Scharniere.

»Kinder?!«

Unbemerkt steht Karoline in der Verandatür, die ihren Mann hat rufen hören, verhält sich aber still.

Ganz langsam bewegt sich die Tür des Lagerschuppens. Der Wind kann es nicht sein. Wie angewurzelt und mit Gänsehaut im Nacken, wagt Waylon sich keinen Schritt weiter. Angespannt blendet er sämtliche Umgebungsgeräusche aus. Die Tür geht immer weiter auf. Niemand ist zu sehen. Ihm rutscht gleich das Herz in die Hose …

Hinter den alten zusammengezimmerten Türbrettern erscheint das ernste Gesicht von Jason. Der Junge lässt den Kopf traurig hängen.

»Was ist denn passiert?«

Vor Erleichterung fällt Waylon ein Stein vom Herzen. Ihm geht das Herz auf, wenn er den Kleinen so sieht.

Ein Schluchten unterdrückend, stammelt Jason kleinlaut: »Nicht … böse sein … Großvater … Wir … ich … wollte …

wollte das … nicht …«

»Ich bin doch nicht böse«, sagt Waylon leise. Er geht in die Hocke. »Nun erzähl mal.«

Jason erzählt, dass Amelie in den Schuppen gegangen sei. Er wollte es nicht, schimpfte mit ihr. Es entstand eine kleine Rangelei, bei der er die Schwester anpackte und herausziehen wollte. Doch Amelie hielt sich sträubend an dem Regal fest, bei dem er ja Waylon geholfen hatte, es zu bauen. Dann sei einfach eine Latte kaputtgegangen und das ganze Regal eingestürzt.

»Ist euch was passiert?«, fragt Waylon erschrocken.

»Nein. Aber das Regal ist kaputt … Großvater … ich wollte das doch nicht …«

Nun kann Jason seine Tränen nicht länger unterdrücken. Auch Amelie, die sich nicht traut, dem Großvater unter die Augen zu treten, schluchzt haltlos.

»Du bist doch nicht Schuld. Das blöde Holz war sehr alt, Jason. Ich hätte damals eben neues kaufen sollen.«

»Du … du bist … uns … nicht … ich meine …«, weiter kommt der Junge nicht. Er wird regelrecht von einem Schluchzanfall geschüttelt. Trösten nimmt Waylon ihn in den Arm. Er muss aufpassen, nicht mit zu heulen, sosehr geht es ihm ans Herz.

Aufmunterte Worte mindern die Folgen des unglücklichen Zwischenfalls. Nachdem er beide weitestgehend trösten kann, beruhigen sie sich.

Waylon schaut sich das *corpus delicti* näher an.

»Siehst du?«, erklärt er einfühlsam und nimmt das morsche Holz in die Hand. »Total verfault und von Holzwürmern zerfressen. Das konnte ja nicht halten. Wenn einer Schuld daran ist, dann euer Großvater!«

»Wirklich?« Amelie hebt überrascht den Kopf und sieht Waylon mit großen, fragenden Augen an.

»Wirklich!«

»Indianer-Ehrenwort?«

Waylon setzt eine feierliche Mine auf und macht »How!«

Die Kinder lachen.

»Und jetzt werd ich hier aufräumen.«

»Wir helfen dir, wir helfen dir!«

Artig halten sie ihr Wort, schließlich sind sie ja kleine Indianer! Rasch sind die Regalreste nach draußen gebracht.

»Sieh mal, Großvater. Da ist was kaputt.«

Schlagartig wird Amelie wieder traurig.

»Ja. Dann sehen wir doch mal nach, was es ist.«

»Das dürfen wir?«

»Na klar!«

Waylon ist selbst neugierig. Es scheint eine kleine Holzkiste zu sein, deren Verzahnung gelitten hat. Er wüsste nicht, was es sein könnte und überlässt es den Enkelkindern, es aufzuklären.

Die nehmen die Kiste besonders vorsichtig in die kleinen Finger, damit nicht noch mehr *flöten* geht. Dabei bricht ein verrostetes Feinscharnier ab und der Deckel springt auf.

»Oh – sind das Bücher, Großvater?«

»Scheint so«, antwortet Waylon nachdenklich.

»Sind die alt!«, staunt Jason. »Wie alt sind die?«

Waylon klappt den Deckel hintenüber. Sorgfältig sind fünf Kladden im Inneren verwahrt worden. Er zieht eines heraus. Der Buchdeckel ist abgegriffen und teilweise zerkratzt. Eine Ahnung keimt auf.

»Was ist Großvater?« Jason klingt besorgt. »Willst du es nicht ansehen?« Natürlich brennt der Junge selbst darauf.

»Okay. Schlagen wir es auf!«

Ein knistern wird laut, als Waylon den Buchdeckel aufschlägt. Die Seiten sind an den Rändern stark vergilbt. Einige Flecken lassen auf häufigen Gebrauch schließen.

»Ist das da ein Fingerdruck?«

»Das heißt: Fingerabdruck«, verbessert Jason die kleine Schwester.

»Ist doch egal«, stupst sie Jason genervt an.

»Dazu kann ich nichts sagen. Ohne Brille ist das nur ein Fleck für mich.«

»Soll ich sie dir holen?«

Amelie springt auf und will an Waylon vorbei.

»Nein, nein«, lacht er. »Weißt du was?«

Amelie verneint kopfschüttelnd.

»Wir nehmen die Kiste mit ins Haus und sehn uns diese Bücher drinnen an.«

»Oh ja«, stimmt Jason zu und schnellt gleichfalls empor. »Dann kann auch Großmutter mit kucken.«

»Also los, Kinder.«

Nachdem die aufgeregte Bande endlich im Bett liegt und eine halbe Stunde später wirklich schläft, nimmt Waylon noch einmal eine der Kladden zur Hand.

»Ich wusste gar nicht, dass du mal Tagebuch geführt hast«, sagt Karoline.

»Das muss ich verdrängt haben. Aber es ist eindeutig meine Schrift …«

»Was hast du denn so geschrieben?«

»Das ist es ja gerade, was mich nicht glauben lässt, dass das von mir ist! Es ergibt keinen Sinn!«

»Lies doch mal vor! Vielleicht kann ich dir ja helfen.«

Waylon schlägt eine willkürliche Seite auf und liest: »*Seit zwei Tagen sind wir nun unterwegs. Es fällt mir nicht leicht, ständig meinem älteren Ich zu begegnen. Dako versucht zu vermitteln, mit mäßigen Erfolg. Was D. genau vorhat, entzieht sich meiner Kenntnis. Old Way scheint es auch nicht zu wissen. Ich halte mich die meiste Zeit in meiner Kabine auf. Brauche Ruhe, um nachzudenken …*«

»Das hört sich nicht unbedingt nach dir an.«

»Sag ich doch.«

»Komme ich da drin auch vor?«

Waylon blättert weiter vor. Dann nickt er.

»Hier, hör zu: … *Ach meine Karo … Unsere Ehe währt erst*

einpaar Wochen und schon steht unsre Zukunft auf den Spiel! Was würde ich nicht alles tun … Bin drauf und dran Karo einen Brief zu schreiben. Einen, der alles erklärt. Aber ich sehe keine Möglichkeit, dass er ankommt. So bleibe ich allein mit all den zermürbenden Gedanken und wundervollen Erinnerungen …«

Verträumt sieht Karoline ihn an.

»Das klingt … romantisch …«

»Geschwollen trifft es eher«, brummt Waylon.

»Also – mir gefällt's. – Damals waren wir noch jung und verliebt …«

Ihr Gesicht verklärt sich und sie schwelgt in ihre Erinnerungen.

»Lass uns schlafen gehen, Karo. Die Dinger laufen nicht weg.«

Achtlos klatscht die Kladde auf den Tisch.

◆ ◇ ◆

Um Mitternacht, als es im Haus völlig ruhig ist und alles schläft, erglimmt ein seltsames Leuchten im Wohnzimmer. Es kommt aus Waylons Tagebuch, dass offen daliegt. Das Leuchten schwächt ab, doch es erlischt nicht.

Drei Sätze erstrahlen silberblau.

«*Der Sturm zerrt an mir. Schwer lastet die Luft auf meinem Körper. Ich ringe nach Luft, drohe zu ersticken.*»

E ∞ N D ∞ E

UND SO GEHT ES WEITER …

DER MORGENKRISTALL[6]
~ *SCHATTENRISS* ~
FINLEY MOUNTAIN

Vor zweiundsechzig Jahren sind die Weichen gestellt worden, die Waylon gerade noch, im wahrsten Sinne des Wortes, neu stellen konnte. Doch er soll nicht zur Ruhe kommen. Ihm kommt ein seltsam versiegelter Brief zu, der das Testament seines leiblichen Vaters beinhaltet. Darin wird er aufgefordert, die Geschicke in die Hand zu nehmen, die dieser nicht mehr vollenden konnte. Zur gleichen Zeit nimmt, viele hunderte Lichtjahre entfernt und von der Menschheit unbemerkt, ein Phänomen seinen Anfang, das auch auf die Erde Auswirkungen haben wird. Ein rivalisierendes, völlig gegensätzlich beschaffenes Universum streift das Unsrige. Im Zentrum der Berührungsfläche entsteht mitten auf Arimea eine Spiegelwelt, die gefahrlos betreten werden kann. Dessen ungeachtet vereint die Überlappung unterschiedlichen Raum und Zeit mit der arimeanischen Gegenwart. Was Waylon auf Uridräo erfährt und weshalb seine Tochter Olivia ebenfalls plötzlich dort auftaucht, wird im sechsten Buch des Morgenkristalls erzählt.

AB 4. QUARTAL 2017 IM HANDEL

Charaktere, Personen & Begriffe

Charaktere der Erde
(alphabetisch und chronologisch geordnet nach Erstnennung)

Wihakayda, die Kleine, Dakos indianischer Name für den Mohrenmaki

Band #1 – Mondpfade
Mrs *Elionor Pepper*, Waylons Nachbarin; *1911
Herbert, alter Bekannter von W.
Karoline Fryer, Waylons Ex-Frau
Waylon Latham, *1948; er findet den Morgenkristall und wird in dessen Bann gezogen
Rebecca, *1875, Ur-Ahnin von Elionor, Gewahrerin, verstößt mehrfach gegen den Kodex; nennt sich später *Cloe*

Band #2 – Labyrinth
Claire Cecily, Rebeccas Tochter
Mrs *Dewey*, W.'s Nachbarin
Madelaine Fryer, Karolines Tochter aus 2. Ehe
Sophie Pepper, Elionors Adoptivtochter
Riley Mortimer Scott, Vater von Rebeccas Kindern
Riley jr., Erstgeborener Rebeccas, verschwand spurlos

Arimea
Jayden, junger Wächter
Callum, alter Wächter
Aiden, Anführer der Vorhut auf dem Mond Uridräo

Band #3 – Visionen
Aylon, Waylon Latham stellt sich Riley Scott so vor

Mr Dako – Gewahrer im 19. Jahrhundert vom Stamm der Dakota, offiziell 1898 †; Waylons leiblicher Vater
Ryan Fryer, Karolines 2. Mann

Band #4 – Intervention
Deborah Sheffield, (27) Polizistin unter Inspektor Gomery, wird in #6 zum Gewahrer, ist im Besitz des Lichtwellen-Wandlers #7, wird in #8 von den Transfer-Hütern *Cheveyo*, ›Geisterkrieger‹, genannt
Waynúpa, »Zwei(ter)«, jüngeres Ich Waylons
Tokahe, »Doppelzopf«, älteres Ich Waylons
Der *Major*, Söldner-Boss
Toby (›Bulle‹), Söldner des Majors
Joshua Brown, Obdachloser, 32 Jahre alt
Irving-Anwesen, Hausruine, in der Joshua Unterschlupf findet
Hal Milan, Labormitarbeiter von New Scotland Yard
Nightingale, 86, Professor im Ruhestand

Arimea – Vor 154 Millionen und 3.500.74 Jahren, 5,75 Million Jahre Erdzeit
Amerona, Kommandantin des Raumkreuzers »Sternengral«
Teasar
Amedara, Partnerin von Teasar
Lokar, 16, Wächter in der 23. Generation
Eliwor, 18, Mitgliedsanwärterin des Kreises
Mila, Biologin
Orinario, momentan Ältester der Wächter

Tuteno, Vorsitzender des Wächter-Magistrats

Patriarch *Dharidma*, Herrscher von Arimea und Erfinder des Zeitgleiters

Matario, Schreiber der alten Überlieferungen

Band #5 – Thedaró

Olivia McGowan, Tochter von Karoline und Waylon

Benjamin McGowan, Olivias Mann

Amelia, jüngste Enkelin Waylons

Jason, Enkel Waylons

Tonweya – Scout (Kundschafter)

Arimea – Vor 154 Millionen und 3.500.74 Jahren und 5,75 Million Jahre nach Erdzeit

Khrill, Repräsentantin einer Intelligenz aus dem Sternensystem Mondrëum. Flüchten auf Planeten, den sie später Arimurius nennen. Nach der ›Großen Katastrophe‹ wird daraus *Arimea*.

Forulia, Heimatplanet der Ur-Intelligenz Khrill

Sho-Ril, 412 J., lebt zurückgezogen, Kristall-(Rogalit)-Flüsterer; Vorher-Seher, Mitglied des amtierenden *Wächter*-Magistrats

Shatlimya, Regentin (auf Lebenszeit) der Wächter und Vorsitzende des Magistrats sowie Kommandantin der »*Sternengral IV*« (#7)

Rhobal, ältester Einwohner (*Methelem* genannt) der Enklave (1421 Jahre alt), wirkt wie ein Teen

Urio, 997 J., Methelem

Sulantrea, Methelem

Vyn, Technikassistent

Begriffe:

Arimea – erster Leben tragender Planet im bekannten Universum

Arimeanischer *Almanach* – vierhundertjährige Sammlung sämtlicher überlieferter Geschichten

Thetaether, neunkantiges Symbol, was sich nach dem Einsetzen des ›Neunter Kristall‹ bildet und den Zeitentunnelriss schließt.

Thetaró ›Neunter Kristall‹, Meister-Rogalit

Neugenetisierung, heute: Inkarnation, Begriffsprägung durch Waylon

Geflügelter Turm, Ewigkeitsgemach

Rhogal, Name vom sagenumwobenen Basilisk in arimeanischer Mythologie

Rogalit, nach dem Basilisken genanntes Kristallvorkommen

viergehörnte beflügelte Schlange, Basilisk, der Legende nach entstammt sie der Ur-Sonne des Universums

Wächter

Blender, Gegner der Wächter, die im Untergrund (in Form von Falschmeldungen) agieren und die Regentschaft der ›Sternenbruderschaft‹ untergraben

Wanderer – »natürliche Arche« mit künstlichem Antrieb

Dakota (Lakota)

ahbleza – Gewahrer

Atius Tirana – der "Große Geist"

wakan – Mysterium, ein Unbekanntes

wakanhca – ein wahrer Seher, ein Denker

wakantanka – jedes große Mysterium, unentdecktes Gesetz

wakanya hibu yelo – auf geheimnisvolle Weise komme ich

wakicun, wakicunsa – Männer, die entscheiden, Entscheider

Urigoren

Troxodra, Kriegs- und Rachegott der Urigoren

Arrestant, Gefangener der Urigoren

Technik

Arimea

IATRA autarke, ausgeklügelte medizinische Dienstleistungseinheiten, die im Bereich der Nanobiologie arbeiten; die Lehre von der Heilkunst wird auch Iatrik genannt

Glaskabine, Glaskapsel, Zeittransmitter (von den Wächtern ›Raum-Zeit-Gleiter‹ [›RZG‹] auch *Zeitgleiter* genannt) mit diversen Modi, z. B. Zukunftsschau- und Aural-Modus; letzterer wird durch Lichtwellen-Verschiebung unsichtbar, bei dem nur eine leicht fluoreszierende Teil-Korona bzw. Aura bleibt. Der Zeitgleiter ist ein Fluggerät, das auf Patriarch Dharidma zurückgeht.

Lichtwellen-Tarneinheit – Tarnmodus für Zeitgleiter, auf Basis der Lichtwellen-Verschiebung

Veränderer, Lichtwellenwandler, verändert und passt die Wellenlänge an, damit Objekte sichtbar werden.

CrisCom, Kommunikation über Kristalltechnik

Lift-Kapsel, freischwebender Lift

Prismencomputer, arbeiten auf

Rogalit-Basis

Erneuerer, Apparatur zur Zellerneuerung

Dimensionsgleiter – Fortentwicklung des Zeitgleiters

Dimensiolator – in einem Zeitgleiter integrierter Dimensions-Wechsler; Weiterentwicklung eines Zeit-Raum-Gleiters. Es gibt nur zwei Prototypen davon. Entwickelt von späteren Nachfahren der *Wächter* auf dem Wanderer Arimea.

›Anlage nichtarimeanischer Repräsentanten‹ Anlage einer frühzeitlichen Zivilisation

Synapsator – stellt eine Verbindung zwischen dem Gehirn des Probanden und Rechnereinheit her

Sequenz-Umkehr, RZG wird abgeschaltet und die Programm-Routine in umgekehrter Folge abgearbeitet *(Zeitumkehr)*

Holonav – holographischer Kleinprojektor zum Navigieren in fremder Umgebung

gepanzerter Schrein – Suggestion-Maschine, die nach Kontakt-Herstellung den Geist in die ursprüngliche Welt der Errichter verbringt.

Planeten & Ansiedlungen

Arimea – Planet mit erstem bekanntem Leben und des ›Mutterkristalls‹. 1 arimeanisches Jahr entspricht ca. 18,5 Monate der heutigen Erde. A. besitzt 7 Monde. Ein Mond wurde vor 65 Millionen Jahren zur Erde gelenkt, der dort einschlug und den Weg für höheres Leben bereitete, was beinahe daneben ging. Der neunte Mond ist verschwunden.

Aquoras, Unterwasserstadt

Burali, Geburtsstätte von Lokar und Eliwor

Methua, abgeschirmte Inselenklave

Provinz *Arkonim*, Hauptsitz der Wächter auf Arimea

Zartak, Planet um den *Uridräo* kreist. Auf Uridräo wurde ein Stützpunkt einst von der ›Sternenbruderschaft‹ errichtet, später aber von ihr aufgegeben. Die Wächter haben ihn dann für sich entdeckt und nutzen ihn seither als Basis! Der Mond hat eine Atmosphäre und ein integres Ökosystem, welches aber kein irdisches Leben trägt. Die einstigen Ureinwohner – die *Anomaliten* – haben ihre Heimatwelt noch vor Eintreffen der Arimeaner verlassen.

Das Leben auf Zartak wurde durch unbedachtes und voreiliges Eingreifen der Atmane ausgelöscht.

Kontinente (Landmassen) *Zartaks*: Zoriak (dem Volk stammen die Anomaliten ab, Mutanten), *Tasrym* (beschäftigen sich hauptsächlich mit geistigen Themen; philosophisches Volk) und *Zykma* (leisteten als Einzige Widerstand gegen die Invasoren; können die Technik der Fremden bedienen)

Der Riesenplanet Zartak, den der Trabant elliptisch umrundet, zeigt sich von Uridräo aus als große, milchige Scheibe und verdeckt den Himmel bis zu einem Viertel. Dennoch taucht der Mutterplanet seinen Mond niemals in den eigenen Schatten, was an den einzigartigen Umlaufbahnen liegt.

Aremodon (Randplanet), laut arimeanischer Legende Ursprungsplanet der *Viergehörnten Schlange* (Basilisk Rogal); wird während einer der arimeanischen Expeditionen vor 5,75 Millionen Jahren Erdzeit Aremodon getauft; spätere Erde

Isidoria, Nebelplanet der *Oktopteriden* – Achtflügler (ähneln Schmetterlingen)

Urigoren, menschenähnliche kriegführende Rasse; besitzen Schallwellen-Technik, Energiestrahl aus Schall

Imunos-Welten, Planeten am äußersten Universum, die nie Leben beherbergen können; dazu gehört Atmanikum

Tiere, Pflanzen
Arimea

Springschnorchler

Dotekalum, Fisch mit breitem Maul, an Wangen und Seiten aufstellbare Flossen, unterhalb vom Kopf zwei Tentakel, die das Opfer lähmen

Areel, wohlbekömmliche und sehr schmackhafte Beerenart #5

Xokras, pilzähnliche Waldfrucht

Wissenswertes

Aus was besteht das Universum?
Materie, Energie, Elementarteilchen, großräumige Struktur (Galaxien)

Heutiges Universum besteht aus:
4,6 Prozent Atome
23 Prozent Dunkelmaterie
72 Prozent Dunkle Energie
> 1 Prozent Neutrinos

380.000 Jahre nach Urknall bestand es aus:
10 Prozent Neutrinos
12 Prozent Atome
63 Prozent Dunkelmaterie
15 Prozent Photonen
vernachlässigbar der Anteil der Dunklen Energie

Menschen sehen in welcher Wellenlänge?
Wellenlängenbereich: 380 nm (violett) - 780 nm (Rot)

Universum – universus »gesamt«
unus versus »in eins gekehrt«

auch: Kosmos »Ordnung« – Gegenbegriff zum Chaos, Weltall
Es gibt kein »Außerhalb« oder »Davor«
Extrem-Bedingungen der ersten 10^{-43} Planck-Zeit (kleinstmöglicher Zeitintervall)

Urknall: aus Energie entsteht Materie
Eine Atombombe macht aus Materie Energie. Treffen Materie und Antimaterie aufeinander löschen sich beide aus
Higgs-Feld, Higgs-Boson ohne dies gäbe es keine Masse. Wird auch Gottesteilchen genannt!

Geschwindigkeit der Erde um die Sonne: mehr als 1000km/h (entspricht etwa 25.000 km; am Äquator 40.000 km/h
Die Sonne ums Zentrum der Milchstraße: ca. 30 km/s

Dark Flow – dunkle Strömung, die auf die Endlichkeit des Universums schließen lässt